詩 史

張 暉著

臺灣 學生書局 印行

總　序

龔鵬程

　　我們在看畫、論詩、品茗、聽曲、欣賞風景時，常可以聽到：「嗯，這幅畫好，意境很高」「這首歌很有味道」「不錯，這茶喉韻很好」「這個作家性靈洵美，才華洋溢」「這詩風神搖曳」「呀，這景觀氣象萬千，大氣磅礴」……這一類審美判斷語。

　　這類用語，往往可以概括我們對一個人一幅畫一首詩一處風景的整體觀感。例如那個人的髮型、衣著、五官、修短、談吐、舉止，整個人給我們一種感覺，讓我們發出：「這個人真有味道」的讚嘆。或者說是品味、趣味、人情味等等。這品味云云，就是審美活動的綜合判斷，用以說明我們對該事該物的理解與審美感受，也用以指該事該物的性質。當然，有時這些用語只是分析性的判斷，指該事物的某一部分特點和我們對某一方面的感受。

　　換言之，我們通常總要依靠這些語詞去描述審美經驗，說明審美對象。可是，這些語詞，在現今這個時代再繼續使用時，卻可能遭到一些質疑。比如一位外國人或許就不太能理解「詩有味道」是什麼意思，或神韻、才氣、性情、興象確切的含義為何。許多現代的讀詩者，看見古代詩話詞話中充斥著這類語詞，也常感難以捉

摸，不知韻、趣、味、氣、品、情、風、神、靈、意、境、界等字
詞到底是什麼意思，為什麼它們好像又可以隨意組合，變成韻味、
品味、趣味、風味、情味、神韻、風神、風氣、風韻、韻趣……等
等。這些語詞，用在文學及藝術批評上，好像也只是表白了觀覽者
的印象概括，並未真正說明審美對象的性質。

　　臺灣在七十年代中期曾經因此而引發了「中國究竟有無文學批
評」「中國傳統文評只是印象式批評」的爭議。爭議的靶垛之一，
就是這類用為審美批評的語詞涵義不明或不夠精確，令人難以把
捫。當時大力推介新批評來臺的顏元叔先生，為黎明出版公司策編
了一套《西洋文學批評術語叢刊》，大獲好評。相較之下，中國文
學批評的這些語詞，如果也能稱之為術語的話，似乎誰也搞不清楚
這些術語的涵義、指涉、起源、演變、與之相關的文學觀念、流
派、現象為何。因此頗有人主張不應再使用這些陳腔爛調，講那些
氣味神韻、摸不著頭腦的話，如此，才能建立起真正的文學藝術批
評。

　　可是，文學藝術批評的術語，不只是一些描述語，它同時也是
一個觀念的系統。談意境、重才情、說韻味的評論體系，正顯示著
論文藝者是秉持著什麼觀念在進行其審美判斷。術語，其實就是一
個個觀念叢聚之處。我們對傳統術語不熟悉、感到陌生、難以理
解，實質上即是因為我們業已與傳統有了隔閡，不再清楚整個傳統
文藝評論的觀念與體系了。故目前不應是拋開這些術語。拋掉它，
事實上就是拋掉整個傳統文藝批評。而是首先應充分去解釋說明這
些術語及其相對應的觀念，然後再看它能否與現代或西方之文評觀
念對話。

　　基於這樣的想法，我們也曾於八十年代的《文訊》月刊上開闢
文學批評術語解釋的欄目，每期以辭典式的體例簡釋數則文學批評
術語。但正如前文所述，術語往往涉及複雜的觀念問題，不是簡單
幾句話就講得清楚的，所以大家眾議僉同，應就中國文評部分，仿
西洋文學術語叢刊，另編一套中國文學批評的術語叢書，詳細說明
每一個批評概念的義含與歷史。

　　這個工作由二十世紀八十年代末期開始，因人事倥傯、俗緣紛
擾，到現在才能逐步完成，實在非始料所能及。但成事之難，適可
見我們對此事之執著不捨。畢竟這是我們長期的心願，認為唯有講
明這些觀念與術語，才能說清楚中國文評到底是怎麼一回事。不達
成這個目的，我們是不會甘休的。

　　幹這場大事，我們的同夥人數眾多。總召集是黃景進。我負責
敲邊鼓，擂鼓進兵，所以總說明這篇序，就由我代執筆了。

二○○四年五月

張暉《詩史》序

　晚唐孟棨所撰《本事詩》，是一本不容易分類的書；《新唐書·藝文志》、陳振孫《直齋書錄解題》列為「總集」，與《文選》、《玉臺新詠》等並置；《四庫全書總目》編之入「詩文評」，與《文心雕龍》、《詩品》等同列，後來丁福保也據而輯入《歷代詩話續編》；可是胡應麟《少室山房筆叢》卻視之為「小說」（參考 Graham Sanders "Poetry as Narrative: Meng Ch'i and *True Stories of Poems*," Ph.D. dissertation, Harvard University, 1996, pp. 1-10）。這些判斷或者是基於書中收錄不少詩作，或者認為本書對詩篇意義的理解有所幫助，又或者因為書中載記各種軼事異聞。分類上的游移，表示這篇幅只有短短一卷的《本事詩》可以有不同的讀法。事實上，從文學批評的角度來看，《本事詩》卷前的序文可供思考的方向也有許多：

　　詩者，情動於中而形於言。故怨思悲愁，常多感慨。抒懷佳作，諷刺雅言，著於群書，雖盈廚溢閣，其間觸事興詠，尤所鍾情。不有發揮，孰明厥義？因采為《本事詩》，凡七題，猶四始也：情感、事感、高逸、怨憤、徵異、徵咎、嘲戲，各以其類聚之。亦有獨擬其要，不全篇者，咸為小序以

引之，貽諸好事。其有出諸異傳怪錄，疑非是實者，則略
之；拙俗鄙俚，亦所不取。聞見非博，事多闕漏，訪於通
識，期復續之。

序文以〈詩大序〉的「情動於中而形於言」開篇，顯示對中國詩學
以「情志」為中心之大傳統的繼承；再而將視野拓展到「情志」的
觸媒——也就是詩之「本事」，詩人因「觸事」而「興詠」，至有
「抒懷佳作，諷刺雅言」。詩人與外在世界的接觸這個環節，本是
「情之所鍾」的關鍵。這樣說，對於詩作與詩人所關事況的追索，
就不是為了簡單的好奇或者淺薄趣味的追求，而是為了更有效的交
感共鳴。此一思路雖然牽扯到詩人詩作以外的現實世界，但基本上
還在「抒情傳統」的大脈絡之內。然而，當論述視點移到「詩」以
外的種種事端（如情感、事感、高逸、怨憤、微異、微咎、嘲戲等等）之上
時，「事」之屬「實」與否、「鄙俚」與否，就構成另一種關心；
甚而因「好事」而求「通識」，汲汲營營於「事」之趣味的徵逐，
「情志」的關懷也有遺失的可能。

　　中國文學批評的論說以「抒發情志」為重心殆無疑問；但在這
個「抒情傳統」以外，我們不應忘記還有一個重要的「詩史」論說
傳統。「詩史」之關切重點，正在於詩與詩人以外的「現實世
界」。詩人觸事抒懷，興詠成詩。作為讀者，詩就在眼前；但推溯
「興詠」所觸之事，卻是對已消逝之「過去」的一種追尋。尤其當
這「過去」的內容是國計民生、朝政興衰等涉及公眾（主要是讀詩寫
詩的士人）關心的議題時，這「過去」就是名正言順的「史」；在
讀詩的過程中究問「歷史」，更似是一種責任。當然，「詩」與

「史」如何互動相關的思考，早就存在於中國文化諸種論述中，比如孟子的「《詩》亡而後《春秋》作」，比如〈詩大序〉的「治世之音」、「亂世之音」、「亡國之音」之說等均是；但正式標明「詩史」一詞，並觸發往後大量同一主題的批評論述者，還在孟棨這一卷《本事詩》。

在《本事詩》「高逸」一題之下，有長約七百字之述李白詩本事一則；不數行就似不經意地提及杜甫的〈寄李十二白二十韻〉詩，到文末再有呼應，說：

> 杜所贈二十韻，備敘其事。讀其文，盡得其故跡。杜逢祿山之難，流離隴蜀，畢陳於詩，推見至隱，殆無遺事，故當時號為「詩史」。

這一則「本事」的重點在於李白及其詩，有關杜甫的交代，只屬背景位置。後來講李白事跡者引用這條材料，往往置杜甫部分不顧；至於發揮「詩史」之義者，則僅僅抽取「杜逢祿山之難」以下幾句為論。其實無論就李白之「高逸」，或者杜甫之為「詩史」，這一則文字都不應割裂處理。日本學者淺見洋二就能夠從整體角度，詳細考析這一則「本事」，再結合大量相關資料，得出一個很值得注意的結論：「所謂『詩史』，我們認為首先指的是以『詩』寫成的『傳』以及作為『傳』的『詩』。」（〈「詩史」說新考〉，《距離與想像——中國詩學的唐宋轉型》，上海：上海古籍出版社，2005，頁 347）把「詩史」與「人」的「必要關聯」揭示出來，這是淺見洋二的一大貢獻。他的研究也是一個範例：提示我們讀書除了要充份掌握資料之

外，還要懂得如何去讀，要能整合能分理，要能從文字語境種種離
合互制、甚至其間罅隙推求深義。正是基於這種認知，我以為淺見
洋二的結論尚有可進一步探究的空間。事實上，如果我們重新審視
相關的論說，應該見到「詩史」的概念，不僅在於「詩」如何反映
時世，也不止於「以詩作傳」，更重要的是「詩」如何透過「人」
之感觸懷抱而讓讀者「知其世」。或者說，以中國文化傳統而言，
「史」的意義本來就必然關乎「人」的因素──可以表現為「春秋
之義」道德關切，也可以是「黍離之哀」的情傷感慨；而以緣情言
志為本的「詩」，正在此「人情」的層面，能夠深深的切入「史」
的世界之中，這可能是《本事詩》所謂「推見至隱」的真正意義。

　　以上的想法，正是我讀張暉的《詩史》所得之一。張暉《詩
史》一書，是我所見討論這個文學觀念最為詳切深明的著作。是書
從《本事詩》開始，往下搜羅了兩宋到明清重要的「詩史」論述；
提其要，鉤其玄，既「讀入」也能「讀出」。當中於《本事詩》李
白一則的「細讀」，精闢不下於淺見洋二，而又能開出新思路，指
出「詩史」與《春秋》之義及「緣情」思想的關係。以下論明代楊
慎、王世貞、許學夷等人從「文學性」或者「詩歌文體本質」的角
度探究「詩史」時，所面對的種種困難以及試圖紓解的努力；論王
夫之「情、景、事合成一片」之說與「詩史」理念的關聯；論清初
諸家以「《詩》亡然後《春秋》作」為中心的「詩史」觀，印證
「歷史價值」壓倒「詩歌價值」的時代風潮等等，都能煥發規模。
在此以外，張暉於細緻剖析「詩史」這個概念之時，常常將相關論
述置放在中國詩學的「抒情傳統」主潮中思考，指出兩個論述傳統
往往互為作用，或者互相牽制。這種「詩史」與「抒情」關係的觀

察最能啟發人思，相信對往後學界於中國批評觀念以至文學思想的
探索，有很大的助益。

　　張暉原是南京大學師出名門的高材生，國學基礎本來就很穩
固；大學時代所撰寫的《龍榆生先生年譜》，深得前賢推重，一再
重印。零貳年秋南來香港從遊，面對全新的學術環境，懂得如何捨
短用長，開拓視野，學問再加精進。數年間我們由初接觸到相知，
討論商量的機會愈多，愈讓我體會張暉為學態度的端正、對知識追
求的熱切；除了個人勤奮用功，更倡導同學間的切磋琢磨，帶動讀
書風氣。眼前這一份由博士論文增益修訂而成的書稿，既是張暉在
清水灣畔群居講習的生活見證，也是有份量的學術成果。知道它快
要出版面世，我們都感到欣慰，也對張暉未來在學術上提供更大的
貢獻，有所期盼。想來張暉一定不會令大家失望。

　　　　　　　　　　　　　　　　　　二〇〇六年八月八日
　　　　　　　　　　　　　　　　陳國球 序於九龍清水灣畔

詩 史

目 次

前　言

　　「詩史」是中國文學批評史上非常重要的一個文學概念。唐人孟棨在《本事詩》中首先使用該詞來指稱杜詩，到宋代，「詩史」已經得到文人們的廣泛稱引，後經明清兩代文人持續地辯論與闡發，「詩史」一詞遂成為擁有豐富內涵和深遠影響的重要文學概念。

　　要把握一個概念，首先須明了它的內涵。但今日我們如欲準確把握「詩史」一詞的內涵，卻殊為不易。因為在不同的時代或相同時代的不同語境中，「詩史」的內涵往往存在差異，甚至是大相逕庭，令人難以正確理解與把握。學者指出，僅在宋代，「詩史」一詞的內涵就達九種之多❶，更勿論該詞的內涵在後世還一直有著不斷地增衍。這種情形，使得今日站在文學批評史的角度來研究「詩史」一詞的理論意義時，首先需要根據具體的語境，來釐定「詩史」概念的內涵。舉例來說，英語文獻中如果涉及「詩史」一詞，通常情況下僅僅使用中文拼音 Shishi 來指代，然而一旦具體到不

❶　楊松年：〈宋人稱杜詩為詩史說析評〉，楊松年著：《中國古典文學批評論集》（香港：三聯書店，1987），頁 127－162。為求行文方便，本書對諸位學界前輩及師長均未加尊稱，特此說明。

同的歷史語境中，便不再輕易用 Shishi 來簡單指代。如黃兆傑將
王夫之《薑齋詩話》中的「詩史」一詞翻譯為 Poet-historiographer
❷，嚴志雄在分析錢謙益「詩史」理論時，則將「詩史」一詞彈性
地理解為 poet-historian 或 poetry-history 兩種不同的內涵。❸ 可
見，「詩史」一詞由於本身的內涵存在不穩定性，所以一旦涉及具
體語境，學者便需進一步展開精微地辨析工作。

　　有鑑於此，本文的研究首先致力於釐清「詩史」概念在各個時
代的內涵，同時努力抉發「詩史」概念的理論意義，並勾勒「詩
史」概念的歷史發展。本文之所以選擇以上三個方面為重點探討的
方向，主要是因為受到韋勒克（René Wellek）等人的理論啟發。

　　韋勒克等人在《文學理論》一書中將文學研究分成三大範疇：
文學理論（literary theory）、文學批評（literary criticism）和文學史
（literary history）。文學理論是「對文學的原理、文學的範疇和判斷
標準等類問題的研究」，文學批評是「研究具體的文學藝術作
品」。當然，文學理論和文學批評實際上並不能決然分開，相反，
兩者是相互滲透、相互作用的。❹

---

❷　Siu-kit Wong（黃兆傑）, *Notes on Poetry from the Ginger Studio* (Hong Kong:
　　The Chinese University Press, 1987), p. 40。該書頁 42 的注解 5 對「詩史」一
　　詞的歷史有簡略的介紹。

❸　Lawrence C.H. Yim（嚴志雄）. *Qian Qianyi's Theory of Shishi during the Ming-*
　　Qing Transition (Taibei: Institute of Chinese Literature and Philosophy, Academia
　　Sinica, 2005), p. 20.

❹　參 René Wellek and Austin Warren, *Theory of Literature* (New York: Harcourt,
　　Brace and Jovanovich, 1966), 3rd ed. Chapter 4, "Literary Theory, Criticism, and
　　History," pp.38-45. 中文本可以見韋勒克、沃倫著：《文學理論》（北京：三

　　「詩史」概念主要處理的是文學研究中的一個基本命題：詩歌（文學）與現實／歷史的關係，自然歸屬於文學理論的範疇。但自從唐末「詩史」被提出之後，此一概念也逐漸並頻繁地被運用到文學批評的範圍之中。

　　劉若愚在著名的《中國文學理論》（1975）一書中將文學研究分為兩大範疇，列表如下❺：

　　一、文學的研究（study of literature）

　　　A.文學史

　　　B.文學批評

　　　　1. 理論批評（theoretical criticism）

　　　　　a. 文學本論（theories of literature）

　　　　　b. 文學分論（literary theories）

　　　　2. 實際批評（practical criticism）

　　　　　a. 詮釋（interpretation）

　　　　　b. 評價（evaluation）

　　二、文學批評的研究（study of criticism）

　　　A.文學批評史

　　　B.批評的批評

　　　　1. 批評的理論批評（theoretical criticism of criticism）

　　　　　a. 批評本論（theories of criticism）

聯書店，1984）第一部〈定義和區分〉第四章〈文學理論，文學批評和文學史〉，頁 31－32。

❺　劉若愚著、杜國清譯：《中國文學理論》（臺北：聯經出版事業公司，1981），頁 2－3。

　　　　b. 文學分論（criticism theories）

　　　2. 批評的實際批評（practical criticism of criticism）

　　　　a. 詮釋（interpretation）

　　　　b. 評價（evaluation）

劉若愚的理論框架幫助本文進一步釐清了研究的思路。「詩史」這一概念本來屬於一 B1，既有文學本論的部分，也有文學分論的部分，鬚根據具體不同的論者而定。而歷史上對「詩史」的研究主要集中在一 B 和二 B 中，如從古至今大量運用「詩史」來理解杜詩、宋末詩歌、明末清初詩歌等情況，均屬於一 B 中的實際批評；另如邵雍對「詩史」的意見則屬於二 B1a，即批評的理論批評中的批評本論；至於大量宋人關於「詩史」的言論，則應該屬於二 B2，它們既有詮釋，也有評價。

　　綜觀民國以來的「詩史」研究，我們會發現過往的研究主要表現在以下幾個方面：❻

　　　1.各類文學史和杜甫研究著作中，有大量探討「詩史」說的論述。這些論述，大都屬於一 B2，也就是文學批評的實際批評，在闡釋「詩史」的理論意義上，並沒有貢獻。

　　　2.有部分屬於二 A 的研究，如龔鵬程研究「詩史」的發展史，即屬於文學批評史的工作。❼

　　　3.更多的研究屬於二 B。多屬實際批評範疇，極少數如龔鵬程的部分工作涉及批評的理論批評。

---

❻　可參看本文附錄一：〈「詩史」概念研究綜述〉。

❼　龔鵬程著：《詩史本色與妙悟》，臺北：臺灣學生書局，1993 年增訂本。

　　以上分析，可以幫助完善本文的研究思路。本文選擇「詩史」概念來作為研究的對象，並非試圖對此概念做全盤而又徹底的研究，而是想側重分析此概念在文學理論上的貢獻。也就是說，本文所做的工作，是文學批評的研究：即主要研究歷史上大量對「詩史」概念的「批評的批評」，抉發這些「批評的批評」中所蘊含的文學理論的意義，並建構「詩史」概念的歷史發展過程（這一點已進入文學批評史的工作）。在建構「詩史」概念歷史發展之時，並不特別講求全面與細緻地描述，而是儘量圍繞問題來展開討論及對歷史加以呈現；同時致力於弄清歷代各類「詩史」說的內涵和外延，重點考察「詩史」說通過何種途徑建立並發展起來。至於歷來運用「詩史」概念來進行文學的實際批評的現象，本文一般不加以考察。

　　本文第一章著力分析「詩史」概念誕生於孟棨《本事詩》中的意義，從對李白故事流傳的文獻考察來指出孟棨在《本事詩》中提出「詩史」概念，並非如前人所說的那樣隨意。並從孟棨的文學思想出發，指出「詩史」概念甫一誕生，就已經籠罩在《春秋》學說和抒情傳統之中。

　　第二章探討「詩史」概念在宋代所呈現出來的理論內涵及歷史發展情況。本章的寫作方法受到福柯（Michel Foucault）「知識考古學」的影響❽，注重挖掘和打撈歷史碎片，並不強調將宋代眾多的

---

❽　福柯「知識考古學」的理論，見 Michel Foucault, translated by A.M. Sheridan Smith, *The archaeology of knowledge; and, The discourse on language* (New York: Pantheon Books, 1972)一書申論。所謂「知識考古學」，是指挖掘知識的深層，揭示知識的先在結構。在方法上，打破系統的、線性的歷史觀，側重觀

「詩史」說整理成有系統（如陳文華，1987）或有條理（楊松年，1983）
的面貌。所以本文依據宋代各種「詩史」說的產生年代，將宋代
「詩史」說劃分為北宋仁宗末年到哲宗初年（1060－1090）、徽宗欽
宗朝（1101－1127 年）、南渡之後（1127－1218 年）、宋末元初（1250－
1286 年）四個階段來加以討論，分析每個時段中「詩史」說的主要
內涵，並分析這些內涵所具有的理論意義。本文注意到，「詩史」
說的一些主要內涵在北宋都已經誕生；進入南宋之後，「詩史」說
的內涵便開始逐漸收窄。在「詩史」概念被不斷賦予新的內涵之
際，「詩史」二字更作為杜詩的代稱被反覆提及，而且被運用到評
價杜詩之外的詩歌上，使得原本局限於杜詩批評的「詩史」概念，
逐漸成為文學批評上的一個具有普遍意義的術語。同時，因為本文
側重還原歷史面貌，可以發現宋代各個時期的「詩史」說關心的問
題很不一樣，它們並不是一個完整的體系；有著相同內涵的「詩
史」說，也會反覆出現在不同的時期，如強調字句出處的「詩史」
說在徽宗、欽宗朝和宋末都曾出現，強調知人論世的「詩史」說在
南渡之後和宋末也都存在。本章認為，這種雜亂無序正是「詩史」
說在宋代──「詩史」說的早期階段──發展的真實狀態，而本章
的任務正是要把這種雜亂無序儘量地給予呈現。

察歷史的橫截面。相關的研究，可參看 Charles C. Lemert and Garth Gillan,
Michel Foucault: Social Theory and Transgression (New York: Columbia
University Press, 1982), Chapter two, "Method/Historical archaeology", pp.29-56;
Martin Kusch, *Foucaul's strata and fields: An Investigation into Archaeological
and Genealogical Science Studies* (Dordrecht; Boston; London: Kluwer Academic
Publishers, 1991), Part one, "Foucauldian archaeology", pp.1-114.

第三章探討「詩史」概念在明代復古詩論中所引起的爭論。明代復古詩論中的重要人物如楊慎、王世貞、許學夷等，都對「詩史」概念有大量的論述，而且互相之間，產生不少爭論。學術界對他們的爭論有著豐富的研究，但著眼點多在於評騭孰對孰錯。本文欲跳出這種孰對孰錯的思路，希望通過分析楊慎、王世貞、許學夷等人的爭論，來看清楚他們背後的思路究竟有無分歧？如果有，那麼他們之間的分歧到底表現在什麼地方？經過考察，本章認為明代復古詩論在表面上雖然分歧非常之大，而且一直處於激烈的爭論之中，但他們對於「詩史」概念的理解，實際上幾乎都集中在一個問題之上：即討論詩歌如何記載時事。也就是說，他們雖然有分歧，但基本的立場都認同詩歌應該記載時事的「詩史」內涵。楊慎內心支援「詩史」概念，但仍希望詩歌能夠做到含蓄蘊藉或意在言外地記載時事，而不是以直陳的方式記載時事。王世貞則舉出「賦」的創作手法，試圖說明詩歌本來可以直接了當地記載時事，何必含蓄蘊藉。即使表面上極端反對「詩史」的許學夷，實際上也贊同詩歌應該記載時事。他只是希望詩歌在敘事上不要直陳，記載時事時應該通過「抑揚諷刺」的方法來保持詩歌的文體特徵，而不被歷史敘事所同化。綜合而言，明代復古詩論雖然在表面上有頗多歧異，但背後的思路相當一致，均認可詩歌應該記載時事的「詩史」內涵。

第四章探討清初「詩史」說的基本情況。經過明代復古詩論的爭辯之後，詩歌應該記載時事的觀念已經深入人心。清初對於「詩史」說的大量討論，並沒有跳離這個基本的認識，但討論時各有側重。王夫之主張將詩歌和歷史嚴格區分，但不反對作者在詩歌中以美刺的方式來表達對政治和時事的意見。王夫之的說法在當時並無

影響。錢謙益、黃宗羲、屈大均等人不約而同選擇「《詩》亡而後
《春秋》作」一語作為討論的起點，展開一系列貌異實同的討論。
此外，清初學者為彌補過分強調記載歷史事件而遭損的詩歌美學特
徵，開始重視詩歌敘事上的「比興」策略，這和王夫之強調比興實
有異曲同工之妙，可惜未曾造成影響。

　　第五章探討清初以後「詩史」說的發展。清代以後，「詩史」
概念的發展一直受到宋明以來各種「詩史」說的左右，如籠罩在
「以詩證史」風氣下的「詩史」說以及吳瞻泰的重視詩法和王懋竑
的重視敘事。但清初以後，「詩史」說也有大的突破，即在清初之
後逐漸開始重視「比興」，並形成一種解釋詩歌的獨特傳統，最後
到陳沆那裡發展出一套以「比興」來解釋「詩史」的理論。至於晚
清朱庭珍的言論，可看作清人參與明代「詩史」爭辯的有趣現象。

　　最後一章總結「詩史」說的重要內涵和理論意義，並進一步反
思「詩史」觀念與中國詩歌抒情傳統之間的關係。本章認為，以
《詩經》、《楚辭》為基準的中國詩歌抒情傳統，使得詩人在創作
時，往往將個人的情感和家國的記憶交雜在一起。陳世驤以來建構
起來的抒情傳統論述，一般只到唐代為止，而唐以後發展起來的
「詩史」說正可以作為抒情傳統論述的延續。「詩史」說在保持詩
歌抒情本質的前提下，充分滿足了詩歌記載外部世界的要求，這一
點，無疑補充了抒情傳統建構中的不足。但同時，「詩史」說並沒
有完全籠罩在抒情傳統之下，在它的發展歷史中，曾不斷地強調詩
歌忠實記錄外在世界。因為這種思路與中國詩歌的抒情傳統幾乎完
全背離，所以最終沒有充分發展起來；這也可見到抒情傳統的無比
強大。

第一章　重讀《本事詩》：
「詩史」說的最初形態

第一節　李白故事與「詩史」概念的產生

但凡涉及「詩史」說源頭的文章，均會不憚其煩地指出「詩史」概念最早出現於晚唐孟棨所撰的《本事詩·高逸第三》，因為該書說：

> 杜逢祿山之難，流離隴蜀，畢陳於詩，推見至隱，殆無遺事，故當時號為「詩史」。❶

明代學者胡震亨從這句話中，認為可以「知『詩史』之評，原出唐人也。」❷近來學者在引用這段話的時候，則十分強調其中的「當

---

❶　孟棨著：《本事詩》，載丁福保輯：《歷代詩話續編》（北京：中華書局，1983），頁 15。

❷　胡震亨著：《唐音癸籤》（上海：上海古籍出版社，1981）卷六，頁 54。

時號為『詩史』」六字，並從中推測「詩史」說在孟棨的年代甚至杜甫在世時就已經開始廣泛流傳。❸這種說法，將孟棨假設為「詩史」說的記錄者，而不是發明者。王運熙、楊明在合著的《隋唐五代文學批評史》（1994）中提出可以通過孟棨《本事詩》來「了解『詩史』一語的初始意義。」❹方孝岳在《中國文學批評》（1934）中甚至認為：

> 唐朝當時的人稱杜甫為詩史，原見於孟棨《本事詩》，《本事詩》說「杜逢祿山之難，流離隴蜀，畢陳於詩，殆無遺事，故當時號為詩史。」這種話本是當時流俗隨便稱讚的話，不足為典要。❺

---

❸　陳文華的論述比較詳細，見陳文華著：《杜甫傳記唐宋資料考辨》（臺北：文史哲出版社，1987）第四篇〈思想之釐定〉第一節〈圍繞在儒家詩教觀下的批評內容〉第三部分〈詩史〉，頁 241。龔鵬程認為據孟棨所說，可以看到「似乎唐人已有詩史之稱」，見龔鵬程著：《詩史本色妙悟》（臺北：臺灣學生書局，1993）第二章〈論詩史〉，頁 19。韓經太更認為「當時」是指「中唐貞元、元和之際」，並有詳細的闡發，見韓經太著：〈傳統「詩史」說的闡釋意向〉第一節〈由杜詩學引出的「當時」消息〉，《中國社會科學》1999 年第 3 期，頁 169－172。持同樣觀點的還有彭毅著：〈關於「詩史」〉，載柯慶明、林明德主編：《中國古典文學研究叢刊詩歌之部（二）》（臺北：巨流圖書公司，1979），頁 91－92；孫明君著：〈解讀「詩史」精神〉，《北京大學學報》1999 年第 2 期，頁 93。茲不一一列舉。

❹　王運熙、楊明著：《隋唐五代文學批評史》（上海：上海古籍出版社，1994）第三編〈晚唐五代的文學批評〉第三章〈詩句圖、《本事詩》和詩格〉第二節〈孟棨《本事詩》等〉，頁 738。

❺　方孝岳著：《中國文學批評》（北京：三聯書店，1986）卷下四十〈王船山推求「興觀群怨」的名理〉，頁 187－188。

孟棨在《本事詩·序目》的末尾署日期為「光啟二年十一月」，可知《本事詩》成書於唐僖宗光啟二年，即西元 886 年；距離杜甫〈712－770〉去世已有 116 年。假如「詩史」說在杜甫生前已經產生，到孟棨撰寫《本事詩》時，差不多已經流傳 120 年左右。然而在現存的唐代文獻中，除《本事詩》外，沒有任何其他資料提到過「詩史」說。❻正是因為這種文獻不足徵的情況，所以有學者依然反對將孟棨簡單地視作「詩史」二字的記錄者，而且將他斷定為最早提出「詩史」說的人。❼

　　本文認為，在目前唐代文獻沒有辦法證明「詩史」說曾經通行於中晚唐的情況下，我們不必反覆糾纏和論證「詩史」說是否由孟棨提出。值得注意的反而是：孟棨究竟是在什麼樣的情形下提到「詩史」說的？「詩史」說在《本事詩》中，又是究竟處於什麼樣的位置？「詩史」說在孟棨的文學思想中，佔有什麼樣的地位？總而言之，我們需要將「詩史」概念的第一次出現，置於《本事詩》的脈絡中來詳細考察。由此可以進一步思索，孟棨在《本事詩》中

---

❻　沒有「詩史」這個名詞，並不意味著沒有「承認作為文學作品的詩歌具有歷史記述功能的觀念」。日本學者淺見洋二對杜甫之後、孟棨之前的這種文學觀念做了詳細的考察，他以白居易〈和答詩·和陽城驛〉一詩為例，來論證白居易已有明確將詩歌視為歷史記載的想法。見淺見洋二著：《「詩史」說新考——以白居易〈和答詩·和陽城驛〉為中心》，見淺見洋二著、金程宇等譯：《距離與想像——中國詩學的唐宋轉型》（上海：上海古籍出版社，2005），頁 335－354，引文見頁 335－336。

❼　如黃麗月著：《汪元量「詩史」研究》（臺北：文津出版社，2000）第二章〈汪元量「詩史」的特徵及其形成背景〉第一節〈汪元量「詩史」的特徵〉第一部分〈「詩史」觀念的釐清〉〉頁 35－36。

提到「詩史」，是否真的如方孝岳所說的那樣「不足為典要」？

　　《本事詩》一書共分七個部分：情感、事感、高逸、怨憤、徵異、徵咎、嘲戲。我們發現，很少有人重視過「詩史」說出現在《本事詩·高逸第三》中的特別背景。為了方便說明問題，我們需要引錄一大段較為完整的文字：

　　　　李太白初自蜀至京師，舍於逆旅。賀監知章聞其名，首訪
　　　　之。既奇其姿，復請所為文。出〈蜀道難〉以示之。讀未
　　　　竟，稱歎者數四，號為「謫仙」，解金龜換酒。期不間日。
　　　　由是稱譽光赫。賀又見其〈烏棲曲〉，歎賞苦吟曰：「此詩
　　　　可以泣鬼神矣。」**故杜子美贈詩及焉。**曲曰：……白才逸
　　　　氣高，與陳拾遺齊名，先後合德。其論詩云：「梁陳以來，
　　　　豔薄斯極。沈休文又尚以聲律，將復古道，非我而誰與？」
　　　　故陳李二集律詩殊少。嘗言「興寄深微，五言不如四言，七
　　　　言又其靡也，況使束於聲調俳優哉。」故戲杜曰：「**飯顆
　　　　山頭逢杜甫，頭戴笠子日卓午。借問何來太瘦生，總為從
　　　　前作詩苦。**」蓋識其拘束也。玄宗聞之，召入翰林。以其
　　　　才藻絕人，器識兼茂，欲以上位處之，故未命以官。嘗因宮
　　　　人行樂，謂高力士曰：「對此良辰美景，豈可獨以聲伎為
　　　　娛，倘時得逸才詞人吟詠之，可以誇耀於後。」遂命召白。
　　　　時寧王邀白飲酒，已醉。既至，拜舞頹然。上知其薄聲律，
　　　　謂非所長，命為宮中行樂五言律詩十首，白頓首曰：「寧王
　　　　賜臣酒，今已醉。倘陛下賜臣無畏，始可盡臣薄技。」上
　　　　曰：「可。」即遣二內臣掖扶之，命研墨濡筆以授之，又令

二人張朱絲欄於其前。白取筆抒思，略不停綴，十篇立就，更無加點。筆迹遒利，鳳跱龍拏。律度對屬，無不精絕。……文不盡錄。常出入宮中，恩禮殊厚。竟以疏從乞歸。上亦以非廊廟器，優詔罷遣之。後以不羈流落江外，又以永王招禮，累謫於夜郎。及放還，卒於宣城。**杜所贈二十韻，備敘其事。讀其文，盡得其故跡。杜逢祿山之難，流離隴蜀，畢陳於詩，推見至隱，殆無遺事，故當時號為「詩史」**。❽

〈高逸〉篇共有三段文字，除本段記載李白外，其餘兩段均記載杜牧。

　　這段話雖然記載李白的事跡，然而「草蛇灰線」，孟棨在其中不斷埋伏、穿插了李杜關係的記載。（文中關於杜詩的記載，已用黑體字著重標出）文字一開始，敘述賀知章對李白的知遇之恩，孟棨立刻說杜詩提到了此事；談到李白的詩學觀時，孟棨就舉李白嘲笑杜甫的詩歌為例；隨後談到李白的坎坷經歷，就說李白的這些經歷全部記錄在杜甫的〈寄李十二白二十韻〉一詩中了。❾經過這些鋪墊，

---

❽　《本事詩》，《歷代詩話續編》，頁 14-15。

❾　詩曰：「昔年有狂客，號爾謫仙人。筆落驚風雨，詩成泣鬼神。聲名從此大，汩沒一朝伸。文彩承殊渥，流傳必絕倫。龍舟移棹晚，獸錦奪袍新。白日來深殿，青雲滿後塵。乞歸優詔許，遇我宿心親。未負幽棲志，兼全寵辱身。劇談憐野逸，嗜酒見天真。醉舞梁園夜，行歌泗水春。才高心不展，道屈善無鄰。處士禰衡俊，諸生原憲貧。稻粱求未足，薏苡謗何頻。五嶺炎蒸地，三危放逐臣。幾年遭鵩鳥，獨泣向麒麟。蘇武元還漢，黃公豈事秦。楚筵辭禮日，梁獄上書辰。已用當時法，誰將此議陳。老吟秋月下，病起暮江

最後才提出「詩史」概念。可見，孟棨在寫作這段文字時，為了提出最後出現的「詩史」二字，是有精心安排的。這種精心安排，我們可以從這段文字的來源以及在後代的傳衍中看得更為清楚。

《本事詩》一書，史料主要來自傳聞、詩序和筆記小說。**⑩**據王夢鷗先生的研究，《本事詩》中的這段李白故事：「共合數事而成，首言李白遇賀知章，見李太白集中〈對酒憶賀監〉詩序；以下見《松窗雜錄》及《唐國史補》卷上；且亦為王定保《摭言》所引，唯王書後出，可勿論。」**⑪**

其實王夢鷗的論述並不徹底，《本事詩》中李白故事的來源，至少還應該包括段成式（803—863）**⑫**的《酉陽雜俎》。下面我們來逐一檢查杜甫在這些李白故事演變中所占的份量。

李白自己在〈對酒憶賀監二首序〉中說：

濱。莫怪恩波隔，乘槎與問津。」見浦起龍著：《讀杜心解》（北京：中華書局，1961），頁 717。

⑩　參王夢鷗著：〈本事詩校補考釋前言〉，見王夢鷗著：《唐人小說研究三集》（臺北：藝文印書館，1974），頁 1—28。孫永如著：《《本事詩》考論》，載陝西師範大學古籍整理研究所編：《古代文獻研究集林》第三集（西安：陝西師範大學出版社，1995），頁 132—141。

⑪　王夢鷗著：〈本事詩校補考釋前言〉，見王夢鷗著：《唐人小說研究三集》，頁 19。此詩李白集中從無記載，故有些人懷疑是偽作。近人瞿蛻園、朱金城校注：《李白集校注》（上海：上海古籍出版社，1980）將之列入卷三十〈詩文補遺〉，頁 1700—1701。

⑫　方南生編：《段成式年譜》，見段成式撰、方南生點校：《酉陽雜俎》（北京：中華書局，1981），頁 305—349。段成式生年無法確知，姑依方《譜》。

太子賓客賀公于長安紫極宮一見余，呼余為謫仙人，因解金龜換酒為樂。悵然有懷，而作是詩。

〈對酒憶賀監二首〉之一曰：

四明有狂客，風流賀季真。長安一相見，呼我謫仙人。昔好杯中物，今為松下塵。金龜換酒處，卻憶淚沾巾。**⓭**

根本沒有提及杜甫。後來李濬在《松窗雜錄》**⓮**中，記載的主要是李白和唐明皇的故事，也沒有提及杜甫。李濬說：

開元中禁中初重木芍藥，即今牡丹也。……宣賜翰林學士李白進〈清平調〉詞三章，白欣承詔旨，猶苦宿醒未解，因援筆賦之。……上自是顧李翰林尤異於他學士。會高力士終以脫烏皮六合為深恥。異日太真妃重吟前詞，力士戲曰：始謂妃子怨李白深入骨髓，何拳拳如是？太真妃因驚曰：何翰林學士能辱人如斯？力士曰：以飛燕指妃子，賤甚。太真頗深然之。上嘗欲命李白官，卒為宮中所捍而止。**⓯**

⓭　《李白集校注》，頁 1363。

⓮　此書作者、書名均多異說，撰著年代亦不可詳知。見周勛初著：《唐代筆記小說敘錄》，收入《周勛初文集》（南京：江蘇古籍出版社，2000）第五冊，頁 432－434。

⓯　李濬著：《松窗雜錄》，載《四庫全書》第 1035 冊，頁 557－558。

李肇在《唐國史補》❶說：

> 李白在翰林多沈飲。玄宗令撰樂辭，醉不可待，以水沃之，
> 白稍能動，索筆一揮十數章，文不加點。後對御引足令高力
> 士脫靴，上令小閹排出之。❶

也沒有提到杜甫。段成式在《酉陽雜俎》中說：

> 李白名播海內，玄宗於便殿召見。……及祿山反，製〈胡無
> 人〉，言「太白入月敵可摧。」及祿山死，太白蝕月。眾言
> 李白唯戲杜考功「飯顆山頭」之句。成式偶見李白〈祠亭上
> 宴別杜考功詩〉，今錄首尾曰：「我覺秋興逸，誰言秋興
> 悲？山將落日去，水共晴空宜。」「煙歸碧海夕，雁度青天
> 時。相失各萬里，茫然空爾思。」❶

《酉陽雜俎》中涉及到了杜甫，但重點在於抄錄李白的詩歌，與

---

❶　李肇的《唐國史補》成於長慶中，至會昌六年（846）或稍晚作過修改。見李
裕民著：《四庫提要訂誤》（北京：書目文獻出版社，1990），頁 102。關
於李肇的生平，見李一飛著：〈《唐國史補》作者李肇行述考略〉，《文
獻》1991 年第 2 期，頁 109－113；另可參見《周勛初文集》第五冊，頁 356
－359。

❶　李肇著：《唐國史補》，載《唐國史補　因話錄》（上海：上海古籍出版
社，1979），頁 16。

❶　《酉陽雜俎》前集卷之十二，頁 116；這段文字又見《唐語林》卷二，參周
勛初主編：《唐人軼事彙編》（上海：上海古籍出版社，1995），頁 698。

《本事詩》側重的完全不同。由此可見，從故事來源上說，李白故事中關於杜甫的這些話應該都是孟棨加進去的。

　　而從這段話在宋代的傳衍來說，孟棨所加的關於杜甫的這些話又全被刪除了。五代王定保的《唐摭言》中說：

> 李太白始自西蜀至京，名未甚振，因以所業贄謁賀知章。知章覽〈蜀道難〉篇，揚眉謂之曰：「公非人世之人，可不是太白星精耶。」[19]

他在書中還極其簡單地提到李白嘲笑杜甫之詩：

> 李白戲贈杜甫曰：「飯顆坡前逢杜甫，頭戴笠子日卓午。借問形容太瘦生，祇為從來學詩苦。」[20]

王定保僅是採摭軼聞，書中並沒有談到李白和杜甫之間的交情，更沒有提及杜詩對李白生平的記載。

　　日本學者內山知也在研究《本事詩》的時候，注意到《太平廣記》卷二百零一題「李白」和曾慥《類說》「李白戲杜甫」也是從

---

[19]　王定保著：《唐摭言》（上海：中華書局上海編輯所，1959），頁 81。《四庫全書總目》卷 140 認為《唐摭言》成書於周世宗顯德元年（954），永瑢等撰：《四庫全書總目》（北京：中華書局，1965），頁 1186；余嘉錫則認為該書成於梁末貞明三年（916），余嘉錫著：《四庫提要辯證》（北京：中華書局，1980），頁 1040－1052。

[20]　《唐摭言》卷十二，頁 140。

《本事詩》而來的。㉑後來王夢鷗又注意到阮閱《詩話總龜》卷四也抄錄了《本事詩》。㉒曾慥的《類說》，實際上僅僅摘錄「李白戲杜甫」一段：

> 李白戲杜甫詩曰：「飯顆山頭逢杜甫，頭戴笠子日卓午。借問別來太瘦生，總為從前作詩苦。」㉓

阮閱的《詩話總龜》則著重抄錄賀知章與李白的故事：

> 李太白初自蜀到京師，賀知章聞其名，見之，請為文。出〈蜀道難〉示之，知章曰：「公非人間人，豈太白星精耶？」於是解金貂換酒，醉而歸。及見〈烏夜啼〉，曰：「此詩可以泣鬼神。」其詞曰：「姑蘇臺上烏飛時，吳王宮裏醉西施。吳歌楚舞歡未畢，青山欲銜半邊日。金壺丁丁漏水多，起看秋月墜江波。東方漸明奈樂何？」又曰：「黃雲城邊烏欲棲，歸飛啞啞枝上啼。機中織錦秦川女，碧紗如煙隔窗語。停梭向人問故夫，欲說遼西淚如雨。」㉔

㉑　內山知也著：《隋唐小說研究》（東京：木耳社，昭和 52 年，即 1977 年）第三節〈本事詩校勘記〉，頁 613。

㉒　《唐人小說研究三集》，頁 6—10。

㉓　曾慥編：《類說》（北京：文學古籍刊行社，1955）第五冊卷之五十一，頁 21。

㉔　阮閱撰：《詩話總龜》（臺北：廣文書局，1973），頁 102—103。

只有李昉（925－996）等所編的《太平廣記》，幾乎全部抄錄了《本事詩》中的這段話。文字上的不同，主要集中在關於杜甫的字句上。《太平廣記》中略謂：

> 賀又見其〈烏棲曲〉，歎賞苦吟曰：「此詩可以泣鬼神矣。」。曲曰：……白才逸氣高，與陳拾遺齊名，先後合德。……時杜甫贈白詩二十韻，多敘其事。白後放還，遊賞江表山水。卒於宣城之采石，葬於謝公青山。范傳正為宣歙觀察使，為之立碑，以旌其隧。初白自幼好酒，於兗州習業，平居多飲。又於任城縣搆酒樓，日與同志荒宴其上，少有醒時。邑人皆以白重名，望其重而加敬焉。❷⑤

可以說，關係到杜甫「詩史」的文字幾乎被全部刊落。《本事詩》從一開始提到的「故杜子美贈詩及焉」、李白戲弄杜甫的詩以及最後一段論「詩史」說的文字全部沒有了，「杜所贈二十韻，備敘其事。讀其文，盡得其故跡」也簡化成「時杜甫贈白詩二十韻，多敘其事」。當然，《太平廣記》將有關杜甫的內容刪去，實際上更有利於突出李白故事的結構完整。

　　很顯然，在李白故事的傳衍中，《本事詩》之前的記載和之後的記載，對杜甫都沒有興趣加以關注。只有孟棨，特意在其中加入不少關於杜甫的筆墨，並在其間提出深具影響的「詩史」概念。從

---

❷⑤　李昉等編：《太平廣記》（北京：中華書局，1961）第五冊卷二零一〈才名〉之「李白」條，頁1511－1512。

這個意義上說，不管「詩史」說是否在杜甫生前或孟棨所處的時代已經流行，孟棨的精心撰著使「詩史」說通過杜詩對李白事跡的記載展現出來，是文學批評史上第一次對「詩史」概念做具體的闡釋。而杜甫的〈寄李十二白二十韻〉，也成為文學史上第一首被稱為「詩史」的詩歌。

杜甫〈寄李十二白二十韻〉一詩，有學者認為作於肅宗乾元元年（758 年），❷也有人認為作於乾元二年（759）年。❷不管如何，都是作於安史之亂中。孟棨對這首詩大大稱賞一番，認為該詩「備敘其事。讀其文，盡得其故跡。」即這首詩詳細記載了李白的事情，讀者可以通過閱讀這首詩，得知李白的事跡。然後孟棨就給「詩史」概念下了一個定義。所謂「詩史」，須具備兩個條件：首先是杜甫在安史之亂中流離隴蜀時所寫的詩歌；其次，杜甫在寫作這些詩歌時，記錄了他流離隴蜀時的全部事情，連十分隱密的事也不例外，甚至沒有任何遺漏。兩者缺一不可，構成「詩史」的內涵。過去，我們僅僅從「杜逢祿山之難，流離隴蜀，畢陳於詩，推見至隱，殆無遺事，故當時號為『詩史』」這句話中得出「詩史」的定義，而沒有注意到這段話是從〈寄李十二白二十韻〉一詩上引發出來的。這是不完備的。

但是，《本事詩》之後，「詩史」說馬上從李白故事中脫離。整個宋代，「詩史」概念十分之流行，但主要通過詩話、序跋等文

---

❷　如浦起龍云：「此詩舊編秦州。今按詩意，乃在太白長流未赦時作。當是乾元初華州詩也。」見《讀杜心解》，頁 718。

❷　如仇兆鰲認為：「在乾元二年秦州作」，見仇兆鰲注：《杜詩詳注》（北京：中華書局，1979）卷之八，頁 660。

字傳播、演變，沒有人注意到「詩史」概念的第一次提出是依附在李白故事之上的。但這種忽視，反而也使得「詩史」概念在宋代得到充分地發展和演變，內涵也不斷得到深化和豐富。

第二節　孟棨「詩史」說的理論背景：《春秋》義理與「緣情」

孟棨現存著作雖然僅有薄薄的《本事詩》一種，但王夢鷗先生詳盡權威的研究表明，孟棨撰述《本事詩》的態度極為認真，絕不是郭紹虞所說的「僅備茶餘酒後的消遣，其態度卻又是遊戲的。」❷ 所以，我們不妨大膽利用孟棨在《本事詩》中的片言隻語來推斷他對詩歌的想法。

「本事」一詞，本出於《漢書·藝文志》：

> 丘明恐弟子各安其意，以失其真，故論本事而作傳，明夫子不以空言說經也。《春秋》所貶損大人當世君臣，有威權勢力，其事實皆形於傳，是以隱其書而不宣，所以免時難也。❷

左丘明在口授《春秋》時，因為擔心弟子「空言說經」，所以特別

---

❷　郭紹虞著：〈宋詩話輯佚序〉，《宋詩話輯佚》（北京：中華書局，1980），頁 3。王夢鷗的研究表明，孟棨撰寫《本事詩》時，極具身世之感，態度甚是認真。見王夢鷗〈本事詩校補考釋前言〉第五節〈孟棨生世及其作品略論〉，《唐人小說研究三集》，頁 22—24。

❷　陳國慶編：《漢書藝文志注釋彙編》（北京：中華書局，1983），頁 74。

強調《春秋》原本的事實；又撰寫《左傳》一書，將事實記錄下
來。❸由此可見，所謂的「本事詩」，就是介紹詩歌產生時的事
實。❸

　　孟棨在談論「詩史」說時，還提到杜詩「推見至隱，殆無遺
事」。其實這個想法來自《史記‧司馬相如列傳》中的「太史公
曰」：

　　　　《春秋》推見至隱，《易》本隱之以顯。❸

在太史公看來，「推見至隱」是《春秋》一書的特徵。那什麼是
「推見至隱」呢？裴駰引韋昭的話說：

　　　　推見事至於隱諱，謂若晉文召天子，經言「狩河陽」之屬。❸

---

❸　　《漢書‧藝文志》這段話出自《史記‧十二諸侯年表》：「魯君子左丘明懼
弟子人人異端，各安其意，失其真，故因孔子史記，具論其語，成《左氏春
秋》。」司馬遷撰、裴駰集解、司馬貞索隱、張守節正義：《史記》（北
京：中華書局，1982）第二冊，頁 510－511。但「本事」一詞始於《漢書‧
藝文志》。

❸　　關於本事究竟指什麼，可以參看淺見洋二著：〈關於詩與「本事」、「本
意」以及「詩讖」——論中國古代文學作品接受過程中的本文與語境的關
係〉，刊項楚主編：《新國學》（成都：巴蜀書社，2002）第四卷，頁 1－
15；又見淺見洋二著、金程宇等譯：《距離與想像——中國詩學的唐宋轉
型》，頁 355－369。該文主要從《本事詩》等文獻入手，討論「本事」、
「本意」究竟指什麼，以及是否存在等問題。

❸　　《史記》第九冊，頁 3073。

為更好理解「推見至隱」，有必要先弄清楚「晉文召天子」的故事。《春秋·僖公二十八年》說：

> 冬，公會晉侯、齊侯、宋公、蔡侯、鄭伯、陳子、莒子、邾
> 子、秦人于溫。天王狩于河陽。❸❹

這句話的意思是說僖公二十八年的冬天，魯僖公和諸位諸侯在溫這個地方會面，周襄王在河陽這個地方狩獵。僖公二十八年，也是周襄王二十年、晉文王五年，即西元前 632 年。但《左傳》對這件事有著不同的記載：

> 冬，會于溫。是會也，晉侯召王，以諸侯見，且使王狩。仲
> 尼曰：「以臣召君，不可以訓。」故書曰：「天王狩于河
> 陽。」言非其地也，且明德也。❸❺

杜預對這段話解釋說：

> 晉侯大合諸侯，而欲尊事天子以為名義。自嫌強大，不敢朝
> 周。喻王出狩，因得盡群臣之禮，皆譎而不正之事。❸❻

---

❸❸　同上。
❸❹　杜預集解：《春秋經傳集解》（上海：上海古籍出版社，1988），頁 369。
❸❺　《春秋經傳集解》，頁 388－389。
❸❻　《春秋經傳集解》，頁 389。

也就是說，周襄王實際上不是要去河陽狩獵，而是因為晉侯召見他。但晉侯以臣子的身份召見天子，於禮不合。所以《春秋》不直接道出此事，僅僅微婉地指出周襄王在河陽狩獵。

孟棨在《本事詩》中雖然沒有直接提到《春秋》，但「本事」一詞本身就與孔子說《春秋》有關；至於「推見至隱」等語，也均與《春秋》有著密切聯繫。在隨後的研究中，我們會知道「詩史」概念在後來的發展中，一直和《春秋》有著錯雜的關係。而這種錯雜的關係，從「詩史」概念一誕生，就已經開始了。

孟棨在〈本事詩·序目〉中還說：

> 詩者，情動於中而形於言。故怨思悲愁，常多感慨。抒懷佳
> 作，諷刺雅言，雖著於群書，盈廚溢閣，其間觸事興詠，尤
> 所鍾情，不有發揮，孰明厥義？**㊲**

可見孟棨非常重視「情」的作用。上文也提到，《本事詩》一書的七個部分：情感、事感、高逸、怨憤、徵異、徵咎和嘲戲，亦以「情感」居首。這裡需要強調的是，孟棨所重視的「情感」，更多側重於「觸事興詠，尤所鍾情」，**㊳**即認為「情」是對外在的具體事件的感動，而沒有單純地強調情感來自於人內心的「情動於

㊲ 《歷代詩話續編》，頁2。

㊳ 羅根澤在《中國文學批評史》中，已經提到孟棨重視「緣情」，而且重視「觸物興詠」，但他沒有分析是「情」，見羅根澤著：《中國文學批評史》（上海：上海書店，2003），頁540。又見廖棟樑著：〈試論孟棨《本事詩》〉，《中外文學》第23卷第4期（1994年9月），頁176-177。

中」。正因為如此，孟棨才強調詩歌的「本事」。

六朝以來，中國的文學理論就很重視「物」對情感的激盪作用。如陸機在《文賦》中說：「遵四時以歎逝，瞻萬物而思紛。」❸劉勰也在《文心雕龍》的〈物色〉篇中說：「春秋代序，陰陽慘舒，物色之動，心亦搖焉。」❹這些說法都是要強調詩人的創作動因來自自然萬物對詩人心靈的觸動，❹大概要到鍾嶸的〈詩品序〉，才開始重視詩人對具體事件的感發：

> 若乃春風春鳥，秋月秋蟬，夏雲暑雨，冬月祁寒，斯四候之感諸詩者也。嘉會寄詩以親，離群托詩以怨。至於楚臣去境，漢妾辭官；或骨橫朔野，或魂逐飛蓬；或負戈外戍，殺氣雄邊；塞客衣單，孀閨淚盡；或士有解佩出朝，一去忘返；女有揚蛾入寵，再盼傾國；凡斯種種，感蕩心靈，非陳詩何以展其義，非長歌何以騁其情。❷

鍾嶸所說，是指詩人面對不同的具體事情而得到不同的感蕩，所以廖棟樑認為鍾嶸這段話正是孟棨「觸事興詠，尤所鍾情」的「注

---

❸　陸機撰、張少康集釋：《文賦集釋》（上海：上海古籍出版社，1984），頁14。

❹　劉勰著、范文瀾注：《文心雕龍注》（北京：人民文學出版社，1958），頁693。

❹　蔡英俊著：《比興物色與情景交融》（臺北：大安出版社，1986）第三章第一節〈「物色」觀念的提出及其理論意義〉，頁168－189。

❷　王叔岷撰：《鍾嶸詩品箋證稿》（臺北：中央研究院中國文哲研究所，1992），頁76－77。

解」。廖棟樑並進一步出，孟棨的「詩情」說，正是陸機「緣情」
說、鍾嶸〈詩品序〉以來的繼續。❹他的這種說法，放在抒情理論
的發展中來說，是言之成理的。❹

　　綜上所述，「詩史」概念自誕生開始，就和《春秋》義理以及
「緣情」理論產生了關聯。這種關聯，在「詩史」概念隨後的發展
過程中，非但沒有斷裂，反而又時常糾葛在一起，成為歷代「詩
史」說中常新的話題。

第三節　小　結

　　從上文可以推知，孟棨「詩史」說的內涵，須具備兩個條件：
首先是杜甫在安史之亂中流離隴蜀時所寫的詩歌；其次，杜甫在寫
作這些詩歌時，記錄了他流離隴蜀時的全部事情，連十分隱密的事
也不例外，甚至沒有任何遺漏。兩者缺一不可，構成「詩史」概念
出現在中國文學批評史上的第一個內涵。至於杜甫的〈寄李十二白
二十韻〉一詩，則是孟棨心目中理想的「詩史」範例。

　　另外，經過探討孟棨的詩學思想，可以知道孟棨的「詩史」說
深受《春秋》義理和「緣情」理論的影響。後來的各種「詩史」
說，往往也受到這兩方面錯綜複雜的影響。這些情況，下文會陸續
提到。

---

❹　廖棟樑著：〈試論孟棨《本事詩》〉，《中外文學》第 23 卷第 4 期，頁 176
　　－178。
❹　本書最後一章，會對中國詩歌的抒情傳統做一簡單地介紹，並進一步分析
　　「詩史」說與抒情理論的關係。

第二章　兩宋「詩史」
說的分期與內涵

第一節　兩宋「詩史」說的歷史分期

　　「詩史」概念的內涵在兩宋三百餘年（西元 960 年到 1279 年）間，得到了不斷地擴大和豐富。這無疑與杜甫在宋代逐漸受到廣泛尊崇有關。❶杜甫的被推崇，使得杜詩的箋注、評釋日益繁榮，「詩史」作為杜詩批評中的一個重要概念，也就水漲船高地日益受到關注。

　　然而，有一個問題始終困擾著學術界，即「詩史」說的廣泛流傳是否真的僅與杜詩學的發展有關？是否還有其他因素在背後給予推動？所以，有學者試圖從宋代史學的發展來推測「詩史」說產生

---

❶　關於杜詩如何在宋代受到推崇並對詩壇產生影響，有些學者進行了深入的研究。如許總著：《杜詩學通論》（桃園：聖環圖書，1997）第二章〈宋代詩人宗杜風尚〉，頁 21－37。

的背景；❷也有學者認為「詩史」說流行的原因是因為宋代詩人年譜和編年詩文集的編撰；❸更有學者從宗經的角度來理解宋人為何推崇「詩史」概念。❹凡此種種，均對深入理解「詩史」說為何在宋代持續繁榮有著很大的幫助。然而，這些研究僅涉及「詩史」概念如何繁榮的外緣問題。本文所關心的問題則是：「詩史」概念在宋代到底發展出哪些內涵？每個內涵是如何發展起來的？這些內涵的產生和當時的文學批評又有著什麼樣的關係？

　　實際上，對宋代「詩史」概念的內涵進行宏觀研究的文章已經有了不少。最重要的論文有兩篇，即楊松年的〈宋人稱杜詩為詩史說析評〉（1983 年）❺和陳文華所著《杜甫傳記唐宋資料考辨》中的一節〈詩史〉（1987）。❻

　　楊松年在〈宋人稱杜詩為詩史說析評〉一文中，將宋人紛雜的

---

❷　如郝潤華著：〈宋代史學意識與「詩史」觀念的產生〉，《西北師大學報》2000 年第 2 期，頁 1－7。郝潤華認為「詩史」觀念真正產生於宋代，孟棨僅僅是提出而已。

❸　如淺見洋二著：〈文學の歷史學──宋代における詩人年譜、編年詩文集、そして『詩史』說について一〉，川合康三編：《中國の文學史觀》（東京：創文社，2002 年），頁 61－99。完整的中譯本見張劍等譯：〈文學的歷史學──宋代詩人年譜、編年詩文集及「詩史」說〉，陳飛等主編：《新文學》第三輯，頁 102－125；及淺見洋二著、金程宇等譯：《距離與想像──中國詩學的唐宋轉型》，頁 280－334。

❹　如黃東陽著：〈由宗經文論詮解宋人尊杜甫為詩史之內涵〉，《東方人文學志》第 2 卷第 3 期（臺北：2003 年 9 月），頁 93－110。

❺　楊松年著：《中國古典文學批評論集》，頁 127－162。

❻　見陳文華《杜甫傳記唐宋資料考辨》第四篇〈思想之釐定〉第一節〈圍繞在儒家詩教觀下的批評內容〉第三部分〈詩史〉，頁 241－262。

「詩史」概念分成九大類：

> 1. 以杜詩善於反映、敘述那一個時代的政事。
> 2. 以杜詩所敘述的物事或描繪的情景，最能實錄。
> 3. 以杜詩用典未嘗失誤。
> 4. 以杜詩練句下字，往往超詣。
> 5. 以杜詩寓褒貶之意，具春秋之法。
> 6. 以杜詩備於眾體。
> 7. 以杜詩詩情誠實。
> 8. 以杜詩有年月地里本末之類。
> 9. 直稱杜甫本人或其詩作為詩史。

楊松年的分類建立在他對大量資料的排比歸納之上，所以立論堅實。所分的九類，無疑都是「詩史」概念的重要內涵。他還收集了許多杜詩學的資料，證明九種「詩史」的內涵均建立在宋人對杜詩廣泛討論的基礎上。遺憾的是，他的分類只是一種共時性的分類，他將兩宋三百多年的「詩史」概念並置在一起分析，令讀者無法看出九種「詩史」內涵的歷時性的發展順序。

　　陳文華的文章，重點在於強調「詩史」說是宋人詩教觀的一部分。他認為，「詩史」概念的基本內涵是「敘事」，正因為詩歌能夠敘事、能夠記錄歷史事件，宋人才認為杜詩可以補唐史之闕、正唐史之誤。但這些都是枝節問題，根本問題則在於宋人重視詩歌的褒貶功能，而構成褒貶意識的內在原因，是來自作者肺腑之中的「情性」。所以，「詩史」是「個人情懷與歷史事件之高度結

合」，❼而「『情性』的內涵既為『誠』或『正』，進一步發展，便可指實為『忠愛』之精神」❽，由此證明，「詩史」說實際上是儒家詩教觀的一部分。

　　陳文華的貢獻在於有系統地整理了「詩史」概念各種不同內涵之間的關係，並最終將之統攝在「詩教觀」之下。他還特意地指出「敘事」這一宋人詩論中的常用詞語，❾將之確定為「詩史」概念的基本內涵，並由此作為起點，展開精彩的討論。但該文的最大問題同樣在於忽略了各種「詩史」內涵產生的歷史順序。文章將不同時期產生的「詩史」內涵雜糅到一起，以期建立宋代「詩史」說的體系，遂不免發生過分服從論證時的邏輯順序而顛倒、混淆材料之間的歷史順序。

　　由此可見，目前研究宋代「詩史」說的最大問題就是尚未梳理出各種「詩史」內涵之間的歷史發展順序，因而無從知曉不同的「詩史」內涵究竟是如何開展出來的，亦無從弄清各類表面歧義紛出的繁雜的「詩史」說到底是不是存在體系。

　　我們將目前可以收集到的有關宋代「詩史」說的史料一一斷定年代，發現可以根據史料產生的年代，將宋代「詩史」說的發展劃分為四個時間段。

---

❼　陳文華著：〈詩史〉，《杜甫傳記唐宋資料考辨》，頁 257。

❽　同上，頁 258。

❾　早在陳文華之前，龔鵬程已經注意到「詩史」理論中的敘事問題，《詩史本色與妙悟》，頁 23－24。陳平原也認為「敘事」為「詩史」最重要的內涵，陳平原著：〈說「詩史」──兼論中國詩歌的敘事功能〉，《陳平原小說史論集》（石家莊：河北人民出版社，1997），頁 553－576。

　　第一個時間段是北宋仁宗末年到哲宗初年（1060－1090）。宋代最早的「詩史」材料出現在 1060 年成書的《新唐書》之中，到 1090 年胡宗愈寫作〈成都新刻草堂先生詩碑序〉為止。此三十年間對「詩史」概念的討論比較密集。

　　第二個時間段是徽宗、欽宗朝（1101－1127 年）。這個時間段中的「詩史」材料非常豐富，但因為大多來自詩話、筆記，所以很難精確判斷其產生年份，但仍可大概斷定在此三十年間。

　　第三個時間段是南渡之後（1127－1218 年）。這個時間段的劃分並非依據史料的年代，而是在確定前後的時間段之後，再加以釐定的，所以時間跨度很長。相對而言，在之前的兩個時間段和隨後的一個時間段中，對「詩史」概念的討論都有比較集中的主題，而本時間段中，對「詩史」概念的討論則相對分散。

　　第四個時間段是宋末元初（1250－1286 年）。文中涉及的一些史料從產生的年代上來講，已經屬於元代，但作者大多由宋入元，他們討論的問題與宋末也有著延續性，所以將之納入宋末一起討論，冠名曰宋末元初。

　　總的來說，在這三百餘年的四個時間段中，「詩史」概念得到當時人相對集中的關注和論述。儘管如此，在不同的階段，「詩史」說的發展還是不均衡的。「詩史」概念在北宋的討論比較熱烈，主要的一些內涵在北宋都已經誕生；進入南宋之後，「詩史」概念的內涵便開始逐漸收窄。

　　需要補充說明的是，宋代文獻中多數出現的「詩史」一詞，只是作為杜詩的代稱。這部分文獻內涵明確，且無理論意義，故不在考察之列。

下面我們會依次分析各個時期的「詩史」說，並儘量指出「詩史」一詞在不同時段的內涵是如何產生的，以及它們各自的影響如何。

第二節　仁宗末年到哲宗初年
（1060－1090）間「詩史」概念的內涵

這段時間是宋代「詩史」說的開端，幾個最為重要的「詩史」內涵被陸續提了出來。

一、善陳時事的律詩：《新唐書》的「詩史」說

從現有文獻來看，孟棨之後最早提到「詩史」概念的是宋祁（998－1061）的《新唐書·杜甫傳》，宋祁說：

> 唐興，詩人承陳、隋風流，浮靡相矜。至宋之問、沈佺期
> 等，研揣聲音，浮切不差，而號「律詩」，競相襲沿。逮開
> 元間，稍裁以雅正，然恃華者質反，好麗者壯違，人得一
> 概，皆自名所長。至甫，渾涵汪茫，千彙萬狀，兼古今而有
> 之，它人不足，甫乃厭餘，殘膏剩馥，沾丐後人多矣。故元
> 稹謂：「詩人以來，未有如子美者。」甫又善陳時事，律切
> 精深，至千言不少衰，世稱「詩史」。❿

---

❿　歐陽修、宋祁撰：《新唐書·文藝傳上》（北京：中華書局，1975 年），頁
　　5738。

《新唐書》於宋仁宗慶曆五年（1045 年）開始修撰，到嘉佑五年（1060 年）完成。**⑪**《新唐書》的說法較之早前的《本事詩》，已有很大的不同。正如我們在前面所指出的，《本事詩》的「詩史」說主要是指杜甫在安史之亂中流離隴蜀時所寫的詩歌；杜甫在寫作這些詩歌時，記錄了他流離隴蜀時的全部事情，連十分隱密的事也不例外，甚至沒有任何遺漏。這部分詩歌，被孟棨稱為「詩史」。而宋祁的「詩史」說主要包含兩個層面：一是詩歌要「善陳時事」，即杜詩善於再現（represent）當時的時事；二是律詩，宋祁強調杜甫的詩歌十分切合聲律，「千言不少衰」應該是指杜甫的排律。**⑫**這種重視律詩，尤其重視排律的想法，明顯受到元稹（779－831）的影響。元稹在〈唐故工部員外郎杜君墓係銘〉中說：

> 至若鋪陳終始，排比聲韻，大或千言，次猶數百，詞氣豪邁而風調清深，屬對律切而脫棄凡近。**⑬**

元稹特別欣賞杜甫在律詩、尤其是長篇排律上的成就，《新唐書》吸收這一觀點，將之納入「詩史」說。

　　綜合而言，宋祁的「詩史」說主要是指杜詩中那些記載時事的律詩（尤其是五七言排律），這與孟棨的「詩史」說有著很大的區別

---

⑪　參黃永年著：《舊唐書與新唐書》（北京：人民出版社，1985）的相關論述，頁 38－39。

⑫　據浦起龍《讀杜心解》卷首的〈目錄〉和〈少陵編年詩目譜〉，我們可以統計出杜甫一生寫詩 1458 首，其中五排有 127 首，七排有 8 首。

⑬　元稹著：《元稹集》（北京：中華書局，1982），頁 601。

（雖然他們都很重視杜詩記載時事的功能），這種區別主要體現在以下兩點：

　　1.宋祁僅僅指出杜詩善於記載時事，但沒有達到孟棨所強調的「推見至隱，殆無遺事」的程度。也就是說，宋祁對於杜詩記載時事的功能，沒有孟棨那樣強調。

　　2.在孟棨看來，杜詩「詩史」有一個時間上的限制，即指杜甫在流離隴蜀之間所寫的詩歌。但宋祁並不在意這一點，他受到元稹的影響，提出了聲律上的問題，在「詩史」說中突出了杜詩中律詩、尤其是排律的地位。

但宋祁的說法並沒有交代清楚律詩這種詩歌文體和紀載時事之間到底有著什麼樣的關係。歷代學者似乎對此都不太關注，現代學者曾涉及這個問題，但也沒有給予直接的解釋。高友工在〈律詩的美學〉一文中提到杜甫在七律上的成就：

　　他（指杜甫——引者按）在詩歌方面最傑出的成就在於深化和拓展了七言律詩原有的狹小境界。……為了將他與唐王朝命運千絲萬縷聯結在一起的個人悲劇寫進詩中，他就必須拓展七言律詩這一傳統形式的表現能力。❹

底下高友工從杜詩的用典、結構、象徵等層面來分析了杜甫七律在

---

❹　高友工著：〈律詩的美學〉，高友工著：《中國美典與文學研究論集》（臺北：國立臺灣大學出版中心，2004），頁 250。對杜詩的分析，見 248－256。

內容上的恢巨集境界。然而律詩和其他詩歌文體比起來，到底有什麼優勢更能陳現時事，高先生也沒有提及。另如程千帆、張宏生認為杜甫之前，初唐或由初入唐的七律重，除少數幾首之外，「內容不外包括應制頌聖、即景抒懷、寄遠贈別、登臨懷古等幾類，而尤以第一類為最多。」到了杜甫：

> 七律這種詩體卻被注入了豐富而深刻的政治內涵，使之跳出宮廷和個人生活的小圈子，成為反映政治現實的一種新手段，從而開拓了七言律詩的新境界。❶

莫礪鋒在《杜甫評傳》中也特別強調杜甫「用律詩反映時事政治，並發表政治見解」❶，但也僅重視五七言律詩。可以看到，如程千帆、張宏生、莫礪鋒等人強調的是杜詩在五七言律詩中開拓了政治的內涵，他們關心的問題是律詩的內容如何在杜甫手中得到開拓。這個分析的角度可以幫助我們理解律詩和紀載時事之間的關係，然而他們的論述基本集中在五七言律詩，對於排律的問題沒有涉及。所以，我們還需要進一步考察律詩、尤其是排律在內容和形式上，與紀載時事的功能究竟有著什麼樣的關係。

明人徐師曾在《文體明辨序說》中說排律：

---

❶　程千帆、張宏生著：〈七言律詩中的政治內涵──從杜甫到李商隱、韓偓〉，收入《程千帆全集》（石家莊：河北教育出版社，2000）第九卷，頁40－41。

❶　莫礪鋒著：《杜甫評傳》（南京：南京大學出版社，1993），頁356－357。

　　大抵排律之體，不以鍛煉為工，而以佈置有序、首尾通貫為
　　尚，學者詳之。**⓱**

所謂「佈置有序、首尾通貫」，即強調排律在敘事上的功能。一首
排律，並不以鍛煉字句也就是修辭為重點，但它擁有其他詩歌體裁
不具備的優勢，即字數多，使得它在「陳時事」的時候，有足夠的
篇幅來謀篇佈局，在敘事上達到有序和通貫。宋祁強調排律可稱為
「詩史」，著眼點或許在此。

　　整個宋代的「詩史」說，定義雖然十分繁雜，但無疑以《新唐
書》的說法最具影響力。作為宋代的官修正史，《新唐書》在讀書
人的心目中，具有很高的地位。宋人評論杜詩，若涉及「詩史」概
念，很多直接從《新唐書》而來。如馬永易的《實賓錄》卷五有
「詩史」條目，無非抄錄《新唐書》對「詩史」的定義。**⓲**

　　至於宋代幾部重要的類書，在抄錄「詩史」的定義時，均是直
接抄錄《新唐書》。如白居易原本、孔傳（12 世紀）續撰《白孔六
帖》卷八十六〈詩五〉「詩史」條：

　　元稹謂詩人以來，未有如子美者。甫又善陳時事，律切精
　　深，至千言不少衰，世稱詩史。**⓳**

⓱　徐師曾著：《文體明辨序說》（北京：人民文學出版社，1962 與吳訥《文章
　　辨體序說》合刊本），頁 108。

⓲　馬永易撰：《實賓錄》卷五，《四庫全書》第 920 冊，頁 346 下。

⓳　白居易原本、孔傳續撰《白孔六帖》卷八十六〈詩五〉「詩史」條，《四庫
　　全書》第 892 冊，頁 407 上。

另如祝穆《古今事文類聚》別集卷九、佚名《錦繡萬花谷》前集卷二十一、潘自牧《記纂淵海》卷七十五、謝維新《古今合璧事類備要》前集卷四十四等均有「詩史」的條目，無一不是是抄錄《新唐書》的說法來定義「詩史」概念。這些類書的流傳，使得《新唐書》的「詩史」說在整個宋代都有著重要的影響。直到清代，尚有學者對此「詩史」說加以分析和評論。[20]

二、追求普遍性的詩學：邵雍的「詩史」說

邵雍（1011-1077）的《擊壤集》中有一首〈詩史吟〉：

> 史筆善記事，長於炫其文。文勝則實喪，徒憎口云云。詩史
> 善記事，長於造其真。真勝則華去，非如目紛紛。天下非一
> 事，天下非一人。天下非一物，天下非一身。皇王帝伯時，
> 其人長如存。百千萬億年，其事長如新。可以辨庶政，可以
> 齊黎民。可以述祖考，可以訓子孫。可以尊萬乘，可以嚴三
> 軍。可以進諷諫，可以揚功勳。可以移風俗，可以厚人倫。
> 可以美教化，可以和疏親。可以正夫婦，可以明君臣。可以
> 贊天地，可以感鬼神。規人何切切，誨人何諄諄。送人何戀

---

[20] 清初夏力恕在《讀杜筆記》中論〈冬日謁洛城北玄元廟〉、〈行次昭陵〉二詩曰：「二首皆少陵排體之傑出者，古今稱詩史，稱杜律，皆從此類詩得之」，參見蔣寅著：《清詩話考》（北京；中華書局，2005）所引，頁285。另如清中期潘德輿（1785-1839）在所著《養一齋李杜詩話》卷二中，也對宋祁這段著名的「詩史」論述加以討論，《清詩話續編》（上海：上海古籍出版社，1983），頁2190-2191。

戀，贈人何懃懃。無歲無嘉節，無月無嘉辰。無時無嘉景，
無日無嘉賓。樽中有美祿，坐上無妖氛。胸中有美物，心上
無塵埃。忍不用大筆，書字如車輪。三千有餘首，布為天下
春。㉑

此詩具體寫作時間不知。陳國球注意到，邵雍的《擊壤集》大體依
時代先後排列，《擊壤集》卷一第二首詩〈過溫寄鞏縣宰吳秘丞〉
有自注：「皇佑元年」，皇佑是宋仁宗年號，「元年」即 1049
年；卷十九有〈病亟吟〉一詩，詩中說：「客問年幾何，六十有七
歲」㉒，可知該詩已經是邵雍臨歿前的作品了。㉓因為〈詩史吟〉
一詩刊於《擊壤集》的第十八卷，可以大概推知該詩作於邵雍人生
的最後兩年中，即大約 1076 年左右。

　　邵雍對「詩史」的看法，建立在他對史書撰寫的認識上。他認
為，史書的善於記載事實，體現在史書擅長運用「文」（包括結構、
文法、修辭等）來將事實記載下來。㉔用「文」把事實記載下來之

㉑　邵雍著：《伊川擊壤集》卷十八，頁 134，《四部叢刊初編集部》本。

㉒　《伊川擊壤集》卷十九，頁 146。

㉓　詳細的推論，見陳國球著：〈鍛煉物情時得意，新詩還有百來篇──邵雍
　　《擊壤集》詩學思想探析〉一文的注解第 25，刊《嶺南大學中文系系刊》第
　　五期（香港：嶺南大學，1998），頁 50。

㉔　後現代史學對這個問題頗多闡發。懷特認為史書的書寫是一個敘事活動，包
　　括三個階段：一是史事編序（to make a chronicle），二是故事設定（to shape
　　a story），三是情節編排（emplotment）。參見 Hadyen White, *Metahistory:
　　the historical imagination in Nineteenth-century Europe* (Baltimore: Johns Hopkins
　　University Press, 1975), "Introduction", pp. 5-7.

後，事實本身就可以忽略不計（實衰）了。與之相比，一首詩歌之所以能夠被稱為詩史，在於記事上能夠達到「真」的地步；只要達到「真」，那些讓人眼花繚亂的「華」（即詩歌的聲律、修辭、語彙等）都可以忽略不記了。

　　一般來說，歷史強調「真」，而詩歌側重「文」。但在這裡，邵雍打破了這種常規的看法，他認為，就記載事實而言，史書需要強調「文」的重要性，而詩歌要成為「詩史」，就需要強調「真」的重要性。那麼，邵雍所謂的「真」到底是什麼呢？陳國球曾指出：

> 某單一史實的傳達或者再現並非詩歌藝術最所關切的對象，重要的反而是事件背後的普遍意義。……詩中所講的「天下非一事」、「非一人」、「非一物」、「非一身」等，都是就普遍意義立說，此所以「其人長如存」、「其事長如新」。㉕

由此可見，詩歌記載的「真」並不是個別事件、個別人物的真實存在，而是要記載隱藏在這些事件、人物背後的普遍意義。換言之，邵雍要求詩歌記載的是一種超越具體事物的本體論意義上的東西。詩歌如果能記載到類似的東西，就可以成為「詩史」了。

　　在討論「詩史」概念時，邵雍試圖將詩歌和歷史的界限加以打破。實際上，邵雍一直希望打破不同藝術文體之間的界限，他的

㉕　陳國球著：〈鍛煉物情時得意，新詩還有百來篇──邵雍《擊壤集》詩學思想探析〉，《嶺南大學中文系系刊》第五期，頁 47。

〈詩畫吟〉一詩，目的就在於打破詩歌和繪畫的界限：

> 畫筆善狀物，長于運丹青。丹青入巧思，萬物無遁情。詩者
> 人之志，言者心之聲。志因言以發，聲因律而成。多識于鳥
> 獸，豈止毛與翎。多識於草木，豈止枝與莖。不有風雅頌，
> 何由知功名。不有賦比興，何由知廢興。觀朝廷盛事，壯社
> 稷威靈。有湯武締構，無幽厲欹傾。知得之艱難，肯失之驕
> 矜。去巨蠹奸邪，進不世賢能。擇陰陽粹美，索天地精英。
> 籍江山清潤，揭日月光榮。收之為民極，著之為國經。播之
> 于金石，奏之於大庭。感之以人心，告之以神明。人神之胥
> 悅，此所謂和美。既有虞舜歌，豈無皋陶賡。既有仲尼刪，
> 豈無季札聽。必欲樂天下，捨詩安足憑。得吾之緒餘，自可
> 致昇平。**㉖**

〈史畫吟〉一詩，則是希望打破歷史和繪畫的區別：

> 史筆善記事，畫筆善狀物。狀物與記事，二者各得一。詩史
> 善記意，詩畫善狀情。狀情與記意，二者皆能精。狀情不狀
> 物，記意不記事。形容出造化，想象成天地。體用自此分，
> 鬼神無敢異。詩者豈于此，史畫而已矣。**㉗**

㉖　《伊川擊壤集》卷十九，頁 133－134。

㉗　同上，頁 134－135。

在這些詩中，邵雍都積極希望打破各種藝術文體之間的界限，從更高的層次上去追求本體論的東西。郭紹虞曾指出，理學家論詩「重在原理的根本的探索」。❷❽邵雍的「詩史」說，正是他探索宇宙原理的一部分思索。

　　邵雍用詩歌的形式來分析「詩史」這一概念，不但形式上十分新穎，觀點上也和之前的「詩史」說大異。他在討論「詩史」時，關心的問題是詩歌如何在記載事實時不惑於具體的事件和人物，而去追求普遍的意義。他對孟棨、宋祁所關心的具體問題似乎並不感興趣，悖論的是，後人對他追求本體意義上的「真」似乎也沒有多少探究的興趣。

三、杜詩記錄唐代酒價

釋文瑩的《玉壺清話》（此書 1078 年撰）❷❾卷一第一則說：

> 真宗嘗曲宴群臣於太清樓，君臣歡洽，談笑無閒。忽問：塵
> 沽尤佳者何處？中貴人奏有南仁和者，亟令進之，遍賜宴
> 席。上亦頗愛，問其價，中貴人以實對。上遽問近臣曰：
> 「唐酒價幾何？」無能對者，唯丁晉公奏曰：「唐酒每升三
> 十。」上曰：「安知？」丁曰：「臣嘗讀杜甫詩曰：『蚤來
> 就飲一斗酒，恰有三百青銅錢。』是知一升三十文。」上大

---

❷❽　郭紹虞著：《中國文學批評史》（天津：百花文藝出版社，1999）第六篇
　　〈北宋〉第二章〈北宋之詩論〉第三節〈道學家的詩論〉，頁 371。

❷❾　〔宋〕文瑩撰、鄭世剛、楊立揚點校：《湘山野錄　續錄　玉壺清話》（北
　　京：中華書局，1984）之〈前言〉。

　　喜曰：「甫之詩自可為一時之史。」❸

這是一種將杜詩作為史料來閱讀的方式。言下之意就是杜詩作為
「詩史」，可以絲毫不差地真實記錄當時的一切。這種觀念，由來
已久。孔武仲（1041？－1097？）說：

　　昔唐文宗嘗讀杜甫詩，至「江頭宮殿鎖千門，細柳新蒲為誰
　　綠」，於是曲江四面為行宮、臺殿以壯之，其篤信子美詩至
　　於如此。❸

唐文宗未必如孔武仲所說的那樣是完全因為相信杜詩的記載，他或
許只是借助杜詩來想像以往的輝煌，重建行宮、臺殿，也只是為了
重現這種輝煌的過去。但孔武仲強調唐文宗此舉是因為「篤信」杜
詩之故，倒是透露出孔武仲也許比唐文宗更加相信杜詩記錄的客觀
性。
　　實際上，很多人都贊成這種閱讀杜詩的方法，如朱翌（1097－
1167）在《猗覺寮雜記》中就表示贊同，❸他還同時提出了鹽價問

---

❸　見〔宋〕文瑩撰、鄭世剛、楊立揚點校：《湘山野錄　續錄　玉壺清話》之
　　《玉壺清話》，頁 1。蔡鎮楚稱：「宋人於杜詩有『詩史』之譽，當以此論
　　為先聲。」見蔡鎮楚著：《中國詩話史》（長沙：湖南文藝出版社，
　　1988），頁 60。蔡說誤。
❸　孔武仲著：〈書杜子美哀江頭後〉，《宋詩話全編》之《孔武仲詩話》，第
　　一冊，頁 906。
❸　朱翌著：《猗覺寮雜記》卷上，《四庫全書》第 850 冊，頁 437 上。

題，並明確定義了「詩史」：

> 子美〈鹽井詩〉「自公斗三百，轉致斛六千。」便見當時川
> 中鹽價與商賈所販之息，使後世有考焉。真詩史也。**㉝**

趙與時（1175－1231）《賓退錄》卷三：

> 《玉壺清話》：真宗問近臣唐酒價幾何，丁晉公奏曰：「每
> 升三十。杜甫詩曰：『速須相就飲一斗，恰有三百青銅
> 錢。』」與時嘗因是戲考前代酒價，多無傳焉。惟漢昭帝罷
> 榷酤之，時賣酒升四錢，明著於史。……唐詩人率用此語。
> 如李白「金樽清酒斗十千」，王維「新豐美酒斗十千」，白
> 樂天「共把十千酤一斗」、又「軟美仇家酒，十千方得
> 斗」、又「十千一斗猶賒飲，何況官供不著錢」，崔輔國
> 「與沽一斗酒，恰用十千錢」，郎士元〈六言絕句〉「十千
> 提攜一斗，遠送瀟湘故人」，皆不與杜詩合。或謂詩人之言
> 不皆如詩史之可信，然樂天詩最號紀實者，豈酒有美惡，價
> 不同歟？何其遼絕耶！……**㉞**

趙與時雖然說自己是「戲考前代酒價」，但仍將古來詩歌一併視為
史料。他發現李白、王維、白居易等人所記載的酒價和杜甫記載的

㉝　同上，《四庫全書》第850冊，頁455下。
㉞　趙與時著：《賓退錄》卷三，《四庫全書》第853冊頁683下。

不同，這種情況下，因為杜甫是「詩史」，其他的僅僅是詩人，所以一般以杜詩為標準（詩人之言不皆如詩史之可信）。然而趙與時的困惑是，白居易的詩歌從來都是號稱紀實的，難道也不能相信嗎？

　　趙與時的困惑其實不難解釋。首先我們可以順著他的思路來思考問題，趙與時自己說：「酒有美惡，價不同歟？」我們還可以繼續補充：因為杜甫、白居易所處時代不同，物價出現較大的差異，也是可以理解的。然而這樣回答，依然局限在將詩歌作為史料來閱讀的思路中。

　　如俞文豹在《吹劍錄》（撰於 1243 年）中說：

> 真宗問唐酒價。丁晉公曰：三十一升。引杜詩「速宜相就飲
> 一斗，恰有三百青銅錢。」然按〈食貨志〉：建中三年，置
> 肆釀酒，斛收直三千。正元二年，令酤者斗輸百五十。王維
> 詩「長安美酒斗十千」，樂天詩「十千沽得斗」。則唐酒價
> 初無定。**㉟**

仍然是將詩歌視為史料來閱讀的。**㊱**

㉟　俞文豹撰：《吹劍錄》，見俞文豹撰、張宗祥校訂：《吹劍錄全編》（上
　　海：古典文學出版社，1958），頁 27。

㊱　這種思路，甚至一直延續到明清兩代，如明人俞弁、清人尤侗等，俞弁語見
　　俞弁著：《山樵暇語》卷八第 254 條，吳文治主編：《明詩話全編》（南
　　京：江蘇古籍出版社，1997）第三冊，頁 2500。尤侗語見尤侗著：《艮齋雜
　　說》卷五，尤侗著：《艮齋雜說續說》（北京：中華書局，1992），頁
　　104。關於尤侗，可參本書第五章第一節的討論。

對於杜詩是否真的可以忠實記錄當時的酒價，其實在宋代也有不同的聲音。劉攽在《中山詩話》中說：

> 真宗問近臣：「唐酒價幾何？」莫能對。丁晉公獨曰：「斗值三百。」上問何以知之，曰：「臣觀杜甫詩曰：『速須相就飲一斗，恰有三百青銅錢。』」亦一時之善對。❸

劉攽的態度和別人似乎不同，他僅認為這是「善對」，是臣子面對皇上時一種學問和機智的表現，而不是杜詩真的記錄了唐代的酒價。另如佚名著《北江詩話》說：

> 唐酒價故不可得而知。子美三百青銅之句，取信久矣。而王維云：「新豐美酒斗十千。」不應懸絕如此。❸

作者首先承認唐代的酒價實際上已經不得而知，雖然杜甫的詩句讓人知道了彼時的酒價，但王維詩中記載的價格與杜詩如此不同，讓作者對杜詩的可靠性產生了懷疑。周必大（1126-1204）則有更清醒的反省：

> 昔人應急，謂唐之酒價，每斗三百，引杜詩：「速宜相就飲

---

❸　劉攽著：《中山詩話》，《歷代詩話》（北京：中華書局，1981），頁289。

❸　佚名著：《北江詩話》，張伯偉編校：《稀見本宋人詩話四種》（南京：江蘇古籍出版社，2002）之《明鈔本北江詩話》，頁426。

一斗，恰有三百青銅錢」為證。然白樂天為河南尹〈自勸〉
絕句云：「憶昔羈貧應舉年，脫衣典酒曲江邊。十千一斗猶
賒飲，何況官供不著錢。」又古詩亦有：「金樽美酒斗十
千。」大抵詩人一時用事，未必實價也。❸

對比孟棨、宋祁的說法，酒價問題的討論無疑是將杜詩記載時事的
功能推衍到了一個極端。當然，劉攽、周必大等人對酒價問題是否
一定成立，依然有所保留。可見，「詩史」內涵是否一定要落實在
酒價這種如此細微的層面，宋人也未必一致同意。至於詩歌是否一
定要如此忠實地記載外部世界，才可以稱得上「詩史」，也是言人
人殊的問題。

四、作為史筆的杜詩

黃庭堅（1045－1105）有〈次韻伯氏寄贈蓋郎中喜學老杜之
詩〉：

老杜文章擅一家，國風純正不欹斜。帝閽悠邈開關鍵，虎穴
深沉探爪牙。千古是非存史筆，百年忠義寄江花。潛知有意
升堂室，獨抱遺編校舛差。❹

---

❸　周必大著：《二老堂詩話》「唐酒價」條，《歷代詩話》本，頁 658。
❹　黃庭堅著：《山谷外集》卷十四，《四庫全書》第 1113 冊，頁 529 下。

該詩作於神宗元豐二年，即 1079 年。❹黃庭堅的這首詩在杜詩學上非常有名，清人吳瞻泰曾據此引申：

> 黃魯直則推（杜詩）為詩中之史。❷

實際上，在這首詩中，黃庭堅只是簡單地指出了一個現象：即杜詩中存在史筆。「史筆」從字面上來說，就是撰寫史書的筆法。前人提到「史筆」，往往指《春秋》筆法，更有「直書」、「曲筆」之分。❸今人對「史筆」的理解則相當寬泛，如汪榮祖說：

> 所謂史筆，取其廣義，即包含其史學思想、歷史價值觀、治史風格與體裁，以及書寫的方法等。❹

在黃庭堅的詩裏，史筆則有兩個含義：

1. 強調史筆可以保存歷史的是非。「千古」是一個時間概念，即是指歷史。黃庭堅認為史筆重在講歷史的是非。
2. 根據詩歌的對仗，史筆和江花是對應的概念。江花翻騰在水

---

❹　鄭永曉著：《黃庭堅年譜新編》（北京：社會科學文獻出版社，1997），頁87。

❷　吳瞻泰著：〈評杜詩略例〉，刊《杜詩提要》（臺北：大通書局，1974）卷首，頁17。

❸　劉知幾的《史通》有〈直書〉、〈曲筆〉兩章，見劉知幾撰、浦起龍釋：《史通通釋》（上海：上海古籍出版社，1978），頁192－203。

❹　汪榮祖著：〈錢牧齋的史筆〉，刊《中國文哲研究通訊》第十四卷第二期（2004），頁50。

面，似乎象徵著史筆對於史書的裝飾作用。

在一首短短的詩歌裡，黃庭堅自然無法對「史筆」一詞做理論上的說明，但他將「史筆」這一概念運用到杜詩評論之上，卻對後來有著很大的影響。如黃徹（1124年進士）在《碧溪詩話》中說：

> 子美世號「詩史」，觀〈北征〉詩云：「皇帝二載秋，閏八月初吉。」〈送李校書〉云：「乾元元年春，萬姓始安宅。」又〈戲友〉二詩：「元年建巳月，郎有焦校書。」「元年建巳月，官有王司直。」史筆森嚴，未易及也。❹❺

黃徹認為杜詩中的「史筆」，是記載年月。這是第一次將杜詩的「史筆」明確和「詩史」說聯繫在一起。到了明代，唐元竑（1590－1647）喜歡稱道杜詩為「詩史」，但無一例外，都是在分析杜詩的「史筆」。他說：

> 「鹿頭何亭亭，是日慰饑渴。連山西南斷，俯見千里豁。」因此語追考前〈赤谷〉詩：「山深苦多風，落日童稚饑。悄然村墟迥，煙火何由追。」即知此日以前，山行俱不免饑渴矣。人謂詩史，庶指此等乎。史自有史筆，所謂簡而且詳，疏而不漏。若纖悉具書，如市廛帳簿，且不得言史，無論詩矣。❹❻

---

❹❺　黃徹著：《碧溪詩話》卷一，《歷代詩話續編》本，頁348－349。

❹❻　唐元竑著：《杜詩攟》卷二，《四庫全書》第1070冊，頁24。

又說：

> 稻為鸚鵡粒，紀實也。梧實鳳凰枝，不以凡鳥棲，故沒其本
> 色也。五穀養人，乃以飼鳥鳳皇不至，梧亦虛名。世稱公
> 「詩史」，此等句法頗類史筆，言外各有含蓄，泛作悲慨語
> 看，便嫌合掌。又謂之倒句，此直頓挫耳，不可言倒。何以
> 故？如「鸚鵡啄餘香稻粒」可耳，「鳳凰棲老碧梧枝」難通
> 矣。本應如是，非謂倒也。❹

唐元竑認為杜詩中的「史筆」，已達到「簡而且詳，疏而不漏」和
「言外各有含蓄」的境界，他對「詩史」的理解，就集中在史筆的
運用上。清人吳瞻泰更對這種「詩史」說做了總結，這一點，本文
在討論清代部分時會重點涉及。推源溯流，「詩史」說中的「史
筆」問題，來自於黃庭堅。

五、知人論世

　　胡宗愈在〈成都新刻草堂先生詩碑序〉（作於元佑庚午年，即 1090
年）中說：

> 先生以詩鳴于唐，凡出處去就、動息勞佚、悲歡憂樂、忠憤
> 感激、好賢惡惡，一見於詩，讀之可以知其世，學士大夫謂

---

❹　同上，頁 60。

之「詩史」。㊽

胡宗愈的說法第一次將「詩史」和「知人論世」聯繫在一起。《孟子·萬章篇》說：

> ⋯⋯以友天下之善士為未足，又尚論古之人。頌其詩，讀其書，不知其人，可乎？是以論其世也，是尚友也。㊾

自從經學上鄭玄等人用「知人論世」的方法來解讀《詩經》之後，「知人論世」的方法對理解文學、解釋文學產生了很大的影響。學者早已指出，「知人論世」在孟子的話語系統裡，「指示著道德修養的意義，而無涉於文學作品的箋釋」。㊿也就是說，所謂「論其世」，最終目的並不在於了解「世」，而在於了解「作者」。但胡宗愈在這裡的說法，目的主要在於借助閱讀杜詩去了解杜甫（包括杜甫的出處去就、動息勞佚、悲歡憂樂、忠憤感激、好賢惡惡等），最終去了解杜詩所處的時代（知其世）；即特別看重杜詩中所表現出來的時

㊽　見仇兆鰲注：《杜詩詳注》之〈附編〉，第五冊，頁 2243。蔡正孫《詩林廣記》卷二誤作孫僅（969－1017）語，見蔡正孫撰：《詩林廣記》（北京：中華書局，1982），頁 15。魏慶之《詩人玉屑》卷十四亦誤，見魏慶之編：《詩人玉屑》（上海：上海古籍出版社，1978），頁 304。孫僅有〈讀杜工部詩集序〉，見《杜詩詳注》之《附編》，頁 2237－2238。

㊾　朱熹著：《四書章句集注》（北京：中華書局，1983），頁 324。

㊿　顏崑陽著：《李商隱詩箋釋方法論》（臺北：臺灣學生書局，1991），頁 108。

代，而不是杜甫這個人。

　　胡宗愈的說法影響非常之大。南渡以後，由於時勢所趨，「詩史」概念的內涵有待於重新塑造，而「知人論世」的方法恰好可以包容、整合過去多種不同的「詩史」說，「知人論世」遂成為「詩史」概念的重要內涵，並開始廣泛流行。這些內容我們會在下文涉及。

　　上文分析了「詩史」概念在仁宗末年到哲宗初年（1060－1090）間的發展情況。我們發現，從 886 年孟棨第一次提到「詩史」，一直到近兩百年後的《新唐書》（1060 年）才又一次提及「詩史」說。這背後有著特定的歷史文化因素：即杜集的流通。王洙校輯的二十卷本《杜工部集》於嘉佑四年（1059）由王琪在蘇州刊刻流通。在王琪的刻本刊行之前，杜集的版本雖然眾多，但大多規模很小，流傳也不廣。王洙的校輯本，收羅杜詩齊全，不但在當時對擴大杜詩的流傳產生了積極的作用，而且也成為宋以後各種杜集的祖本。❺❶可以說，杜集的刊刻使得 1060 年之後對「詩史」概念的討論有了一個堅實的文本基礎。

　　進一步來說，杜集的刊刻與流行，與北宋初年詩文革新推動之下杜詩受到世人普遍推崇密切相關。❺❷可以說，王洙校輯杜集的出

---

❺❶　參陳尚君：〈杜詩早期流傳考〉，見陳尚君著：《唐代文學叢考》（北京：中國社會科學出版社，1997），頁 306－316。

❺❷　對於北宋詩文革新中對杜詩推崇的情況，見程傑：《北宋詩文革新研究》（呼和浩特：內蒙古教育出版社，2000）第二十章〈陶、杜典範意義的發現與宋詩審美意識的形成〉中關於杜詩部分的論述，頁 483－499。

現，正是順應了詩文革新的時勢需要。所以說，「詩史」概念的流行，固然與杜集廣泛流傳後所產生的閱讀氛圍有關，更與當時重視杜詩的整個文化環境有關。

綜觀這一時期「詩史」概念的內涵，有如下幾個重要的發展：

首先是強調詩歌記載、陳現時事的功能。《新唐書》說杜詩「善陳時事」、杜詩忠實記錄酒價、甚至通過杜詩來知人論世，背後的思路無一不是認為詩歌（杜詩）可以再現（represent）事實。

其次開始涉及詩歌的創作手法問題。黃庭堅之所以強調「史筆」，無非是認為作為「詩史」的杜詩，是用「史筆」創作出來的。他雖然沒有明確說明什麼是「史筆」，但至少已經開始認為作為「詩史」的杜詩，有著和其他詩歌不同的地方：即杜詩中包含史筆。

再次，「詩史」涉及詩歌和歷史作為不同的文體之間的溝通和綜合。邵雍的觀點涉及詩歌和歷史的本體論，探詢「詩史」能夠成立的根本問題。

「詩史」概念的上述幾種內涵，在後來的發展中各有顯晦。我們在下面的分析討論中，會陸續看到這些內涵的發展和變化。

第三節　徽宗、欽宗朝（1101－1127 年）「詩史」概念的內涵

西元 1100 年以後，也就是在徽宗、欽宗二帝（1101－1127 年）年間，「詩史」概念的內涵得到了進一步的發展。

一、杜詩敘事的功能

李復（1079 年進士）在〈與侯謨秀才〉中說：

> 杜詩謂之詩史，以班班可見當時事。至於詩之敘事，亦若史
> 傳矣。❸

李復的看法有二：

一是從杜詩中「見當時事」，強調從閱讀杜詩的過程中來獲知
杜甫所處時代所發生的事件。這和《新唐書》所說的杜詩「善陳時
事」有些不同。所謂的「善陳時事」，一般的理解正如李樸（1063
－1127）在〈與楊宣德書〉中所說的：

> 唐人稱子美為詩史者，謂能紀一時事耳。❹

強調的是杜詩記錄時事的功能。相比之下，李復看問題的角度更加
站在讀者的立場上。

二是杜詩的敘事如同史書的敘事。重視杜詩的敘事，是李復的
創見。可惜他沒有進一步申說。後來魏泰（1105 年前後在世）在《臨
漢隱居詩話》中說：

---

❸ 李復著：《潏水集》卷五〈與侯謨秀才〉，《四庫全書》第 1121 冊，頁 50
下。

❹ 王正德著：《餘師錄》卷三引李樸〈與楊宣德書〉，《四庫全書》第 1480
冊，頁 779 上。

李光弼代郭子儀入其軍，號令不更而旌旗改色。及其亡也，杜甫哀之曰：「三軍晦光彩，烈士痛稠疊。」前人謂杜甫句為「詩史」，蓋謂是也。非但敘塵跡摭故實而已。(55)

《臨漢隱居詩話》作於 1102 年之前。(56)杜甫在他的〈八哀詩〉之二〈故司徒李公光弼〉中，哀歎李光弼忠而被謗，憂懼而沒。關於「三軍晦光彩，烈士痛稠疊」兩句，仇兆鼇說：

此志其身歿之後，人心追悼也。……烈士增痛，同懷忠憤也。初，光弼至河陽，壁壘旌旗，精彩皆變，今則光彩已晦矣。當時朔方軍士，樂郭之寬，畏李之嚴，今則稠疊悲痛矣。此皆事實也。(57)

杜甫不直接寫自己哀歎惋惜之情，而是通過描寫三軍將士的悲痛來突出李光弼的軍功和被陷害的冤屈。這大概就是魏泰所說的「非但敘塵跡摭故實而已」。

此外，如蔡居厚（1107－1108 年拜右正言）在《蔡寬夫詩話》中說：

子美詩善敘事，故稱詩史。其律詩多至百韻，本末貫穿如一

---

(55) 魏泰著：《臨漢隱居詩話》，《歷代詩話》本，頁 318。

(56) 陳應鸞著：〈臨漢隱居詩話校注前言〉，《臨漢隱居詩話校注》（成都：巴蜀書社，2001 年），頁 10。

(57) 仇兆鼇注：《杜詩詳注》卷十六，第三冊，頁 1381－1382。

辭，前此蓋未有。**⑱**

蔡居厚認為「詩史」一詞主要就杜詩敘事上的成就而言。而他之所以特別強調律詩，顯然受到元稹以來一直到《新唐書》都稱讚杜甫律詩的影響。

二、年月地理數字人物：詩歌實錄的功能

在此期間，杜詩客觀記載外在事物的觀點，得到了進一步的發展。討論的範圍已經遠遠超過酒價的問題，而且更趨細緻。

王得臣（1036－1116）在《麈史》中說：

> 白傅自九江赴忠州，過江夏，有〈與盧侍御於黃鶴樓宴罷同望詩〉曰：「白花浪濺頭陀寺，紅葉林籠鸚鵡洲。」句則美矣，然頭陀寺在郡城之東絕頂處，西去大江最遠，風濤雖惡，何由及之？或曰：「甚之之辭，如峻極於天之謂也。」予以謂世稱子美為詩史，蓋實錄也。**⑲**

王得臣從白居易不能忠實記載準確的地理位置，想到杜詩是「詩史」，應該不會犯類似的錯誤。他所說的「實錄」一詞，出自《漢書》：

---

⑱　蔡居厚著：《蔡寬夫詩話》第 32 條「荊公選杜韓詩」，見郭紹虞著：《宋詩話輯佚》，頁 393。
⑲　王得臣著：《麈史》卷二，《四庫全書》第 862 冊，頁 622。

　　其（指司馬遷）文直，其事覈，不虛美，不隱惡，故謂之實
錄。**⓺**

應劭注曰：

　　言其錄事實。**⓺**

　　「實錄」本指司馬遷《史記》「善序事理」（班固語）的本領，這
裡被王得臣用來定義「詩史」一詞。
　　後來姚寬（1105－1162）在《西溪叢語》中說：

　　或謂詩史者，有年月地里本末之類，故名詩史。**⓺**

　　當時甚至有人將杜詩中的一切數字看成精確記載的。如黃朝英
（1120 年左右仍在世）在《靖康緗素雜記》**⓺**中說：

　　蘇鶚《演義》云：「前史稱腰帶十圍者甚眾。近者《北史》

⓺　班固撰：〈司馬遷傳〉，《漢書》（北京：中華書局，1962），頁 2738。
⓺　同上。
⓺　姚寬著：《西溪叢語》卷上，《四庫全書》第 850 冊，頁 937 下。
⓺　晁公武《郡齋讀書志》說黃朝英是「建州人，紹聖後舉子也。」「紹聖」是
　　哲宗趙煦的年號，西元 1094－1098 年。吳企明認為該書成於北宋末年，大約
　　1127 年之前。吳企明著：〈點校說明〉，吳企明校點、黃朝英著：《靖康緗
　　素雜記》（上海：上海古籍出版社，1986），頁 2。

又云：『庾信身長八尺，腰帶十圍』。圍者環繞之義，古制以圍三徑一，即一圍者三尺也。豈長八尺之人，而繫三十尺之腰帶乎！甚非其理。此圍蓋取兩手大指頭相合為一圍，即今俗謂之搦是也。大凡中形之人，腰不過六尺七尺，今一小圍是一尺，則身八尺腰帶一丈，得其宜矣。」又，沈存中《筆談》云：「武侯〈廟柏〉詩：霜姿溜雨四十圍，黛色參天二千尺。四十圍乃是徑七尺，無乃太細長乎？」予謂存中善《九章算術》，獨於此為誤，何也？四十圍若以古制論之，當有百二十尺，圍有百二十尺，即徑四十尺矣，安得云七尺也。若以人兩手大指頭指相合為一圍，則一圍是一小尺，即徑一丈三尺三寸，又安得云七尺也。武侯廟柏，當從古制為定，則徑四十尺，其長二千尺又宜矣，豈得以太細長譏之乎？老杜號為『詩史』，何敢妄為云云也。……而存中之說誤也。」**㉜**

沈括（1031－1095）認為杜甫在〈古柏行〉一詩中所說的柏樹尺寸有問題，**㉝**但黃朝英認為杜甫是「詩史」，能夠真實記載外在事物，所以不會有錯。錯的反而是沈括。

其實對杜甫這首詩的批評，沈括之前的范鎮（1007－1087）在他

的《東齋記事》（成書於神宗熙寧年間，即 1068－1078 年間）❻中就曾提
到：

> 武侯廟柏，其色若牙然，白而光澤，不復生枝葉矣。杜工部
> 甫云「黛色參天二千尺」，其言蓋過，今才十丈。古之詩
> 人，好大其事，率如此也。❻

王得臣（1036－1116）在《塵史》中也批評杜甫說：

> 凡言木之巨細者，始曰拱把大曰圍，引而增之曰合抱。蓋拱
> 把之間才數寸耳。圍則尺也，合抱則五尺也。莊子曰：櫟社
> 木其大弊牛挈之百圍。疏云：以繩束之，圍麤百尺是也。今
> 人以兩手指合而環之，適周一尺。杜子美〈武侯廟柏詩〉云：
> 「霜皮溜雨四十圍，黛色參天二千尺。」是大四丈。沈存中
> 內翰云：四十圍乃是徑七尺，無乃太細長也。然沈精於算數
> 者，不知何法以準之。若徑七尺即圍當二丈一尺。……❻

批評杜甫的沈括、范鎮、王得臣等人無不斤斤計較於尺寸的長短，
懷疑杜詩的記載不符合現實情況，而維護杜甫的黃朝英也僅停留在
考證尺寸的程度。後來葛立方（紹興八年進士，即 1139 年進士）在《韻

---

❻ 見汝沛著：〈點校說明〉，見范鎮、宋敏求著：《東齋記事·春明退朝錄》
（北京：中華書局，1980），頁 1。

❻ 《東齋記事·春明退朝錄》，頁 32。

❻ 王得臣著：《塵史》卷二，《四庫全書》第 862 冊，頁 634。

語陽秋》中才發表了一番算是通達的言論：

> 杜子美〈古柏行〉云：「霜皮溜雨四十圍，黛色參天二千
> 尺。」沈存中《筆談》云：「無乃太細長乎？」余謂詩意止
> 言高大，不必以尺寸計也。《詩評》載王郊〈大夫竹詩〉示
> 東坡，其一聯云：「葉排千口劍，榦聳萬條槍。」坡曰：
> 「十條竹一個葉也。」若郊者又何足以語詩手？坡公云：
> 「人看王郊詩，若能忍笑，誠能難事。」蓋謂此爾。⑥⑨

葛立方的言論擺脫了具體的尺寸問題的爭論，看到了問題的關鍵：
即詩歌不需拘泥來看。所謂的「四十圍」、「二千尺」，僅僅指柏
樹的高大，並非實錄。

　　「實錄」的想法發展到一定的階段，宋人就開始利用杜詩來進
行修補正史的工作。蔡絛在《西清詩話》（宣和五年即 1123 年九月前不
久撰成）⑦⑩中說：

> 《唐書·列女傳》：王珪微時，母盧氏嘗云：「子必貴，但
> 未見汝與遊者。」珪一日引房玄齡、杜如晦過之。母曰：
> 「汝貴無疑。」所載止此而已。質之少陵詩，事未究也。
> 〈送重表侄王砅〉云：「我之曾老姑，爾之高祖母。」則珪
> 母杜氏，非盧氏也。又云：「爾祖未顯時，歸為尚書婦。隋

---

⑥⑨　葛立方著：《韻語陽秋》卷第十六，《歷代詩話》本，頁615。

⑦⑩　張伯偉著：〈前言〉，張伯偉編校：《稀見本宋人詩話四種》，頁12－13。

朝大業末，房杜俱交友。長者來在門，荒年自糊口。家貧無
供給，客位但箕帚。……」其上下詳諦如此。且一婦人識真
主于側微間，事尤偉甚。史缺失而繆誤，獨少陵載之，號詩
史，信矣夫！**⓻**

蔡絛用「我之曾老姑，爾之高祖母」一詩修正了正史，這種做法在
宋代頗具影響，很多人接著蔡絛的話頭繼續深入。如陳巖肖（1138
－1166）的《庚溪詩話》：

> 杜少陵子美詩，多紀當時事，皆有據依，古號「詩史」。頃
> 見蔡絛《西清詩話》云：「唐史載王珪母盧氏，嘗謂其子：
> 『汝必貴，但未見汝與遊者。』珪一日引房玄齡杜如晦過
> 之，母曰：『汝貴無疑。』」及質之少陵〈送重表姪王砅〉
> 詩曰：「我之曾老姑，爾之高祖母。」則珪母杜氏，非盧氏
> 也。又曰：「爾祖未顯時，……」其詩詳諦如此，而史謬誤
> 之甚，今以余考之云。**⓼**

葛立方在《韻語陽秋》卷第十八中也說：

> 余嘗謂知人雖堯帝猶以為難，而杜子美之曾老姑乃能知唐太
> 宗于側微之時，識房杜輩於賤貧之日。子美載其語云：「向

⓻　蔡絛著：《明鈔本西清詩話》卷上，《稀見本宋人詩話四種》，頁173。
⓼　陳巖肖著：《庚溪詩話》卷上，《歷代詩話續編》本，頁167。

窺窺數公，經綸亦俱有。次問最少年，虯髯十八九。子等成大名，皆因此人手。」噫，一何異邪！唐史載王珪微時，母李氏嘗云：「子必貴，但未見汝與遊者。」珪一日引房杜過之，母曰：「汝貴無疑。」余嘗觀少陵〈贈王砅使南海〉詩，然後知史所書皆誤也。……**❸**

這是用杜詩證史的一個著名個案。近代史家顧頡剛經過研究，指出杜甫該詩所記「未必遂為實事」，**❹**但當時信服者眾多。宋人受此思路的影響，認為杜詩的可信度甚至超過正史，所以往往用杜詩來訂正正史的記載。在後來的「詩史」說中，這種思路時常出現，清代以後，甚至成為學術研究中的一種重要的思路。

　　這個問題正如前文提到的尺寸問題、酒價問題一樣，都是宋代詩學中的熱門話題。就圍繞〈古柏行〉一詩所展開的有關尺寸問題的討論來說，大多數人將杜詩視作「實錄」，只有少數人如葛立方才能保持清醒，首先將〈古柏行〉視為詩歌，而非史料。這種情況，正是布拉格學派的後勁伏迪契卡所要批評的：在評論文學作品時，不能僅僅集中在它所傳遞出來現實的部分，還應該考慮到作品的美學功能。**❺**所以這種「實錄」的「詩史」說，實際上嚴重傷害

---

❸　葛立方著：《韻語陽秋》卷第十八，《歷代詩話》本，頁 627。

❹　顧頡剛著：《顧頡剛讀書筆記》（臺北：聯經出版事業公司，1990）之〈杜詩記事之可疑〉條，頁 8002－8003。

❺　參陳國球著：〈文學・結構・接受史──伏迪契卡的文學史理論〉一文第五節〈文學作品的接受史〉中談到文學作品外緣問題的部分，載陳國球著：《文學史書寫形態與文化政治》（北京：北京大學出版社，2004），頁 347－348。

了對詩歌進行審美閱讀。然而這種思想卻產生了很大的影響，後來元代的程鉅夫幾乎將杜詩讀成旅遊資料集：

> 詩者莫昌于子美秦蜀紀行等篇，山川風景，一一如畫，逮今猶可想見。他詩所詠，亦無非一時事物之實，謂之詩史，信然。**㊏**

明末以後理解和箋釋杜詩以及「詩史互證」方法的流行，都和這種「實錄」的思想分不開。

三、老杜誠實：人品的角度

惠洪（1071－？）在《冷齋夜話》（該書完成於 1118 年）**㊐**中說：

> 李格非善論文章，嘗曰：「諸葛孔明〈出師表〉，劉伶〈酒德頌〉，陶淵明〈歸去來詞〉，李令伯〈乞養親表〉，皆沛然從肺腑中流出，殊不見有斧鑿痕。是數君子，在後漢之末，兩晉之間，初未嘗以文章名世，而其意超邁如此。吾是以知文章以氣為主，氣以誠為主。」故老杜謂之詩史者，其大過人在誠實耳。誠實著見，學者多不曉。如玉川子〈醉歸〉詩曰：「昨夜村飲歸，健倒三四五。摩挲青莓苔，莫嗔

㊏ 程鉅夫著：〈王寅夫詩序〉，程鉅夫著：《雪樓集》卷十四，《四庫全書》第 1202 冊，頁 177 下。

㊐ 據張伯偉考訂，該書完成於蔡卞 1118 年卒後。見張伯偉著：〈前言〉，《稀見本宋人詩話四種》，頁 2。

驚著汝。」王荊公用其意作扇子詩曰：「玉斧修成寶月團，
月邊仍有女乘鸞。青冥風露非人世，鬢亂釵橫特地寒。」**❼⑧**

「詩史」一詞，一般用來指稱杜詩，這裡卻用來直接指稱杜甫。
「誠實」本是形容一個人性情、性格的詞語，用來形容杜甫為人自
是無妨，但將之定義指涉杜詩的「詩史」，卻不易理解。

　　錢鍾書曾指出：「把文章通盤的人化或生命化（animism）」，
是中國文學批評的一個特點。**❼⑨**從這個角度來說，惠洪此處雖然表
面上是在用「誠實」來說杜甫，實際上還是在講杜詩。**❽⓪**其意應該
是指杜詩是杜甫自然而然流露出來的結果，絕非矯柔造作。惠洪論
詩，一貫重視人品，**❽①**用「誠實」來論「詩史」，正是他一貫思路
的表現。

四、重視杜詩字句的出處

---

❼⑧　惠洪著：《日本五山版冷齋夜話》卷之三，《稀見本宋人詩話四種》，頁
　　 29。

❼⑨　見錢鍾書著：〈中國固有的文學批評的一個特點〉，見錢鍾書著：《寫作人
　　 生邊上　人生邊上的邊上　石語》（北京：三聯書店，2002），頁 119。

❽⓪　楊勝寬在討論惠洪論「詩史」時，就沒有注意到這個問題。他甚至將「故老
　　 杜謂之詩史者」一句誤引成「故老杜之詩，謂之詩史者。」見楊勝寬著：
　　 〈人品·氣韻·詩史——惠洪論杜及論詩述評〉，《杜甫研究學刊》2002 年
　　 第 1 期，頁 3。楊在注解中說他的引文出於上海古籍出版社影印《四庫全
　　 本》本，今經檢核，楊引文有誤，見惠洪《冷齋夜話》卷三，《四庫全書》
　　 第 863 冊，頁 249。

❽①　參上引楊勝寬一文的論述，《杜甫研究學刊》2002 年第 1 期，頁 1-9。

王得臣在〈增注杜工部詩序〉（自署作於1113年）中說：

> ……（杜詩）非特意語天出，尤工於用字，故卓然為一代
> 冠，而歷世千百，膾炙人口。予每讀其文，竊苦其難曉。如
> 〈義鶻行〉「巨顙拆老拳」之句，劉夢得初亦疑之，後覽
> 〈石勒傳〉，方知其所自出。蓋其引物連類，掎摭前事，往
> 往而是。韓退之謂「光焰萬丈長」，而世號「詩史」，信
> 哉！⑧

王得臣的意思很類似黃庭堅所說的「無一字無來處」，黃庭堅說：

> 自作語最難，老杜作詩，退之作文，無一字無來處，蓋後人
> 讀書少，故謂韓、杜自作語耳。⑧

宋人重視學問，所以在討論「詩史」問題時，很自然地將重視學問
的風氣帶進來。

後來姚寬（1105－1162）在《西溪叢語》中說：

> 《劉貢父詩話》云：文人用事誤錯，雖有缺失，然不害其
> 美。杜甫云「功曹非復漢蕭何」，據光武謂鄧禹何以不掾功

---

⑧　見徐居仁編、黃鶴補注：《集千家注分類杜工部詩》（臺北：大通書局，
　　1974），頁25。

⑧　黃庭堅著：〈答洪駒父書〉，《山谷集》卷19，《四庫全書》第1113冊，
　　頁186上。

曹，又，曹參嘗為功曹，云酇侯非也。按蕭何為主吏掾，即
功曹也，注在《史記·高祖紀》。貢父博洽，何為不知杜謂
之詩史，未嘗誤用事。㉞

這是對杜詩運用典故的分析，也是重視學問的表現。王得臣、姚寬
將學問與「詩史」結合起來談，這是一個貢獻。到宋末，史繩祖又
在他的「詩史」說裡重新強調學問。

五、杜詩文備眾體

陶宗儀在《說郛》卷六十七引釋普聞（1130 年前後在世）的話：

> 老杜之詩，備於眾體，是為詩史。近世所論：東坡長於古
> 韻，豪逸大度；魯直長於律詩，老健超邁；荊公長於絕句，
> 閒暇清癯。其各一家也。㉟

杜詩「備於眾體」的說法，其實蘇軾（1037-1101）在〈辨杜子美杜
鵑詩〉就已經提到：

> 且子美詩，備諸家體。㊱

㉞　姚寬著：《西溪叢語》卷上，《四庫全書》第 850 冊頁 937 上。
㉟　《宋詩話全編》之《釋普聞詩話》，第二冊，頁 1426-1427。
㊱　蘇軾著、孔凡禮點校：《蘇軾文集》（北京：中華書局，1986）卷六十七，
　　第五冊，頁 2100。

秦觀也說：

> 猶杜子美之於詩，實積眾家之長。❽

他們強調杜詩的「文備眾體」，說明杜詩可以凌駕於眾多詩人之上，具有一種文本的超越性。但正如前文所說的重視杜詩的用典一樣，「文備眾體」之說亦是杜詩學中的常見命題，只不過釋普聞將之納入「詩史」概念中來談而已。但這一說法對後世的「詩史」說並沒有什麼影響。

值得注意的一個問題是，明代復古詩論十分重視「詩史」這一概念，但他們有一個基本的想法就是辯體，這和「文備眾體」的思想簡直是背道而馳。關於辯體思想，在討論復古詩論時會詳細加以處理。

此一時期「詩史」概念的內涵得到進一步的拓展。首先是杜詩實錄的觀念不斷得以深化。杜詩中的年月、地理、尺寸、人物，都已經被視作真實無疑的史實。

其次是開始關注杜詩的文學性，比如強調杜詩的文體優越性（文備眾體）、敘事功能等。這種情況的出現與宋人模擬杜詩有關，當時整個詩壇對杜詩的聲律、用詞遣句、比興手法等創作技巧上的問題均津津樂道。❽所以在討論「詩史」時，宋人很自然地將學杜

---

❽　秦觀著：〈韓愈論〉，秦觀撰、徐培均箋注：《淮海集箋注》（上海：上海古籍出版社，1994）卷二十二，頁 751。

❽　這一點，我們只要翻閱《苕溪漁隱叢話》中記載的北宋人大量討論如何學杜的意見，就可知道。參《苕溪漁隱叢話前集》卷第六至卷十四「杜少陵」、

的心得如敘事、文備眾體等問題放到「詩史」說中來加以理解，由此拓展了「詩史」概念的內涵。

第四節　南渡之後（1127－1218年）「詩史」概念的內涵

南渡之後，對「詩史」概念的關注大不如前，「詩史」的內涵大致集中在以下三個方面：《春秋》筆法、知人論世和忠君。

一、杜詩與《春秋》筆法

周煇（1126－？）在《清波雜誌》中說：

> 煇復考少陵詩史，專賦梅纔二篇，因他汎及者固多。取專賦，略汎及，則所得甚鮮；若並取之，又有疑焉，叩于汝陰李遥年。李曰：詩史猶國史也。《春秋》之法，褒貶於一字，則少陵一聯一語及梅，正春秋法也。如「巡簷索笑」、「滿枝斷腸」、「健步移遠梅」之句，至今宗之以為故事，其可遽遺？非少陵，即取專賦可也。⑧⑨

《苕溪漁隱叢話後集》卷第五至卷第八「杜子美」，胡仔纂集、廖德明校點、周本淳重訂：《苕溪漁隱叢話》（北京：人民文學出版社，1993）上冊頁33－96，下冊頁30－60。

⑧⑨　周煇著、劉永翔校注：《清波雜誌校注》（北京：中華書局，1994）卷第十，頁455－456。

此處「詩史」二字無非是杜詩的代稱，在宋人詩論中毫不出奇。值得注意的是，周煇在文中引用了李遘年的看法，認為杜詩等同於國史，且運用《春秋》之法來寫作。前文提到，在黃庭堅的「詩史」說中，黃庭堅曾提出杜詩運用「史筆」，但未說明什麼是「史筆」；李復在〈與侯謨秀才〉中說杜詩的敘事「亦若史傳矣」，但也沒有仔細說明什麼是「史傳」。到李遘年的「詩史」說，就正式提出了杜詩用《春秋》筆法來寫作。

李遘年的這個說法，牽涉到宋代杜詩學中一個很重要的現象，即將杜詩視為史書來閱讀。這種現象又往往分成兩種情況，即分別強調杜詩與《春秋》、杜詩與《史記》的關係。下文我們就來仔細分析。

1.《春秋》與杜詩

宋人闕名撰〈杜工部祠〉詩曰：

> 瞻拜荒祠下，萍蹤此尚留。心存唐社稷，詩續魯《春秋》。❾⓪

這首詩可以用來說明宋人對杜詩與《春秋》關係的普遍認識，即杜詩延續《春秋》而來。然而杜詩到底在哪些方面能夠延續《春秋》、又是如何延續的？卻又言人人殊。

蔡絛在南渡之前即已完成的《西清詩話》（1123 年前撰成）中說：

---

❾⓪　見仇兆鰲注：《杜詩詳注》之《附編》，頁2273。

都人劉克者，窮該典籍，人有僻書疑事，多從質之。嘗注杜子美李義山集，與客論云：「子美〈人日詩〉：『元日至人日，未有不陰時。』人不能知，四百餘年來，唯子美與克會耳。」因取書示客曰：「此《方朔占書》也，歲旦至八日：一雞、二犬、三豕、四羊、五牛、六馬、七人、八穀。其日晴，所主之物育，陰則災。少陵意謂天寶離亂，四方雲擾幅裂，人物歲歲俱災，豈《春秋》書『王正月』意邪！」深得古人用心如此。**❾❶**

《春秋》的第一句便是「元年春，王正月」，「元年春」是魯隱西元年，「王正月」則是周天子曆法的正月。兩套曆法之所以並行，一般認為是《春秋》尊周的緣故。孔穎達在《春秋左傳正義》中甚至認為這種寫作手法：

此非左氏褒貶之要，自是史官記事之本。**❾❷**

但《公羊傳》解釋說：

何言乎王正月，大一統也。**❾❸**

---

❾❶ 張伯偉編校：《稀見本宋人詩話四種》，頁 187。

❾❷ 《春秋左傳正義》（北京：北京大學出版社，1999），頁 39。

❾❸ 《春秋公羊傳註疏》（北京：北京大學出版社，1999），頁 9—10。

何休說：

> 所以書正月者，王者受命制正月以統天下，令萬物無不一一
> 奉之以為始，故言大一統也。❹

劉克之所以將「王正月」和「元日到人日」聯想在一塊，相信是因
為兩者記載的都是日期。至於說「元日到人日，未有不陰時」兩句
詩，有著「王正月」所蘊涵的「大一統」的微言大義，不過是一家
之言而已。❺

　　許顗也是較早關心杜詩與《春秋》關係的人，他在《彥周詩
話》（1128 年撰）❻中說：

> 東坡作〈妙善師寫御容〉詩，美則美矣，然不若〈丹青引〉
> 云「將軍下筆開生面」，又云：「褒公鄂公毛髮動，英姿颯
> 爽來酣戰。」後說畫玉花驄馬，而曰「至尊含笑催賜金，圉
> 人太僕皆惆悵。」此語微而顯，《春秋》法也。❼

---

❹　同上，頁 10。
❺　劉克的言論，從來就有人反對。如申涵光說劉克「鑿之極。果爾，則八日為
　　穀，較餘日尤要，獨不言陰。何耶？」見《杜詩詳注》引，頁 1856。關於
　　「王正月」的問題，還可以參看俞正燮所撰「王正月義」和「春秋元年春王
　　正月解」二條箚記，見俞正燮撰、涂小馬等校點：《癸巳類稿》（瀋陽：遼
　　寧教育出版社，2001）卷二，頁 46－48。
❻　郭紹虞著：《宋詩話考》，頁 40。
❼　許顗著：《彥周詩話》，《歷代詩話》本，頁 381。

「微而顯」一詞見於《左傳》成公十四年：

> 《春秋》之稱，微而顯，志而晦，婉而成章，盡而不汙，懲
> 惡而勸善，非聖人，孰能修之？❾❽

「微而顯」意思為「言辭不多而意義顯豁」。❾❾許顗用「微而顯」
來分析〈丹青引贈曹將軍霸〉一詩，意指杜甫通過對曹霸身邊之人
看到曹霸所繪之馬之後的反應（即「至尊含笑催賜金，圉人太僕皆惆
悵」），襯托出曹霸畫藝的高超，此之謂「微而顯」。

　　楊萬里（1127−1206）在《誠齋詩話》中對什麼是「微而顯」的
詩歌，進行了詳細的分析。他說：

> 太史公曰：「〈國風〉好色而不淫，〈小雅〉怨悱而不
> 亂。」《左氏傳》曰：「《春秋》之稱，微而顯，志而晦，
> 婉而成章，盡而不汙。」此《詩》與《春秋》紀事之妙也。
> 近世詞人，閨情之靡，如伯有所賦，趙武所不得聞者，有過
> 之無不及焉，是得為好色而不淫乎？惟晏叔原云「落花人獨
> 立，微雨燕雙飛」，可謂好色而不淫矣。唐人〈長門怨〉
> 云：「珊瑚枕上千行淚，不是思君是恨君。」是得為怨悱而
> 不亂乎？惟劉長卿云：「月來深殿早，春到後宮遲」，可謂

---

❾❽　楊伯峻編著：《春秋左傳注》（北京：中華書局，1995）成公十四年，頁
　　870。這是著名的《春秋》五例，參錢鍾書在《管錐編》中對「五例」的分
　　析，《管錐編》，頁161−166。

❾❾　楊伯峻語，《春秋左傳注》，頁870。

怨悱而不亂矣。近世陳克〈詠李伯時畫寧王進史圖〉云：
「汗簡不知天上事，至尊新納壽王妃」，是得謂為微、為
晦、為婉、為不汙穢乎？惟李義山云：「侍宴歸來宮漏永，
薛王沉醉壽王醒」，可謂微婉顯晦，盡而不汙矣。⑩

楊萬里認為，《詩經》、《春秋》在紀事上都有各自的高妙之處，
後世詩歌能夠達到《春秋》紀事之妙如「微婉顯晦，盡而不汙」
者，大概只有李商隱的〈龍池〉一詩了。〈龍池〉詩曰：

龍池賜酒敞雲屏，羯鼓聲高眾樂停。夜半宴歸宮漏永，薛王
沉醉壽王醒。⑩

杜預說「盡而不汙」就是「謂直言其事，盡其事實，無所汙曲。」
⑩既要言辭不多、微婉，又要意義顯豁、幽深，還要直言其事。
〈龍池〉一詩最精彩的莫過於薛王和壽王的一醉一醒，這一場景傳
達出來的強烈的對比效果，暗示出借酒消愁愁更愁的壽王的複雜的
心理活動。詩人似乎只是向讀者描繪一幅宴會的畫面，卻又直接點
明壽王的身份，表達他對玄宗的不滿。可以說，該詩利用簡潔微婉
的語言傳遞出了豐富的內涵。這或許是楊萬里認可李商隱〈龍池〉
一詩的緣由。

---

⑩　楊萬里著：《誠齋詩話》，《歷代詩話續編》本，頁 139。
⑩　劉學鍇、余恕誠著：《李商隱詩歌集解》（北京：中華書局，1988），頁
　　1514。
⑩　《春秋左傳注》，頁 870。

比較而言，劉克重視《春秋》筆法中的「微言大義」，許顗重視「微婉顯晦」的寫作手法，黃徹就比較重視褒貶，他在《碧溪詩話》❿中說：

> 諸史列傳，首尾一律。惟左氏傳《春秋》則不然，千變萬狀，有一人而稱目至數次異者，族氏、名字、爵邑、號諡，皆密布其中而寓諸褒貶，此史家祖也。觀少陵詩，疑隱寓此旨。若云：「杜陵有布衣」，「杜曲幸有桑麻田」，「杜子將北征」，「臣甫憤所切」，「甫也南北人」，「有客有客字子美」，蓋自見其里居名字也。「不左河西尉」，「白頭拾遺徒步歸」，「備員竊補袞」，「凡才污省郎」，補官遷陟，歷歷可考。至敍他人亦然，如云「粲粲元道州」，又云「結也實國幹」，凡例森然，誠《春秋》之法也。❿

黃徹重視褒貶，和李遏年的「詩史」說中所強調的《春秋》筆法相同。

　　本文在討論「詩史」概念最初產生的源頭——《本事詩》的時候，就指出孟棨強調的「推見至隱」和《春秋》義理有關。發展到李遏年的「詩史」說，開始明確將杜詩視作國史，並用《春秋》的褒貶之法來分析杜甫關於梅花的詩作。然而正如前文所分析的，宋

---

❿　此書大概成於 1160 年之前，陳俊卿〈碧溪詩話序〉作於乾道四年（1169），文中說黃徹請其作序，但自己「因循十年，未暇追述」。由此推論而得。引文見《歷代詩話續編》，頁 346－347。

❿　黃徹著：《碧溪詩話》，《歷代詩話續編》，頁 346－347。

人用《春秋》來理解杜詩，本不限於褒貶之法。所以，李遇年的
「詩史」說僅僅是宋人用《春秋》論杜詩的一種。後來宋末元初的
楊維楨（1296－1370）說：

> 世稱老杜為詩史，以其所著，備見時事。予謂老杜非直紀事
> 史也，有《春秋》之法也。其旨直而婉，其辭隱而見，如
> 〈東靈湫〉、〈陳陶〉、〈花門〉、〈杜鵑〉、〈東狩〉、
> 〈石壕〉、〈花卿〉、前後〈出塞〉等作是也。故知杜詩
> 者，《春秋》之詩也，豈徒史也哉！雖然老杜豈有志於《春
> 秋》者，《詩》亡然後《春秋》作，聖人值其時有不容已
> 者，杜亦然。⑩

楊維楨的「詩史」說同樣用《春秋》論杜詩，但卻延續了許顗、楊
萬里的說法，側重紀事上的「直而婉」和「隱而見」，而非李遇年
所強調的褒貶功能。⑩

2.《史記》與杜詩

宋人把杜詩與《史記》相比的著眼點，往往落在杜詩與《史
記》在寫作手法上的相似之上。如前文已經提到王得臣將讚美《史

---

⑩ 楊維楨著：〈梧溪詩集序〉，《東維子集》卷七，《四庫全書》本第 1221
冊，頁 443。

⑩ 楊維楨之所以在這裡強調《春秋》，學者認為，與他一貫重視「比興」及文
學的諷勸作用有關，見黃仁生著：《楊維楨與元末明初文學思潮》（上海：
東方出版中心，2005）第一章〈楊維楨的思想心態〉第三節〈楊維楨的文學
主張〉，頁 65。

記》在記載事理上「錄事實」的「實錄」一詞，用來定義「詩史」一詞。到南宋之後，關於杜詩和《史記》的相似性，越來越引起人們的注意。如韓駒（1086－1135）說杜甫的〈八哀詩〉：

> 筆力變化，當與太史公諸贊方駕。⑩

蔡夢弼集錄《杜工部草堂詩話》卷一引用崔德符的話說：

> 少陵〈八哀詩〉可以表裏〈雅〉、〈頌〉，中古作者莫及
> 也。……昔韓子蒼嘗論此詩筆力變化當與太史公諸贊並駕，
> 學者宜諷誦之。⑩

「太史公諸贊」是指《史記》中的「太史公曰」。問題是，這些「太史公曰」在什麼意義上能與〈八哀詩〉「並駕」呢？

　　清人李重華曾說：

> 詠史記實事者，即史中論贊體。⑩

「記實事」，為何便是「論贊體」？兩者究竟在什麼層面共通，李

---

⑩　劉克莊著：《後村詩話後集》（北京：中華書局，1983）卷二引，頁 59。韓駒《陵陽集》中並無此語，出處迄未找到。

⑩　蔡夢弼集錄：《杜工部草堂詩話》，《歷代詩話續編》本，頁 202。

⑩　李重華著：《貞一齋詩說》，丁福保輯：《清詩話》（上海：上海古籍出版社，1978），頁 931。

重華也並無進一步的解釋。

　　我們認為，戰國之後，史臣對《春秋》筆法的運用開始感到難以為繼，最大問題在於「一字褒貶」的方法不易操作。⑩《史記》本來屬於延續《春秋》之作⑪，但司馬遷的「太史公曰」開創了史書中的「論贊體」，⑫使得史臣在正文記載之外，可以飽含感情地獨立闡發議論甚或是褒貶，而不必將感情壓縮在字句之間，進行褒貶。⑬杜甫的〈八哀詩〉主要描寫王思禮、李光弼、嚴武、李璡、李邕、蘇源明、鄭虔、張九齡等八位當時著名的名臣武將，哀歎他們才華不能施展。浦起龍指出，杜甫在〈八哀詩〉中加入了自己的感情，不可將之視為史書中的列傳體。⑭由此可見，「太史公曰」和〈八哀詩〉有一個共同的基礎，就是文字中充滿感情甚或褒貶。李重華所謂的「記實事」，也應該從這個角度來理解。

　　至於韓駒所謂的「筆力變化」，應該包含「筆力」和「變化」兩層意思。「筆力」是強調杜詩在運思上的氣勢。常見的詞語如

---

⑩　張三夕著：《批判史學的批判：劉知幾及其史通研究》（臺北：文津出版社，1992）一書〈導論〉中分析史書「論贊」體的部分，尤其是頁16。

⑪　在〈漢書藝文志〉中，《太史公》百三十篇列於〈六藝略〉的《春秋》之下，見陳國慶編：《漢書藝文志注釋彙編》（北京：中華書局，1983），頁69－71。

⑫　關於「論贊」體的分析，見劉知幾：《史通》卷四《論贊》，頁81－87。

⑬　崔積寶著：〈談《史記》論贊中的情感〉，刊《哈爾濱學院學報》23卷5期（2002年5月），頁85－91。崔文所論與本文所強調的並不相同，但他同樣注意到「太史公曰」中的情感，可參看。

⑭　浦起龍說：「每篇各有入情語，此致哀指本旨，與國史列傳體有別。」見《讀杜心解》，頁144。

「大筆淋漓」，經常用來說明文章寫作時候的氣勢。這種氣勢就需要以飽滿的感情作為基礎。這正是「太史公曰」和〈八哀詩〉之間的一個重要的共通點。至於「變化」，似乎更側重遣詞造句、謀篇佈局等文章結構和修辭層面的東西。韓駒對此並未解釋，到清人那裡才提出「法」字，將這部分內容加以涵蓋。**⑪**

　　宋代詩學中用《史記》來品評杜詩，另外還要一條重要的思路。這主要是由蘇軾（1037－1101）開啟的。蘇軾曾說：

> 東坡云：僕嘗問荔支何所似？或曰：荔支似龍眼。坐客皆笑其陋，荔支實無所似也。僕云：荔支似江瑤柱。應者皆嘸然，僕亦不辨。昨日見畢仲遊，僕問：杜甫似何人？仲遊言似司馬遷。僕喜而不答，蓋與曩言會也。**⑯**

這裡，蘇軾以「荔支似龍眼」「荔支似江瑤柱」來比喻「杜甫似司馬遷」。他在〈書黃魯直詩後二首〉之二中又說：

---

⑪　吳瞻泰在〈杜詩提要自序〉中說：「其詩（指杜詩）之提掣、起伏、離合、斷續、奇正、主賓、開闔、詳略、虛實、正反、整亂、波瀾、頓挫，皆與史法同。」刊吳瞻泰：《杜詩提要》卷首，頁 6。關於吳瞻泰以詩法論詩史的問題，我在處理清代時會重點涉及。

⑯　蘇軾著：《東坡志林》卷十一，《四庫全書》第 863 冊，頁 90 下。又見胡仔《苕溪漁隱叢話前集》引，《苕溪漁隱叢話前集》頁 72。《東坡志林》有一卷本、五卷本、十二卷本之分，東坡此條不見於一卷本和五卷本。關於《東坡志林》一書的版本情況，參夏敬觀著：〈東坡志林跋〉，見王松齡點校：《東坡志林》（北京：中華書局，1981），頁 121－122。

> 魯直詩文，如蝤蛑、江瑤柱，格韻高絕，盤飧盡廢，然不可
> 多食，多食則發風動氣。⑰

亦用「江瑤柱」來評品詩文。蘇軾喜歡美食，江瑤柱正是他喜歡吃
的東西，他曾經用擬人的手法專門撰寫一篇〈江瑤柱傳〉，以表示
他對該物的喜歡。⑱但用江瑤柱來比喻詩文，用意到底何在？

　　楊萬里（1127-1206）在〈江西宗派詩序〉中解釋說：

> 江西宗派詩者，詩江西也，人非皆江西也。人非皆江西，而
> 詩曰江西者何？繫之也。繫之者何？以味不以形也。東坡
> 云：「江瑤柱似荔子。」又云：「杜詩似《太史公書》。」
> 不惟當時聞者嘸然，陽應曰諾而已。今猶嘸然也。非嘸然者
> 之罪也，舍風味而論形似，故應嘸然也。⑲

楊萬里拈出「味」字，認為蘇軾這段話的關鍵之處即在於此。一般
人僅僅看到荔枝和江瑤柱在形狀上存在差別，卻沒有注意到兩者在
味道上有著相似之處。杜詩和《史記》也是如此，雖然一則為詩，
一則為史，看上去決然不同，但品嘗其「味」，卻又是相似的。然
而，到底什麼是「味」呢？

　　「味」是人的味覺器官對於食物的感受。司空圖大概是最早在

---

⑰　《蘇軾文集》卷六十七，第五冊，頁2122。

⑱　《蘇軾文集》卷十三，第二冊，頁427-428。

⑲　楊萬里著：〈江西宗派詩序〉，見楊萬里著：《誠齋集》卷八十，《四庫全
　　書》第1161冊，頁77上一下。

文學批評中提出「味」之重要性的人,他在〈與李生論詩書〉中
說:

> 文之難,而詩之難尤難。古今之喻多矣,而愚以為辨於味而
> 後可以言詩也。⑫

自此以後,「滋味」說遂成為文學批評史上一個相當重要的觀
念。⑫陳國球解釋「味」說:

> 所謂「味」,雖說是比喻,實則是指讀者讀詩之所感。換句
> 話說是指讀者將一件文字構築看作審美客體(asethetic object),
> 使得這構築的美感功能得以發揮,讀者於是感到其中的
> 「味」──經歷了一次美感經驗。⑫

陳氏的解釋頗具啟發性。具體到楊萬里來說,他認為荔枝和龍眼、
荔枝和江瑤柱雖然形狀不同,但卻讓蘇軾品嘗到一致的「味」──
一種生理上的感受;蘇軾用這種生理上的「味」來比喻他在閱讀杜
詩和《史記》時所獲得的相似感受,正是這種相似的閱讀感受,使

---

⑫　司空圖著:《司空表聖文集》,《四庫全書》第 1083 冊,頁 494 下。

⑫　廖棟樑的〈滋味:以味論詩說初探〉一文,對「滋味」一詞的來龍去脈及其
　　文學理論意義,有著精微的闡述,廖文收入呂正惠、蔡英俊主編:《中國文
　　學批評》第一集(臺北:臺灣學生書局,1992),頁 95-125。

⑫　陳國球著:〈二十四詩品導讀〉,見《二十四詩品》(臺北:金楓出版社,
　　1999),頁 5。

得蘇軾把不同文體的杜詩和《史記》放在一起，強調他們之間的相似性。

　　後來許顗在《彥周詩話》中說：

> 齊梁間樂府詞云：「護惜加窮袴，防閒托守宮。」「今日牛羊上邱隴，當時近前面發紅。」老杜作〈麗人行〉云：「賜名大國虢與秦。」其卒曰：「慎勿近前丞相嗔。」虢國秦國何預國忠事，而近前即嗔耶？東坡言老杜似司馬遷，蓋深知之。⑫

前文曾引述許顗曾用《春秋》「微而顯」的寫作手法來分析杜甫〈丹青引〉一詩，這裡他則是接著蘇軾的言論，來強調杜詩與《史記》的相似性。

　　對於杜詩與《史記》的比較，唐庚（1071-1121）有一段總結性的文字。他在《唐子西文錄》中說：

> 六經已後，便有司馬遷，三百五篇之後，便有杜子美。六經不可學，亦不須學，故作文當學司馬遷，作詩當學杜子美，二書亦須常讀，所謂「何可一日無此君」也。⑫

---

⑫　許顗著：《彥周詩話》，《歷代詩話》本，頁 382。
⑫　唐庚著：《唐子西文錄》，《歷代詩話》本，頁 443。又《詩人玉屑》卷之十四引，頁 302-303。又見王正德《餘師錄》卷三引，《四庫全書》第 1480 冊頁 786 下。

　　宋代詩學將杜詩和史書（包括《春秋》、《史記》）並置討論，試圖尋找兩者之間的共同點。這些討論，有些直接影響到了對於「詩史」的理解，如李<u>迄</u>年運用《春秋》褒貶之義來閱讀杜詩。但更多的沒有直接表現在對「詩史」的討論中，如用「味」來解釋杜詩與《史記》的共通之處等。儘管如此，將杜詩視作史書來加以閱讀和理解，無疑是「詩史」概念深入人心的一種表現。

二、知人論世

　　上文提到，胡宗愈在〈成都新刻草堂先生詩碑序〉中早已將「知人論世」與「詩史」說聯繫了起來。南渡之後，這種風氣開始盛行。王楙（1151－1213）在《野客叢書》中說：

> 白樂天詩多紀歲時，每歲必紀其氣血之如何與夫一時之事，後人能以其詩次第而考之，則樂天平生大略可睹，亦可謂「詩史」者焉。⑫

底下詳細徵引白居易的詩歌，考證他每年都在做什麼。得到的結論是：

> 壽夭雖係所稟，然方寸泰然，不汲汲于榮利，是亦養壽一端。今士大夫精耗于內，而神騖於外，所以罕終天年。觀白

---

⑫　王楙著：《野客叢書》（上海：上海古籍出版社，1991）卷第二十七「白樂天詩紀歲時」條，頁399。

公之詩，率多寬適，有以驗其壽云。㉖

王楙的說法第一次將「詩史」的稱號賦予杜甫之外的其他人，但他對「詩史」的理解還是僅僅局限於「知人」（了解白居易其人）。後來的魏了翁（1178－1237）就將重點落在了「論世」上，他在〈程氏東坡詩譜序〉一文中說：

> 譜三百五篇詩，自鄭氏不盡用舊譜，而又別為譜。自國朝歐陽氏考世次以定先後，審正變以觀治忽。譜之作不但為詩而已，抑亦當代之編年也。自文章之盛而百家之傳有總集、有別集，大抵有後先之序，杜少陵所為號詩史者，以其不特模寫物象，凡一代興替之變寓焉。前之為譜者有呂氏，後之為譜者有蔡氏，所以忠於少陵者多矣。然自除官至劍南，後事尚多疏漏。其卒也，或謂在耒陽，或謂在岳陽；或謂當永泰之二年，或謂在大曆之五年。自新舊史列傳以逮二家之編年，俱不能定於一，則其轉徙之靡常，本末之無序，當有未易考者。詩譜之作，殆非易事也。㉗

杜詩之所以是「詩史」，就是因為從杜詩中可以看到時代的興替。但魏了翁對「詩史」這一稱呼並不滿意，他在〈侯氏少陵詩注序〉

㉖　同上，頁 400。
㉗　魏了翁著：《鶴山集》卷五十一〈程氏東坡詩譜序〉，《四庫全書》1172 冊，頁 577 上。

中認為「詩史」說不足以概括杜詩的特點：

> 黃公魯直嘗謂：子美詩妙處乃在無意之意。夫無意而意已
> 至，非廣之以〈國風〉、〈雅〉、〈頌〉，深之以〈離
> 騷〉、〈九歌〉，安能咀嚼其意味，闖然入其門邪？故使後
> 生輩自求之，則得之深矣。予每謂知子美詩莫如魯直，蓋子
> 美負抱瓌特，而生不逢世，僅以詩文陶寫情性，非若詞人才
> 士，媲青配白，以為工者，往往辨方域、書土實而居者有不
> 盡知，譏時政、品人物而主人習其讀不能察。蓋魯直所謂闖
> 乎騷雅者為得之，而「詩史」不足以言之也。⓰

在魏了翁看來，杜詩繼承了騷雅，也即是《詩經》、《楚辭》的傳
統，詩的境界並不限於寓一代興替的「詩史」。

三、忠君

　　強調杜甫的忠君思想，是杜詩學中常見的一種評論。⓱但將忠
君與「詩史」結合起來，是〈修夔州東屯少陵故居記〉（作於慶元三
年十二月初一日，即 1198 年）一文：

⓰　魏了翁著：《鶴山先生大全文集》卷五十五〈侯氏少陵詩注序〉，《四部叢
　　刊》本，頁 469。
⓱　關於杜甫的忠君思想，可參見莫礪鋒著：《杜甫評傳》第四章〈志在天下的
　　人生信念與致君堯舜的政治理想〉第四節〈致君堯舜的政治理想〉，頁 287
　　－291。

> 少陵之詩，號為詩史，豈獨取其格律之高、句法之嚴？蓋其
> 忠義根於其中而形於吟詠，所謂一飯未嘗忘君者。是以其鏗
> 金振玉之所以與〈騷〉〈雅〉並傳於無窮也。⑬

強調格律，是《新唐書》中的說法；至於句法，則是「詩史」說中
重視杜詩「史筆」或「春秋筆法」時，都要強調的。但〈修夔州東
屯少陵故居記〉一文認為，這些都不重要，重要的是「忠義」。後
來陳以莊在〈方是閒居士小稿跋〉（約作於 1217 或 1218 年）⑬中也
說：

> 至杜陵野老，饑寒流落，一詩一詠，未嘗忘君天下。後世謂
> 之詩史，其以此耶？⑬

元、明兩代，也斷斷續續地有人接著這個話頭繼續講，如鄭奕夫在
〈子淵詩集原序〉（撰於 1356 年）中說：

> 昔杜子美於開元大曆間，以詩鳴其忠君愛國之心，故後以詩

---

⑬ 見楊慎編、劉琳、王曉波點校：《全蜀藝文志》（北京：線裝書局，2003）
　卷三十九，頁 1207。

⑬ 陳以莊所撰〈方是閒居士小稿跋〉未署撰著年月，但劉淮〈方是閒居士小稿
　序〉作於嘉定十年（1217 年），趙必願〈方是閒居士小稿序〉作於嘉定戊寅
　（1218 年），劉學箕自撰〈方是閒居士小稿自記〉作於嘉定丁丑（1217
　年），所以估計陳以莊的〈方是閒居士小稿跋〉有可能完成在這兩年間。

⑬ 見劉學箕著：《方是閒居士小稿》，《四庫全書》第 1176 冊，頁 622 下。

　　史稱焉。**⑬**

明人劉釪在〈玉笥集原序〉（撰於 1469 年）中說：

　　獨杜子美之詩謂之詩史，以其忠君愛國之誠懇也。**⑭**

忠君的「詩史」說後來又在清初王士禛那裡得到一絲反響，除此之外，似乎就沒有什麼影響了。

　　這一時段最重要的「詩史」說，無疑是將「詩史」和《春秋》筆法中的褒貶聯繫到一起。本文重點指出的是，這一說法和整個宋代喜歡用史書（包括《春秋》和《史記》）來論杜詩有關。宋人的「詩史」說雖然沒有直接講《史記》和杜詩的關係，但將杜詩和《史記》並列，對清代吳瞻泰詳細分析兩者之間的關係，產生了積極的作用。所以本文對此也做了比較詳細的分析。

第五節　宋末元初（1250－1286）「詩史」概念的內涵

　　「詩史」說發展到宋末，不但已經沒有新的內涵出現，而且原有的豐富內涵也逐漸被摒出人們的視野。人們對「詩史」一詞的理解，主要集中在「知人論世」說之上，兼及杜詩用典。

---

⑬　張仲深著：《子淵詩集》，《四庫全書》第 1215 冊，頁 308 下。
⑭　張憲著：《玉笥集》，《四庫全書》第 1217 冊，頁 367 上。

一、知人論世

文天祥（1236－1283）在〈文信國集杜詩序〉中說：

> 昔人評杜詩為詩史，蓋其以詠歌之辭，寓紀載之實，而抑揚
> 褒貶之意，燦然於其中。雖謂之史可也。予所集杜詩，自予
> 顛沛以來，世變人事，概見於此矣。是非有意於為詩者也，
> 後之良史尚庶幾有考焉。🅯

文天祥注意到過去談論「詩史」，有側重「紀載之實」和「抑揚褒
貶」兩方面，但他更強調從杜詩中觀察「世變人事」。

何夢桂（1228－？，1265 年進士，宋亡不仕）在《潛齋集》卷五〈永
嘉林霽山詩序〉（作於至元丙戌，即 1286 年）中說：

> 竊於詩之變而有感焉。方庠序群居，高談闊論，不過頌〈猗
> 那〉、歌〈清廟〉，誦〈魚麗〉〈天保〉〈鳧鷖〉〈既醉〉
> 之什，變風變雅不忍言之矣。況復齒及魏晉梁陳以下，窮苦
> 愁怨等語，如細夫竇人，羈旅寡婦之為者相望。十年間而士
> 大夫聲詩一變而為窮苦愁怨之語。而吾霽山詩亦若此，世喪
> 文邪？文喪世耶？古今以杜少陵詩為詩史，至其長篇短章，
> 橫鷙逸出者多在流離奔走失意中得之。霽山詩僅見三十篇，
> 其辭意皆婉娩淒惻，使人讀之如異代遺黎，及見渭南銅盤、

🅯　文天祥著：〈文信國集杜詩序〉，《四庫全書》第 1184 冊，頁 808 上一下。

長安金爵，有不動其心者哉。⑬

也強調通過詩歌來「知人論世」，這種思路本是宋代眾多「詩史」說中比較通行的一種。因為時勢的關係，宋末又開始強調這一說法。無庸諱言，在南宋朝廷行將崩潰之際，「知人論世」說有助於促使更多的人開始關注個人與時代之關係。

二、字字有出處

史繩祖（魏了翁門人）在《學齋佔畢》（成書於淳熙庚戌，即 1250 年）⑬中說：

> 先儒謂韓昌黎文無一字無來處，柳子厚文無兩字無來處。余謂杜子美詩史亦然，惟其字字有證據，故以史名。⑱

底下史繩祖認為杜詩即使有使用俗語處，其實也有來歷的。史繩祖是魏了翁的門人，但在對「詩史」概念的理解上，兩人是不同的。

正如前文指出，從黃庭堅開始，到王得臣的〈增注杜工部詩序〉、姚寬的《西溪叢語》，都是以學問來理解「詩史」，史繩祖

---

⑬ 何夢桂著：《潛齋集》卷五〈永嘉林霽山詩序〉，《四庫全書》第 1188 冊，頁 444 下－445 上。

⑬ 史繩祖著：〈學齋佔畢原序〉，《學齋佔畢》卷首，《四庫全書》第 854 冊，頁 2 下。

⑱ 史繩祖著：《學齋佔畢》卷四「詩史百注淺陋」條，《四庫全書》第 854 冊，頁 56 上。

的看法只是更加趨於極端。事實上，所謂「字字有出處」，自然是不可能的。

　　從上文可知，「詩史」的內涵經過長時期的演變，到宋末已經逐漸變成以「知人論世」說為重心的文學觀念。這在宋末大量運用「詩史」概念進行文學批評的活動中，可以更加清晰地看出來。

三、宋末「詩史」概念的應用

　　此處所謂「詩史」概念的應用，是指將「詩史」一詞賦予杜甫之外的詩人。前文提到，王楙曾稱呼白居易為「詩史」。另如陳造（1133－1203）在〈贈趙子野〉一詩的末兩句中稱趙子野為「詩史」：

　　　　孰知椽筆今詩史，煩君揮毫記今日。❽

但這些只是偶爾的現象，到宋末則是經常性地讚美他人的詩歌為「詩史」。如方逢辰（1221－1291）在〈周月潭詩序〉中說：

　　　　三代而下詩獨稱少陵，蓋其以史為詩，不以詩為詩也。武強
　　　　周月潭因宇宙大變，挈家東西走，托詩紀其事。蓋直敘其
　　　　情，而無事追琢者。……亦鄉之詩史歟！❾

---

❽　陳造著：《江湖長翁集》卷十，《四庫全書》第 1166 冊，頁 119 上。
❾　方逢辰著：〈周月潭詩序〉，方逢辰著：《蛟峰文集》卷四，《四庫全書》
　　第 1187 冊，頁 536 下。

何夢桂（1228-？）〈挽合門唐中齋〉一詩的額聯說：

> 三略兵書生未識，百篇詩史死猶存。[141]

舒岳祥（1236-？）〈題潘少白詩〉曰：

> 少陵詩史在眼前，我才衰退空茫然。[142]

更為著名的例子則是汪元量。馬廷鸞說：

> 展卷讀甲子初作，微有汗出。讀至丙子作，潸然淚下。又讀
> 至醉歌十首，撫席慟哭，不知所云。……因題其集曰「詩
> 史」。[143]

又，李玨說汪元量之詩：

> ……紀其亡國之戚、去國之苦，間關愁歎之狀，備見於詩，
> 微而顯，隱而彰，哀而不怨，欷歔而悲甚於痛苦，豈〈泣血
> 錄〉所可並也。唐之事紀於草堂，後人以詩史目之，水雲之
> 詩，亦宋亡之詩史也。其詩亦鼓吹草堂者也。其愁思抑鬱，

---

[141] 何夢桂著：《潛齋集》卷二，《四庫全書》第 1188 冊，頁 404 上。
[142] 舒岳祥著：《閬風集》卷二，《四庫全書》第 1187 冊，頁 343 上。
[143] 汪元量著：《湖山類稿》卷五附錄，《四庫全書》第 1188 冊，頁 249 上一
　　下。

不可復伸，則又有甚於草堂者也。**⑭**

周月潭、唐中齋、潘少白等人雖然不是什麼大詩人，但他們的詩歌反映了宋末的時代大變化（所謂的「宇宙大變」），所以都被視作「詩史」。尤其是汪元量的詩歌，不但記錄了國家興亡的政治大事（「紀其亡國之戚、去國之苦」），而且藝術上也有很高的成就（「微而顯，隱而彰，哀而不怨」），所以被稱為「詩史」。**⑮**很明顯，這些說法都受到「知人論世」觀念的影響。

　　總的來說，宋末士人身處風雨飄搖、朝代更替的歷史環境，他們關心的問題是詩歌是否能夠記載和反映歷史的重大變化。同樣是強調詩歌反映現實的功能，但他們的重點無疑和之前強調詩歌記載年月地理數位等實錄功能，已經更側重於詩歌在記錄和反映重大政治事件、歷史事件上的功能。「知人論世」說的流行，更可以看到他們希望通過個人的創作，來記錄整個時代的大歷史。

第六節　小　結

　　上文粗略描述了「詩史」概念在兩宋三百餘年間的歷史發展，以及各種「詩史」說對「詩史」概念的不同理解。「詩史」一詞被不斷賦予新的內涵，更作為一個文學批評的標準，用來評論杜詩之

---

⑭　同上，頁 250 上一下。
⑮　汪元量被稱為「詩史」以及他詩歌的「詩史」內涵，可具體參見黃麗月著：《汪元量詩史研究》一書的分析。

外的詩歌。這就使得「詩史」一詞從一開始局限於杜詩,逐步上昇成為具有普遍理論價值的文學概念。

雖然「詩史」概念的內涵長期處於極度不穩定的階段,至少兩宋「詩史」概念的內涵從表面上看起來是比較繁雜且不易把握的,但歸根到底,依然有其從異常模糊到逐漸清晰的發展線索。大致而言,「詩史」概念在宋代有著以下兩個重要的發展方向:

1.重視杜詩記載時事的功能。從《新唐書》說杜詩「善陳時事」,到宋人重視杜詩在酒價、年月地理人物等方面的實錄,宋人重視杜詩的《春秋》褒貶功能,以及知人論世等,均強調杜詩在記載、反映現實上的成就。這種觀念的流行,使得人們開始利用杜詩來考證歷史。這實際上也是在不斷地強化詩歌中「史」的層面。

2.重視杜詩的文學性。從《新唐書》強調杜甫的律詩,邵雍追求本體論的「詩史」說,到重視杜詩的文體、敘事、用典,均表明宋人十分注意「詩史」中「詩」的層面。

宋以後的「詩史」說,大致沿著這兩個方向不斷地發展和深化。在明代復古詩論中,這兩個方向之間開始產生競爭的關係,甚至彼此攻擊。至清代初年,終於形成強烈的對立狀態,徹底分道揚鑣。

第三章　明代復古詩論中的「詩史」論爭

　　宋亡以後，元代討論「詩史」問題的雖不乏其人，但大多重複宋人意見，了無新意。雖有個別詩論家能發展宋人「詩史」說，如用《春秋》「微婉隱見」來定義「詩史」的楊維楨和將杜詩讀成旅遊資料集的程鉅夫，但他們的論述比較簡單，所以前文在討論宋代「詩史」說時，已經加以順帶評述了。

　　到明代的復古詩論家手中，開始賦予「詩史」概念新的內涵。眾所周知，復古詩論是明代詩學的主流，詩論家們提倡「詩必盛唐」，對於圍繞唐詩所展開的諸多詩學問題有著濃厚的興趣，並進行熱烈的討論。因此，明代也往往被視為唐詩學盛興的年代。❶

　　作為杜詩學的重要組成部分，「詩史」在明代復古詩論中被廣泛提及。大量直接或間接的論斷，使得「詩史」概念在復古詩論中得以發展出一套新的內涵。學術界對於明代復古詩論的「詩史」

---

❶　如陳伯海主編的《唐詩學史稿》第三編明代部分就被命名為〈唐詩學的盛興〉，該書詳細分析了明代唐詩學盛興的原因，陳伯海主編：《唐詩學史稿》（石家莊：河北人民出版社，2004），頁 391－396。

說，向來十分重視。可惜絕大多數研究者都將焦點集中在楊慎一個人身上，對於整個復古詩論中的「詩史」說，沒有加以通盤研究的興趣。❷至於王世貞、胡應麟、許學夷等人的「詩史」說，學術界更少涉及。❸

　　陳國球曾將明代的復古詩論分為前、中、後三期：以李夢陽（1472－1529）、王廷相（1474－1544）、徐禎卿（1479－1511）、何景明（1483－1521）等前七子為代表的詩論家屬於前期，李夢陽、何景明是其中的領軍人物；以李攀龍（1514－1570）、王世貞（1526－1590）等後七子為代表的詩論家屬於中期詩論，謝榛（1499－1575）、李攀龍、王世貞等人以及後七子的先驅楊慎（1488－1559）都是其中的重要人物；胡應麟（1551－1602）、許學夷（1563－1833）、胡震亨（1569

---

❷　關於明代對「詩史」問題的討論，可以見龔鵬程著：《詩史本色與妙悟》第二章〈論詩史〉第五節〈明代對詩史說的反省與比興傳統的再發現〉，頁 50－60；又楊松年著：〈明清詩論者以杜詩為詩史說析評〉，載楊氏著：《中國古典文學批評論集》，頁 163－184。龔文雖然提及楊慎、王世貞等人，但論述的重點實際上已經到了明末；楊文主要談清代詩論，明代資料涉及較少。王世海在他的碩士論文《杜詩詩史說研究（古代篇）》中，對明代詩史說的情況有過粗線條的描述，王世海著：《杜詩詩史說研究（古代篇）》（南京師範大學文學院，2005）第三章〈明代詩史說的辯證〉，頁 21－27。另，王世海著有〈明代杜詩詩史說分析〉一文，刊於《樂山師範學院學報》2004 年第 7 期，頁 29－32。

❸　筆者所見，僅方錫球有〈「述情切事」與「悉合詩體」——論述許學夷的「詩史」之辨〉一文，專門分析許學夷的「詩史」論述。方文刊《文學評論叢刊》2002 年第 1 期（南京：江蘇文藝出版社，2002），頁 215－217。王世海文亦稍提及許學夷，出處同上，頁 30－31。

－1645）等人則是後期詩論的代表。❹

　　本文將沿襲陳國球對復古詩論的分期，但又根據「詩史」說的實際發展情況，將復古詩論分成早期和中後期兩段來加以討論。

　　本章第一節討論早期復古詩論。早期的詩論家如李東陽雖然也使用「詩史」這個概念，但他們並沒有分析的興趣，他們關心的是杜詩如何敘事的問題，既承接宋代「詩史」說對於敘事的思考而來，又對後來的復古詩論以及清初討論「詩史」產生了重要的影響。所以我們首先會分析早期復古詩論中關於杜詩敘事的討論。

　　本章第二節分析楊慎、王世貞、許學夷等人對「詩史」概念的爭論，這屬於復古詩論的中後期。王世貞和許學夷的論點，是對楊慎觀點的延續。所以本文將他們的論述放在一起處理，不但希望展現出復古詩論對「詩史」概念不斷深化認識的過程，更希望能夠抉發他們精彩辯論的要義。

　　本章第三節分析復古詩論對「詩史」概念起源的考證。將會重點處理王世貞、胡應麟等人對「詩史」概念起源的考證活動，通過對他們考證活動的分析，希望看到他們考證活動背後蘊涵的思路，以及復古詩論對「詩史」概念新的內涵的發展所做出的多重貢獻。

第一節　明初至前七子對杜詩敘事的看法

　　早期復古詩論中，對「詩史」概念並無精細的討論和分析。但

---

❹　參見陳國球著：《唐詩的傳承——明代復古詩論研究》（臺北：臺灣學生書局，1990）第一章〈序論〉第二節〈明代的復古詩論〉，頁 6－20。

因為「詩史」已經深入人心，所以也常常會被提及。如明初的高棅
（1350－1423）在他選編的《唐詩品彙》中引用宋祁在〈新唐書·杜
甫傳〉中所說的話：

> （杜詩）又善陳時事，律切精深，至千言不少衰，世號詩
> 史。❺

又徵引元人虞集的言論，說：

> 《三百篇》，經也。杜，詩史也。詩史之名，指事實耳，不
> 與經對言也。然風雅絕響之後，唯杜公得之，則史而能經
> 也。學工部則無往而不在也。❻

又在〈留花門〉一詩的注解中引范德機語：

> 范云：此中國何如時也。讀此者可以鑒《春秋》書會戎、盟
> 戎之義矣。謂子美詩為詩史，可不信哉。❼

高棅在《唐詩品彙》中屢次引用前人的「詩史」說，顯然並不反對
將杜詩視作「詩史」。儘管高棅本人對「詩史」沒有什麼論述，但

---

❺　高棅編選：《唐詩品彙》（上海：上海古籍出版社，1988），頁 110 上。
❻　《唐詩品彙》，頁 110 下。
❼　《唐詩品彙》，頁 114 上。

以《唐詩品彙》在明代復古詩論中的深遠影響而言❽，他的這種默認無疑對「詩史」概念的傳播產生了積極的作用。

　　李東陽（1447－1516）曾多次提到「詩史」一詞。他在〈答羅明仲草書歌〉中說：

　　　　吾觀少陵有詩史，看君之詩宛相似。包羅巨細成大家，上窮伏羲下元季。❾

這種說法，是借助「詩史」概念來進行文學批評的實踐，類似於宋末人到處讚揚別人的詩歌是「詩史」。他在〈徐中書挽詩序〉中又說：

　　　　惟詩之用與史通，而昔之人或有別所謂詩史者。❿

李東陽的挽詩主要想記錄徐弘量的生平事跡，所以他特別強調詩歌和歷史相通的層面，在這裡也就是詩歌實錄的層面。

　　我們知道，李東陽對杜詩的體制、聲調、字句等問題都有精細的辨析，⓫但他對「詩史」概念的內涵卻並無深究的興趣。上文所

---

❽　參陳國球著：《唐詩的傳承──明代復古詩論研究》第五章〈唐詩選本與復古詩論〉第三節〈《唐詩品彙》的意義〉，頁 239－252。

❾　李東陽著：《懷麓堂集》卷三，《四庫全書》第 1250 冊，頁 21 上。

❿　《懷麓堂集》卷二十八，同上，頁 297 上。

⓫　李東陽是早期復古詩論中至為重要的人物，他對杜詩的風格、善用庂聲字、使用倒字倒句等問題，都有所探討。參見陳國球著：〈《懷麓堂詩話》論杜

引兩個涉及「詩史」的例子,似乎都是他不經意間隨手提及的。

然而早期復古詩論雖然沒有專門對「詩史」概念的內涵進行探討,但他們所關心的杜詩敘事的問題,卻和宋人的「詩史」說有著密切的關聯。早在宋代,李復、魏泰、蔡居厚等人就提出敘事是「詩史」概念的內涵。比較之下,復古詩論對敘事問題的討論遠比他們深入。

早期復古詩論中的敘事話題,是由高棅引起的。他在《唐詩品彙》中引用《詩法源流》中的一段話:

> 古詩徑敘情實,去《三百篇》近。律詩牽於對偶,去《三百篇》為遠。此詩體之正變也。自選體以上,皆純乎正。唐陳子昂、李太白、韋應物之詩,猶正者多而變者少,杜子美則正變相半。變體雖不如正體之自然,而音律乃人聲之所同,對偶亦文勢之必有。如子美近體佳處,前無古人,亦何惡於聲律哉。⑫

《詩法源流》一書論及由先秦到元代間詩歌的演變,但該書作者難以考實。⑬這段文字原來在《詩法源流》中是一問一答兩段文字,

甫)一文,載陳國球著:《鏡花水月──文學理論批評論文集》(臺北:東大圖書公司,1987),頁71─88。

⑫ 《唐詩品彙》之〈歷代名公敘論〉,《唐詩品彙》,頁13下。〈歷代名公敘論〉共34條,可見高棅選錄之精。《詩法源流》這一段文字是〈歷代名公敘論〉的最後一條。

⑬ 見張健對《詩法源流》一書的介紹,見張健編著:《元代詩法校考》(北京:北京大學出版社,2001),頁226─230。

被高棅糅合在一起。《詩法源流》的原文如下：

> 余又問曰：「古詩徑敘情實，去《三百篇》近。律詩牽於對
> 偶聲律，去《三百篇》為遠。其亦有優劣耶？」
> 先生曰：「此詩體之正變也。自選體以上，皆純乎正。唐陳
> 子昂、李太白、韋應物之詩，猶正者多而變者少，杜子美、
> 韓退之以來，則正變相半。變體雖不如正體之自然，而音律
> 乃人聲之所同，對偶亦文勢之必有。如子美近體佳處，前無
> 古人，亦何惡於聲律哉！……」**⑭**

「余」即作者，而「先生」是指范德機的門人。我們可以清楚地看
到，這段話的本意是要回答古詩與律詩孰優孰劣的問題。范德機的
門人從「正變」的角度切入，指出兩者並無優劣。《文選》選錄的
古詩以上，也就是漢魏古詩以上，是古詩的正體。到唐代，陳子
昂、李太白、韋應物的古詩還是正體多於變體，到杜甫的古詩就已
經成為變體和正體一樣多了。但杜甫的古詩，到底哪些是正體、哪
些是變體，作者沒有明確說明。至於杜甫的律詩，因為強調音節的

---

⑭　佚名撰：《詩法源流》（或舊題傳與碼述范德機意），見張健編著：《元代
　　詩法校考》，頁 256。《詩法源流》一書版本眾多，重要的如日本五山本、
　　徐駿《詩文軌範》本、朱權《西江詩法》本、史潛《新編名賢詩法》本等，
　　而張健先生《元代詩法校考》以傳世最早的日本五山本（日本延文四年，即
　　1359 年）為底本。張健先生在「律詩牽於對偶聲律」一句下加有校記，云：
　　「史潛本作『拘於對偶』」。日本五山本中有「聲律」二字，而史潛本作
　　「拘於對偶」，前引高棅所說亦僅強調對偶而未及聲律，可見史潛本與高棅
　　所引比較接近。

原因，所以離《詩經》的標準比較遠；但它自有佳處，所以不應多指責。然而佳處何在，作者也沒有交代。這段話也因此留下了相當的闡釋空間，後來的詩論家往往抓住杜甫古詩的問題，展開進一步的討論。

李夢陽對古詩有一段著名的言論：

> 古詩妙在形容之耳，所謂「水月鏡花」，所謂「人外之人」、「言外之言」。宋以後則直陳之矣，於是求工於字句，所謂心勞日拙者也。形容之妙，心了了而口不能解，卓如躍如，有而無，無而有。❺

李夢陽的觀點可以看成是《詩法源流》的補充。《詩法源流》認為古詩「徑敘情實」，即直接敘述事情、情感。李夢陽卻將宋以前和宋以後（含宋）的古詩對立起來：宋以前的古詩長處在於「形容」，而宋以後的古詩則是「直陳」，並且是失敗的。同樣是成功的古詩，《詩法源流》用「徑敘情實」一詞來概括，而李夢陽用「形容」一詞來概括。那麼，「徑敘情實」和「形容」是否一樣呢？「徑敘情實」和「直陳」又有什麼樣的區別呢？

王廷相在〈與郭价夫學士論詩書〉中說：

> 夫詩貴意象透瑩，不喜事實粘著，古謂水中之月，鏡中之

---

❺ 李夢陽：《空同集》卷六十六《論學下篇第六》，《四庫全書》第 1262 冊，頁 605。

影，可以目睹，難以實求是也。**⓰**

王廷相的話無疑發展了《詩法源流》以及李夢陽的理論。他認為，詩歌（不僅僅是古詩）貴在擁有透瑩的意象，而不是很實在的描寫。這種情況，正如「鏡花水月」所暗示我們的：不能求實。**⓱**

　　王廷相的說法可以幫助我們理解「逕敘情實」和「形容」二詞。所謂「形容」，就是指古詩運用意象來寫作，而不像宋以後的詩歌主要依靠工於字句來寫作。「逕敘情實」就是說古詩通過意象直接敘述、表達作者的情感和所發生的事情，不需要像律詩那樣透過嚴謹的聲律來表達。「逕敘情實」和「形容」二詞雖然相對於不同的對象而言（一是律詩，一是宋以後直陳的古詩），但都指向古詩創作中一種依靠意象來傳情達意的高明的創作方法。相比之下，律詩和宋以後古詩的「直陳」，便是等而下之的創作手法了。所以王廷相在其他文章中強調指出：

　　自夫敷敘填實之辭作，而詩人之興致微；自夫聲律偶儷之習

⓰　　王廷相：《王廷相集》（北京：中華書局，1989）第二冊，頁 502。

⓱　　「鏡花水月」原是佛經中的話，用來說明世間事物的無常虛幻。嚴羽借用到詩論中，闡明詩歌的一個本質，即詩中的景物，不必實求。從李夢陽到屠隆，都是這樣理解的。但胡應麟論詩重視詩歌的媒介──語言，於是強調詩歌的美感經驗須通過詩的語言傳達。王漁洋好佛，將「鏡花水月」視為詩歌空寂禪境的說明。關於「鏡花水月」一語在歷代詩論中含義的複雜變化，可見陳國球著：〈論鏡花水月──一個詩論象喻的考析〉一文，載陳國球著：《鏡花水月──文學理論批評論文集》，頁 1－12。對李夢陽、王廷相詩論的分析，見頁 6－7。

沿，而詩人之格調絕。⓲

儘管《詩法源流》反對將「徑敘情實」和律詩強分優劣，但王廷相
明顯將律詩看低三分。至於這裡的「填實」，也就是李夢陽所說的
「直陳」——如同對待律詩一樣，王廷相對「填實」也十分不屑。

王廷相在〈與郭价夫學士論詩書〉中接著還有一大段文字，專
門批評「填實」的問題：

> 《三百篇》比興雜出，意在辭表；〈離騷〉引喻借論，不露
> 本情。東國困於賦役，不曰「天之不恤」也，曰「維南有
> 箕，不可以簸揚；維北有斗，不可以挹酒漿」，則天之不恤
> 自見。齊俗婚禮廢壞，不曰「婿不親迎」也，曰「俟我於著
> 乎而，充耳以素乎而，尚之以瓊華而乎」，則「婿不親迎」
> 可測。不曰「己德之修」也，曰「余既滋蘭之九畹兮，又樹
> 蕙之百畝，畦留夷與揭車兮，雜杜衡與芳芷」，則己德之
> 美，不言而章。不曰「己之守道」也，曰「固時俗之工巧
> 兮，偭規矩以改措，背繩墨以追曲兮，競周容以為度」，則
> 「己之守道」，緣情以灼。斯皆包韞本根，標顯色相，鴻才
> 之妙擬，哲匠之冥造也。
> 若夫子美〈北征〉之篇，昌黎〈南山〉之作，玉川〈月蝕〉
> 之詞，微之〈陽城〉之什，漫敷繁敘，填事委實，言多趁
> 帖，情出附輳，此則詩人之變體，騷壇之旁軌也。淺學曲

⓲ 王廷相著：〈選詩外編序〉，見《王廷相集》第四冊，頁1441。

士，志乏尚友，性寡神識，心驚目駭，遂區畛不能辯矣。

嗟乎！言微實則寡餘味也，情直致而難動物也，故示以意象，使人思而咀之，感而契之，邈哉深矣！此詩之大致也。❶

大致來說，這段話可以分成三部分來理解：

1.《詩經》用比興，〈離騷〉用比喻，都能微婉地道出情意思想。這是創作上的正途。

2.杜甫的〈北征〉和韓愈的〈南山〉等詩，敘事繁瑣，言語表達情意太過直接。這些不過是詩歌的變體而已。

3.總結認為詩歌應該有意象，讓人感發。

王廷相將杜甫〈北征〉和韓愈〈南山〉二詩並提，以此支撐他的論點。其實，〈北征〉和〈南山〉二詩的關係，向來是唐詩學中的重要話題。早期的著名言論見於范溫的《潛溪詩眼》：

> 孫莘老嘗謂老杜〈北征〉詩勝退之〈南山〉詩，王平甫以謂〈南山〉勝〈北征〉，終不能相服。時山谷尚少，乃曰：「若論工巧，則〈北征〉不及〈南山〉；若書一代之事，以與〈國風〉〈雅〉〈頌〉相為表裏，則〈北征〉不可無，而〈南山〉雖不作未害也。」二公之論遂定。❷

---

❶　《王廷相集》第二冊，頁502－503。

❷　胡仔纂集、廖德明校點、周本淳重訂：《苕溪漁隱叢話前集》卷第十二《杜少陵》引，頁78。

高棅曾接過這一話題，在《唐詩品彙》中繼續加以討論：

> 五言長篇，自古樂府焦仲卿而下，繼有絕少。唐初亦不多
> 見。逮李杜二公始盛至其鋪陳終始，排比聲韻，大或千言，
> 次猶數百，辭意曲折，隊仗森嚴。人皆雕飾乎語言，我則直
> 露其肺腑；人皆專犯乎諱忌，我則迴護其褒貶。此少陵所長
> 也，太白又次之。韓愈晚出，力追前人。先輩嘗謂〈南山
> 詩〉與少陵〈北征〉，互有優劣。斯言近之。善乎！㉑

可見高棅對二詩的直陳還是基本肯定的，不像王廷相那樣認為〈北
征〉和〈南山詩〉敘事散漫繁瑣，又直露表達感情，只能屬於「變
體」。

後來何景明在〈古樂府敘例〉中基本也持王廷相的看法：

> 詩三百皆絃歌，後世樂府或立篇題，詞多托諷，義兼比興，
> 其隨事直陳悉曰古詩，格變異矣。㉒

何景明認為古詩的「隨事直陳」是「變格」，可見他並不十分認同
直陳的創作手法。他在〈明月篇序〉中又如此評說杜詩：

> 僕讀杜子七言詩歌，愛其陳事切實，布辭沉著。鄙心竊效

㉑　《唐詩品彙》，頁53上。
㉒　何景明著：《大復集》卷三十四，《四庫全書》第1267冊，頁307。

之，以為長篇聖於子美矣。既而讀漢魏以來歌詩及唐初四子
者之所為而反復之，則知漢魏固承三百篇之後，流風猶可微
焉。而四子者雖工富麗，去古遠甚，至其音節往往可歌，乃
知子美辭固沉著，而調失流轉，雖成一家語，實則詩歌之變
體也。㉓

　　杜詩因為直陳的原因，自《詩法源流》以至於王廷相，都將之視為
「變體」。何景明強調詩歌的聲調，但他同時認為杜詩音節上存在
缺憾，即「調失流轉」，更加坐實了杜詩「變體」這一名稱。此
外，何景明雖然表示欣賞並欲效仿杜詩的「陳事切實」，但在〈古
樂府敘例〉中又將「隨事直陳」的古詩視為「變格」，可見，他對
杜甫的「陳事切實」也是有所保留的。從高棅《唐詩品彙》開始，
將唐詩分為正變，明人詩論往往著眼於此，作為評論詩歌的一個標
準。杜詩被他們視為「直陳」，加上格調說的興起，杜詩在聲律音
節上也受到指摘，故被坐實「變體」之名。

　　上面我們分析了前期復古詩論家對杜詩敘事問題的討論。他們
認為杜詩在敘事上是比較失敗的，不但敘事散漫繁瑣，而且感情直
露，只能是詩歌中的「變體」。這和宋代詩論家重視杜詩的敘事功
能並將之定義為「詩史」內涵的舉動而言，是十分不同的。可以
說，明代早期復古詩論對杜詩敘事功能的評價非常苛刻。這種情
況，和中後期復古詩論以及清初對杜詩敘事問題的看法，又有著很
大的差異。我們會在隨後的章節中陸續涉及此一方面的討論。

㉓　《大復集》卷十四，頁123。

第二節　明中後期復古詩論對
「詩史」概念的討論

一、「詩史」概念的重新提出與楊慎的「詩史」說

㈠「詩史」概念的重新提出與楊慎的「詩史」說

　　楊慎（1488-1559）是復古詩論家中較早重點關注「詩史」概念的人。他寫下不少關於「詩史」的論述，其中最著名的一段話是：

> 宋人以杜子美能以韻語紀時事，謂之「詩史」。鄙哉宋人之見，不足以論詩也。夫六經各有體，《易》以道陰陽，《書》以道政事，《詩》以道性情，《春秋》以道名分。後世之所謂史者，左記言，右紀事，古之《尚書》、《春秋》也。若《詩》者，其體其旨，與《易》、《書》、《春秋》判然矣。三百篇皆約情合性而歸之道德也，然未嘗有道德性情句也。二南者，修身齊家其旨也，然其言琴瑟鐘鼓、荇菜芣苢、天桃穠李、雀角鼠牙，何嘗有修身齊家字耶？皆意在言外，使人自悟。至於變風變雅，尤其含蓄，言之者無罪，聞之者足以戒。如刺淫亂，則曰「雝雝鳴雁，旭日始旦」；不必曰「慎莫近前丞相嗔」也。憫流民，則曰「鴻雁于飛，哀鳴嗷嗷」；不必曰「千家今有百家存」也。傷暴斂，則曰「唯南有箕，載翕其舌」；不必曰「哀哀寡婦誅求盡」也。敘饑荒，則曰「牂羊羵首，三星在罶」；不必曰「但（通作「幸」）有牙齒存，所堪骨髓乾」也。杜詩之含蓄蘊藉者，

蓋亦多矣，宋人不能學之。至於直陳時事，類於訕訐，乃其
下乘末腳，而宋人拾以為己寶。又撰出「詩史」二字，以誤
後人。如詩可兼史，則《尚書》、《春秋》可以併省。又如今
俗卦氣歌、納甲歌，兼陰陽而道之，謂之「詩易」可乎？❷❹

這段話的中心論旨是反對「詩史」這個稱號。楊慎自己沒有給「詩
史」下定義，但他認為宋人「詩史」說的內涵等同於「以韻語紀時
事」和「直陳時事，類於訕訐」。從上文對眾多宋代「詩史」說的
分析來看，楊慎的說法無疑是以偏概全。不過，這並沒有多大關
係。楊慎這麼說，只是要給自己反對「詩史」的說法樹立一個可以
攻擊的目標，並帶出他自己的見解。

　　楊慎在文字的一開頭，開宗明義地反對以「韻語紀時事」的宋
人「詩史」說。然後分三層來論證：

　　第一：首先從辯體的角度指出六經各有其「體」，論證《詩
經》無法承擔記載歷史的功能。

　　第二：認為詩歌尚含蓄，要意在言外。論述《詩經》雖承擔道
德教化功能，但都是「意在言外，使人自悟」。至於變風變雅，更
加含蓄，做到了「言之者無罪，聞之者足以戒」。他列舉杜詩和
《詩經》中四個共同的主題，將杜詩和《詩經》中的相關詩句一一

---

❷❹　楊慎，《升庵詩話》卷十一「詩史」條，《歷代詩話續編》頁 868；又見楊
　　慎，《升庵集》卷六十，《四庫全書》第 1270 冊，第 569 頁。大凡研究「詩
　　史」說，均會提到這段話。甚至有學者用這段話來概括楊慎的詩學，見成復
　　旺、蔡鍾翔、黃保真著：《中國文學理論史》（北京：北京出版社，
　　1991），頁 82－83。

對比，指出《詩經》的含蓄是杜詩所不能比的。

　　第三：楊慎也承認杜詩中有許多含蓄蘊藉的詩歌，但宋人卻只喜歡杜詩中直陳時事的部分，並將之稱為「詩史」。在這裡，楊慎回應這段文字開頭所說「鄙哉宋人之見」，主要攻擊的對象是宋人的「詩史」說。

　　經過三方面的論證，最後總結認為詩歌不能承擔《尚書》、《春秋》等史書的功能，並反對「詩史」說。

　　這段文字的論述，已經涉及到了一些重要命題，如變風變雅、敘述上的直陳等，這在後來引發了王世貞、許學夷等人的爭論。在這裡，我們著重分析以下兩點。首先是楊慎的辯體思想，這是楊慎否認「詩史」的起點；其次是楊慎如何處理《詩經》和杜詩的關係，這是楊慎「詩史」說的具體論證。

1.楊慎的辯體思想

　　辯體的意識，在中國文學批評史上源遠流長。曹丕的〈典論・論文〉，可以說是最早進行辯體的文字。明代詩論家辯體意識之強，更是前所未有的，辯體甚至成為明人常用的一種思考問題的方式。

　　在楊慎這段話中，下面幾句最可看出他的辯體思想：

> 夫六經各有體，《易》以道陰陽，《書》以道政事，《詩》以道性情，《春秋》以道名分。後世之所謂史者，左記言，右紀事，古之《尚書》、《春秋》也。若《詩》者，其體其旨，與《易》、《書》、《春秋》判然矣。

中國傳統的「體」字，可以細分為「文體」和「風格」兩層觀念。㉕楊慎這裡所說的「體」，無疑屬於「文體」的範疇。他認為《易》、《書》、《詩》、《春秋》等六經各有各的文體和功能。同其他五經相比，《詩經》有著自己的文體。所以《尚書》的記言、《春秋》的紀事等歷史功能，《詩經》是無法做到的。

在古人的詩論中，《詩經》很多時候代表著「詩」這一文體。《詩經》可以和歷史（《尚書》、《春秋》）分開，那麼，「詩」與「史」就有了分離的理論基礎。所以說，辯體成了楊慎批評「詩史」的理論起點。

其實，在整個中後期復古詩論對辯體都十分重視的情形下，楊慎對辯體的重視顯得十分薄弱。在他其他的詩論中，楊慎極少談到辯體，比如詩體和其他文體的區別（詩與賦、詩與文或詩與曲等）、各種詩體之間的區別（五七言的古詩、絕句、律詩之間）。他只是有興趣抄錄一些不同字陣列成的詩歌，不加任何評論。他抄錄過「三句詩」㉖、「四言詩」、㉗「六言詩」㉘，甚至在同一條目下抄錄了從二言到十一言的古詩。㉙

但楊慎有時非常粗心，如他在「六朝七言律」一條中抄錄了不

㉕　關於中國文學批評中「體」字的含意，以及「體」與「genre」、「style」等西方文學觀念比較的情況，可以參見陳國球《胡應麟詩論研究》（香港：華風書局，1986）第四章〈本色的探求與應用——胡應麟的詩體論〉第一節〈「體」與「本色」〉中的辯析，頁 78－81。

㉖　《升庵詩話》卷一「三句詩」條，《歷代詩話續編》頁 647－648。

㉗　《升庵詩話》卷三「四言詩」條，《歷代詩話續編》頁 682－683。

㉘　《升庵詩話》卷一「六言詩始」條，《歷代詩話續編》頁 650。

㉙　《升庵詩話》卷三「古詩二言至十一言」條，《歷代詩話續編》頁 689。

少七言律❸，但胡應麟批評他不小心混淆了五言和七言，胡應麟說：

> 楊用修取梁簡文、隋王績、溫子昇、陳後主四章為七言律祖，而中皆雜五言，體殊不合。❸

楊慎還曾注意到詩和詞之間的關係：

> 「寒鴉飛數點，流水繞孤村。斜陽欲落處，一望黯銷魂。」此詩見《鐵圍山叢譚》，秦少游改為小詞。❸

但他僅僅點出一種文學史上後輩作家化用前輩作家作品的現象，卻沒有興趣對隋煬帝的詩和秦觀的詞，在文體上做出更深一步的辨析。可見，楊慎在辨體方面下得功夫確實不深。

　　然而不管如何，辨體的思想無疑是楊慎批評「詩史」說的起點。我們在後面討論的時候，就會更加清楚地發現辨體在明代復古詩論「詩史」說展開的過程中，有著至為基礎的作用。

　　2.「言外之意」與「含蓄蘊藉」：杜詩與《詩經》的比較

　　在楊慎這段有關「詩史」的話中，《詩經》的意在言外和含蓄蘊藉，成了衡量杜詩的兩個基準。楊慎站在《詩經》的基準上來衡

---

❸　《升庵詩話》卷一「六朝七言律」條，《歷代詩話續編》頁 649。

❸　胡應麟撰：《詩藪》（上海：上海古籍出版社，1979）內編卷五，頁 81。

❸　《升庵詩話》卷十「隋煬帝野望詩」條，《歷代詩話續編》頁 846。

量宋人的「詩史」說（楊慎理解上的宋人「詩史」說，詳見後文對胡應麟的討論），便產生了問題。

　　楊慎將杜詩與《詩經》比較，是分主題來進行的。見下表：

楊慎：《詩經》與杜詩比較表

主題	《詩經》詩句	《詩經》出處	杜詩詩句	杜詩出處
刺淫亂	雝雝鳴雁，旭日始旦	邶風·匏有苦葉	慎莫近前丞相嗔	麗人行
憫流民	鴻雁于飛，哀鳴嗷嗷	小雅·鴻雁	千家今有百家存	白帝
傷暴斂	唯南有箕，載翕其舌	小雅·大東	哀哀寡婦誅求盡	白帝
敘饑荒	牂羊羵首，三星在罶	小雅·苕之華	但有牙齒存，所堪骨髓乾	垂老別

　　楊慎通過列舉四個主題和四對例句，試圖證明杜詩如「慎莫近前丞相嗔」、「千家今有百家存」等直陳性的詩句，不如《詩經》「雝雝鳴雁，旭日始旦」、「鴻雁于飛，哀鳴嗷嗷」等具有「言外之意」，藝術上也未達到「含蓄蘊藉」的美感。

　　楊慎列舉的例句，均是歷代傳頌的名篇。其中「牂羊羵首，三星在罶」一句，楊慎不但在其他地方也曾提及，而且同樣將之與杜詩比較。為更好地理解楊慎的想法，我們就以「牂羊羵首，三星在罶」為例，結合楊慎本人的言論，來說明他將杜詩與《詩經》進行比較的含意。

　　「牂羊羵首，三星在罶」出自〈詩經·小雅·苕之華〉，相關

的詩章曰：

> 苕之華，芸其黃矣。心之憂矣，維其傷矣。苕之華，其葉青
> 青。知我如此，不如無生。牂羊羵首，三星在罶。人可以
> 食，鮮可以飽。

〈詩小序〉論述這首詩的主旨：

> 〈苕之華〉，大夫閔時也。幽王之時，西戎東夷交侵中國，
> 師旅並起，因之以饑饉。君子閔周室之將亡，傷己逢之，故
> 作是詩也。❸❸

對於「牂羊羵首，三星在罶」這兩句詩，毛亨說：

> 牂羊，牝羊也。羵，大也。罶，曲梁也，寡婦之笱也。「牂
> 羊羵首」，言無是道也。「三星在罶」，言不可久也。❸❹

鄭玄箋曰：

> 無是道者，喻周已衰，求其復興，不可得也。不可久者，喻

---

❸❸　毛亨傳、鄭玄箋、孔穎達疏、龔抗雲等整理、肖永明等審定：《毛詩正義》
　　（北京：北京大學出版社，1999）卷第十五，頁 945。
❸❹　《毛詩正義》卷第十五，頁 947。

　　周將亡，如心星之光耀，見於魚筍之中，其去須臾也。㉟

綜合他們的觀點，詩人的本意是要通過這兩句詩來說明周室已衰
敗，表達復興無望之感。但詩人沒有直接說出自己的絕望，而是用
了比喻來委婉地加以說明。
　　楊慎引用「牂羊羵首，三星在罶」，將它與杜詩進行比較。他
說：

　　客有見予拈「波漂菰米」之句而問曰：「杜詩此首中四句，
亦有所本乎？」予曰：「有本，但變化之極其妙耳。」隋任
希古〈昆明池應制〉詩曰：「回眺牽牛渚，激賞鏤鯨川。」
便見太平宴樂氣象。今一變云：「織女機絲虛夜月，石鯨鱗
甲動秋風。」讀之則荒煙野草之悲見於言外矣。《西京雜
記》云：「太液池中有雕菰，紫籜綠節，鳧雛雁子，唼喋其
間。」《三皇舊圖》云：「宮人泛舟採蓮，為巴人櫂歌。」
便見人物遊嬉，宮沼富貴。今一變云：「波漂菰米沉雲黑，
露冷蓮房墜粉紅。」讀之則菰米不收而任沉，蓮房不採而任
其墜，兵戈亂離之狀具見矣。杜詩之妙，在翻古語，《千家
注》無有引此者，雖萬家注何用哉？因悟杜詩之妙。如此四
句，直上與《三百篇》「牂羊羵首，三星在罶」同，比之晚
唐「亂殺平人不怕天」、「抽旗亂插私人堆」，豈但天壤之

㉟　同上。

　　　　隔。**㊱**

「波漂菰米」出自〈秋興八首〉其七，詩曰：

　　　昆明池水漢時功，武帝旌旗在眼中。織女機絲虛夜月，石鯨
　　　鱗甲動秋風。波漂菰米沉雲黑，露冷蓮房墜粉紅。關塞極天
　　　唯鳥道，江湖滿地一漁翁。**㊲**

楊慎的用意，本來在於說明杜詩翻用古語的妙處。但是他也提到，
讀者在閱讀「織女機絲虛夜月，石鯨鱗甲動秋風」和「波漂菰米沉
雲黑，露冷蓮房墜粉紅」二句時，可以從字句之外感受到「荒煙野
草之悲」和「兵戈亂離之狀」。從這個意義上說，這兩句詩可以媲
美《三百篇》中的「牂羊羵首，三星在罶」。

　　「牂羊羵首，三星在罶」其實是詩論中常常提到的一個公共話
題。宋代的司馬光在《溫公續詩話》中已經將它和杜詩放在一起進
行比較，而且比較的重點恰好也在於強調詩歌的「言外之意」：

　　　《詩》云：「牂羊羵首，三星在罶。」言不可久。古人為
　　　詩，貴於意在言外，使人思而得之，故言之者無罪，聞之者
　　　足以戒也。近世詩人，惟杜子美最得詩人之體，如「國破山
　　　河在，城春草木深。感時花濺淚，恨別鳥驚心。」山河在，

㊱　楊慎著：《升庵詩話》卷六「波漂菰米」條，載《歷代詩話續編》頁 753。
㊲　仇兆鰲注：《杜詩詳注》，頁 1494。

明無餘物矣；草木深，明無人矣；花鳥，平時可娛之物，見
之而泣，聞之而悲，則時可知矣。他皆類此，不可徧舉。❸

看來杜詩中可以和「牂羊羵首，三星在罶」媲美的詩句，並不僅僅
限於楊慎提到的「織女機絲虛夜月，石鯨鱗甲動秋風」和「波漂菰
米沉雲黑，露冷蓮房墜粉紅」二句。至少在司馬光那裡，還要加上
〈春望〉。

　　作為「牂羊羵首，三星在罶」對立面的「但有牙齒存，所堪骨
髓乾」，正是楊慎所指責的直陳的詩句。這兩句詩出自杜甫的〈垂
老別〉，該詩一開頭就說：

四郊未寧靜，垂老不得安。子孫陣亡盡，焉用身獨完！投杖
出門去，同行為辛酸。幸有牙齒存，所堪骨髓乾。❸

〈垂老別〉主要描寫一位暮年從軍的老翁與老妻分別時的場景，其
中對老翁曲折、細微感情的描寫，歷來受到傳頌。❹「幸有牙齒
存，所堪骨髓乾」二句無疑用白描的手法直接道出老翁之老（只賸
下牙齒了）和身體之差（骨髓都已經乾枯），以說明當時兵丁缺少到連
如此衰老的老人都要被抓去充數，給人十分直接的震驚。這兩句詩
無疑不是楊慎所指稱的講「饑荒」，但寫作手法上自屬「直陳」，

---

❸　司馬光著：《溫公續詩話》，《歷代詩話》，頁 277－278。

❸　《杜詩詳注》，頁 534。

❹　浦起龍就稱讚該詩「千曲百折」，浦起龍：《讀杜心解》，頁 56。

而沒有言外之意,自然無法達到「含蓄蘊藉」的美感。

　　楊慎在其他地方稱讚過杜詩的「含蓄」:

　　「錦城絲管日紛紛,半入江風半入雲。此曲只應天上有,人
　　間能得幾回聞。」花卿名敬定,丹陵人,蜀之勇將也,恃功
　　驕恣。杜公此詩譏其僭用天子禮樂也,而含蓄不露,有風人
　　言之無罪,聞之者足以戒之旨。❹

實際上,楊慎在討論「詩史」問題時,就承認杜詩中「含蓄蘊藉多
矣」。他之所以將杜詩與《詩經》比較,重點指出杜詩的直陳,只
是不滿所謂的宋人「詩史」說對那些杜甫直陳的詩句加以重視而
已。

　　拿杜詩和《詩經》來進行比較,實際上是楊慎支撐他自己「詩
史」說的具體論證。下文將進一步配合楊慎的其他詩論,綜合考察
楊慎自己的「詩史」說。

㈡楊慎的「詩史」說

　　楊慎對六經與史書的關係,表示出一貫的注意。他曾說:

　　蘇老泉曰:經以道法勝,史以事辭勝。經不得史,無以證其
　　褒貶;史不得經,無以要其歸;宿言經史之相表裏也。元儒

❹　《升庵詩話》卷一「子美贈花卿」條,載《歷代詩話續編》頁 644。胡應麟
　　對楊慎的這個說法大為不滿,認為此詩是杜甫「贈歌者」,「用修以子美贈
　　詩為諷,真兒童之見也。」見胡應麟著:《少室山房筆叢》(北京:中華書
　　局,1958)卷十九〈藝林學山〉,頁259。

·116·

山東雲門山人張紳士行序定宇陳氏《通鑑續編》，衍其說
云：史之為體，不有以本乎經，不足以成一家之言。史之為
體，不有以本乎經，不足以為一代之制。故太史公之史，其
體本乎《尚書》；司馬公之《通鑑》，其體本乎左氏；朱子
之《綱目》，其體本乎《春秋》；杜佑之《通典》，其體本
乎《周禮》；惟《易》《詩》之體，未有得者；而韓嬰之
《韓詩外傳》、邵雍之《皇極演易》可謂傑出矣。此論甚
新。余嘗欲以漢唐以下事之奇奧罕傳者彙之，而以蘇李曹劉
李杜韓孟詩證之，名曰《詩史演說》。衰老無暇，當有同吾
志者。❷

楊慎十分認同張行所說的經書應該是史書之本。張行指出，五經中
只餘下《易》和《詩經》沒有很好的史書所本；當然，《韓詩外
傳》本於《詩經》，《皇極演易》本於《易》，也是很好的著作；
可惜不是史書。❸所以，楊慎希望完成「本乎《詩經》」的史學著
作，他想用「蘇李曹劉李杜韓孟」等人的詩，來證明「漢唐以下事
之奇奧罕傳者」。這實際上就是以詩證史。

　　楊慎有很強的修史的心願，可惜沒有機會完成。❹然而不能修
史，可以補史。他在發配西南時，常常用自己的所聞所見來補史。

---

❷　《升庵集》卷四十七「經史相表裏」條，《四庫全書》第 1270 冊，頁 368。
❸　張氏原文未見，今《四庫全書》第 332 冊收錄陳桱所著《通鑑續編》中，並
　　未收錄張序。待檢《通鑑續編》一書的其他版本。
❹　楊慎被流放之前，曾一度參與修訂《武宗實錄》，實掌史職。見韋家驊著：
　　《楊慎評傳》（南京：南京大學出版社，1998），頁 268。

比如他曾指出：

> ……唐之敗于南詔，不止楊國忠而後隱蔽武后之世已然矣。
> 予故詳著之，以表史氏之遺云。❹

他在閱讀詩歌時，就將詩歌視作史料。他說：

> 「邇來後土中夜震，有似巨鼇復載三山遊。……」山谷此詩
> 作於紹聖之年，地震之異如此而史不書。❻

以詩證史的想法，在楊慎的著述中經常流露出來。他在〈補杜子美
哀張九齡詩〉一詩的〈附記〉中說：

> 劉須溪云：九齡大節在奏請斬祿山以絕後患，杜公〈八哀
> 詩〉既不明白，末亦不及另祭事，殆失詩史，未免拾其細而
> 遺其大也。慎輒為補一篇，豈敢以厖涼闞華袞鈚刃齒步光
> 哉！亦續須溪之餘蘊，發曲江之幽光。觀者勿哂之。❼

他甚至積極挖掘那些具有史料價值的詩歌。比如他注意到東坡的詩

---

❹　《升庵集》卷五十七「唐武後時征雲南」條，《四庫全書》第 1270 冊，頁
　　529。
❻　《升庵集》卷七十八「山谷詩紀地震」條，《四庫全書》第 1270 冊，頁
　　786。
❼　《升庵集》卷二十二，《四庫全書》第1270冊，頁179。

歌：

> 東坡先生在杭州潁州許州，皆開西湖，而杭湖之功尤偉。其
> 詩云：「我在錢塘拓湖淥，大堤士女爭昌豐。六橋橫絕天漢
> 上，北山始與南山通。忽驚二十五萬丈，老蒣席捲蒼雲
> 空。」此詩史也，而注殊略。❹❽

底下楊慎引用各類史料來和東坡詩互相發明。

　　儘管楊慎癡迷於補史的工作，但他對詩歌可以補充歷史的功能
有著相當的警惕。他說：

> 杜子美〈滕王亭子〉詩：「民到于今歌出牧，來遊此地不知
> 還。」後人因子美之詩，注者遂謂滕王賢而有遺愛于民，今
> 郡志亦以滕王為名宦。予考新舊《唐書》，並云元嬰為荊州
> 刺史，驕佚失度。太宗崩，集宦屬燕飲歌舞，狎昵厮養。巡
> 省部內，從民借狗求置，所過為害，以丸彈人，觀其走避則
> 樂。及遷洪州都督，以貪聞。高宗給麻二車，助為錢緡。小
> 說又載其召屬官妻于宮中而淫之。其惡如此。而少陵老子乃
> 稱之，所謂「詩史」者，蓋亦不足信乎？未有暴于荊洪兩州
> 而仁于閬州者也。❹❾

---

❹❽　《升庵詩話》卷十四「蘇堤始末」條，《歷代詩話續編》，頁 927。
❹❾　《升庵詩話》卷十二「滕王」條，《歷代詩話續編》，頁 886。

可見，楊慎批評「詩史」的時候，並不一定就是反對「詩史」。相反，他對「詩史」二字的要求是相當高的。他曾提到元稹的〈憲宗章武孝皇帝挽歌詞三首〉（其二）詩，楊慎說：

> 「天寶遺餘事，元和盛聖功。二兇梟帳下，三叛斬都中。始服沙陀虜，方吞邏逤戎。狼星如要射，猶有鼎湖弓。」二兇謂楊惠琳李師道，傳首京師，三叛謂劉闢李錡吳元濟，斬於都市，斯亦近詩史矣。[50]

元稹此詩記載了當時的史實，楊慎不認為它當得起「詩史」，僅是「近詩史」。為什麼呢？大概是因為含蓄蘊藉不夠。因為楊慎在其他地方，也涉及到類似的話題：

> 劉文靖公因〈書事絕句〉云：「當年一線魏瓠穿，直到橫流破國年。草滿金陵誰種下，天津橋上聽啼鵑。」宋子虛〈詠王安石〉亦云：「投老歸耕白下田，青苗猶未罷民錢。半山春色多桃李，無奈花飛怨杜鵑。」二詩皆言宋祚之亡由於安石，而含蓄不露，可謂詩史矣。[51]

　　綜上所述，楊慎的「詩史」說，雖然表面上似乎十分錯雜，甚至有矛盾之處，但究其根本，主要有兩點：

---

[50]　《升庵詩話》卷二「元微之唐憲宗挽詞」條，《歷代詩話續編》，頁663。
[51]　《升庵詩話》卷十一「詠王安石」條，《歷代詩話續編》，頁862。

1. 詩歌應當含蓄蘊藉、意在言外。而含蓄蘊藉的詩歌，如果同時能夠紀錄時事，可以稱為「詩史」（如兩首詠王安石的詩）。
2. 詩歌在一定程度上可以當成史料，用來補充和證明歷史。但必須謹慎。

這兩層意思，基本上可以概括楊慎對「詩史」問題的想法。第一層意思以及楊慎在論證中涉及到的諸多命題在明代復古詩論中引起很大的反響，我們隨後的討論也將主要集中在這一點上。第二層意思實際上在宋人「詩史」說中常見，但楊慎反對宋人的說法，他自己當然不會承認。用詩證史的思路在復古詩論中並沒有什麼反響，一直到明清之際又重新興起，成為當時「詩史」說中的一個重要組成部分。

二、賦、比、興與「樂府雅語」：
　　王世貞對楊慎「詩史」說的回應

㈠賦比興

「詩史」概念經過楊慎的一番闡釋之後，很快成為明代中後期復古詩論家們的一個公共話題。王世貞在《藝苑卮言》中批評了楊慎對於「詩史」的看法：

楊用修駁宋人「詩史「之說而譏少陵云：「詩刺淫亂，則曰『雝雝鳴雁，旭日始旦』，不必曰『慎莫近前丞相嗔』也；憫流民，則曰『鴻雁于飛，哀鳴嗷嗷』，不必曰『千家今有百家存』也；傷暴斂，則曰『維南有箕，載翕其舌』，不必曰『哀哀寡婦誅求盡』也；敘饑荒，則曰『牂羊羵首，三星

在罶』，不必曰『但有牙齒存，所堪骨髓乾』也。」其言甚
辯而覈，然不知嚮所稱皆興比耳。《詩》固有賦，以述情切
事為快，不盡含蓄也。語荒而曰「周餘黎民，靡有孑遺」，
勸樂而曰「宛其死矣，它（作『他』）人入室」，譏失儀而曰
「人而無禮，胡不遄死」，怨讒而曰「豺虎不受，投畀有
昊」，若使出少陵口，不知用修何如貶剝也。且「慎莫近前
丞相嗔」，樂府雅語，用修烏足知之。㊷

王世貞不同意楊慎之處，主要有兩點。首先是王世貞認為詩歌可以
有不同的創作手法。他認為，《詩經》創作方法有賦、比、興三
種，其中「賦」體，完全可以直陳時事，不盡含蓄。楊慎過分強調
比興，而忽略了「賦」。所以杜詩中那些運用「賦」法來創作的，
無可指責。此外，王世貞還批評楊慎沒有注意到杜詩的樂府傳統，
比如「慎莫近前丞相嗔」一句即是樂府的語言，而這是楊慎所不懂
的。

　　後人對於王世貞從「賦」的角度批評楊慎的不足，無不感到切
中楊慎的要害。㊸如陳友琴就認為王世貞：

　　駁斥得很中肯，對一味強調含蓄蘊藉的批評家（引者按：即指

㊷　王世貞：《藝苑卮言》卷四，《歷代詩話續編》，頁 1010。
㊸　清人朱庭珍引楊慎論「詩史」條，也從「賦」和「比興」的比較來批評楊慎
　　論點的不足。朱庭珍的觀點和王世貞極其相似，但論述中卻未提及王世貞。
　　見朱庭珍《筱園詩話》卷三，載《清詩話續編》，頁 2390－2391。朱庭珍對
　　「詩史」理論的理解，本文在處理清代部分時會加以重點分析。

楊慎）是最好的回敬。(54)

劉明今說：

比興的手法、含蓄的風格是詩歌創作的重要特點，但並不足以概括全部。王世貞針對此說（引者按，指楊慎論「詩史」條）指出……因此，楊慎此說頗遭後人訾議也是必然的。(55)

張方說：

這辯駁有理有據，道出了楊慎對「詩史」說發難，乃是其個人的偏好甚至可以說是偏見作祟。(56)

更有認為楊慎是排斥「賦」法的。陳友琴說：

楊慎的主要錯誤在於他只強調「興比」，忘記了「賦」的重要性。(57)

---

(54) 陳友琴：《談楊慎批評杜甫》，《楊慎研究資料彙編》，頁 834。

(55) 袁震宇、劉明今著：《明代文學批評史》，頁 198。該部分由劉明今執筆撰寫。

(56) 張方：《文論通說》（北京：學苑出版社，2003）之第六節〈詩史〉，頁 122。

(57) 陳友琴：《談楊慎批評杜甫》，《楊慎研究資料彙編》，頁 833。

又說：

> 絕不能像楊慎批評杜甫這樣，把六義中的「賦」也取消了。㊽

龔鵬程說：

> 他（指楊慎）顯然是以比興的創作方式，作為詩歌主要表達
> 手法，而反對直言之賦。㊾

高小慧更是說：

> 對於楊慎主張詩歌儘量不要用「賦」的觀點，王世貞《藝苑
> 巵言》予以反駁。……他不同意楊慎的詩歌只能用比興的觀
> 點。其實賦也不失為一個很好的藝術表達方法，是抒情的基
> 礎。賦、比、興是傳統詩歌的表現手法，缺一不可。在這一
> 點上，楊慎有點絕對化了。㊿

其實，如果我們反觀楊慎的原話，會發現楊慎根本沒有提及賦比
興，更沒有對「賦」做任何言論上的排斥。所謂的「賦比興」問
題，可以說完全導源於王世貞對楊慎「詩史」說的批評，並非楊慎

㊽　陳友琴：《談楊慎批評杜甫》，《楊慎研究資料彙編》，頁834。
㊾　龔鵬程：《詩史本色與妙悟》，頁54。
㊿　高小慧：〈楊慎的「詩史」論〉，《北京大學學報》2004 年第 1 期，頁
　　125。

的原意。問題在於，王世貞從「賦比興」的角度來評論楊慎的「詩史」說，尤其斷定楊慎排斥「賦」法，是否一定就是正確的呢？

　　我們首先需要檢討楊慎「詩史」說中列舉的《詩經》例句，究竟是否如王世貞所說的那樣，一律使用了「興比」？

　　所謂「賦比興」，首見於〈周禮·春官·太師〉：「太師教六詩：曰風，曰賦，曰比，曰興，曰雅，曰頌。」❻〈毛詩序〉與之基本相同，說：「故詩有六義焉：一曰風，二曰賦，三曰比，四曰興，五曰雅，六曰頌。」❻至於「賦比興」的定義，歷來有許多紛雜的解釋。❻本文並不想糾纏於此，而是要著重分析楊慎所列的四個《詩經》例句，究竟是否屬於王世貞所說的「興比」？

　　將「賦比興」理論最早運用到《詩經》文本上的是《毛傳》，《詩經》中共有一百一十六篇詩歌的首章中的句子在《毛傳》中被標明「興」。❻但後來的學者並沒有將這一工作繼續下去，直到朱熹，才在《詩經》每篇各章之末都標明該章屬於「賦、比、興」三

---

❻　鄭玄注、賈公彥疏、趙伯雄整理、王文錦審定：《周禮註疏》（北京：北京大學出版社，1999）卷第二十三，頁 610。

❻　《毛詩序》，郭紹虞主編：《中國歷代文論選》（上海：上海古籍出版社，1979）第一冊，頁 63。

❻　關於「賦比興」的問題，歷代論著極多。最重要的研究著作大約是朱自清的〈比興〉，載朱自清《詩言志辯》，收入《朱自清全集》第六卷（南京：江蘇教育出版社，1990），頁 175－229；尤其是〈比興〉的第三節〈賦比興通釋〉，《朱自清全集》第六卷，頁 205－221。

❻　檀作文對《毛傳》標「興」的位置、釋興的義例等問題做了很好的研究，見檀作文著：《朱熹詩經學研究》（北京：學苑出版社，2003）第三章〈朱熹對《詩經》文學性的認識（下）——以「興」為中心〉第一節〈漢學詩經學「興」之義例〉，頁 151－191。

者之何種。㊻宋元的詩經學著作如南宋嚴粲的《詩緝》、輔廣的
《詩童子問》，元代劉瑾《詩傳通釋》等，都受到朱熹的影響，對
《詩經》中的篇章大多確定其賦比興的手法，其中尤以劉瑾《詩傳
通釋》集合《詩經》的文本，闡發「賦比興」不遺餘力。㊼儘管這
一工作在明代引起一些不滿，㊽然而朱熹對每一首詩都標明「賦」
或「比」或「興」，無疑是後人理解、分析《詩經》表現手法的重
要參考。

下面我們就以《毛傳》、朱熹《詩集傳》和劉瑾《詩傳通釋》
為參照，來看看楊慎、王世貞二人分別列舉的《詩經》例句，究竟
使用了「賦」、「比」、「興」三種之中的何種？為方便說明，我
們製成如下的表格。

㊻　關於朱熹《詩集傳》分派「賦、比、興」的義例，見檀作文《朱熹詩經學研
　　究》第三章第二節〈《詩集傳》「賦」、「比」、「興」之義例——以
　　「興」為中心〉，頁 193－219。

㊼　關於宋元《詩經》學的研究情況，可參見洪湛侯著：《詩經學史》（北京：
　　中華書局，2002）第五至第七章，頁 379－420。對於劉瑾的分析，見頁 412
　　－413。

㊽　如明人郝敬（1558－1639）說：「朱子斷以某詩為賦，某詩為興，某詩為
　　比，非也。」轉引自劉毓慶著：《從經學到文學》（北京：商務印書館，
　　2001）第二章《明代中後期〈詩經〉「漢學」的復活》，頁 81。劉毓慶認
　　為，明代中後期有尊序抑朱的《詩經》研究，見《從經學到文學》第二章第
　　二節〈尊序抑朱派的《詩經》研究〉，頁 71－84。

楊慎所舉《詩經》例句的賦比興問題

主題	詩句	出處	毛傳	詩集傳	詩傳通釋	《毛傳》標興之句
刺淫亂	雝雝鳴雁，旭日始旦	邶風·匏有苦葉	首章標興❻❽	賦也❻❾	賦也❼⓿	匏有苦葉，濟有深涉
憫流民	鴻雁于飛，哀鳴嗷嗷	小雅·鴻雁	首章標興❼❶	比也❼❷	比也❼❸	鴻雁于飛，肅肅其羽
傷暴斂	唯南有箕，載翕其舌	小雅·大東	首章標興❼❹	賦也❼❺	賦也❼❻	有饛簋飧，有捄棘匕
敘饑荒	牂羊羵首，三星在罶	小雅·苕之華	首章標興❼❼	賦也❼❽	賦也❼❾	苕之華，芸其黃矣

　　上表清晰地反映出具體詩句的「賦比興」手法是沒有定論的。我們可以看到，四句中的三句被朱熹判為「賦」（劉瑾同朱熹），而四句所屬詩篇的首章在《毛傳》中均被標明「興」。我們雖然不能

---

❻❽　《毛詩正義》卷第二，頁 138。

❻❾　朱熹集注：《詩集傳》（香港：中華書局香港分局，1961），頁 20。

❼⓿　劉瑾著：《詩傳通釋》，《四庫全書》第 76 冊，頁 338。

❼❶　《毛詩正義》卷第十一，頁 661。

❼❷　《詩集傳》，頁 119。

❼❸　《詩傳通釋》，頁 530。

❼❹　《毛詩正義》卷第十三，頁 779。

❼❺　《詩集傳》，頁 148。

❼❻　《詩傳通釋》，頁 580。

❼❼　《毛詩正義》卷第十五，頁 946。

❼❽　《詩集傳》，頁 174。

❼❾　《詩傳通釋》，頁 623。

斷定王世貞是否完全信從《毛傳》，而認為楊慎所列舉的例句全部
屬於「興比」。但我們至少可以承認，王世貞的判斷有一定根據
的。當然，詩歌首章中的某句被認為是「興」，後面詩句運用的並
不一定也是「興」。如上列四句，用《毛傳》的標準，大約僅有
「鴻雁于飛，哀鳴嗷嗷」仍可以被視作「興」。這是一個複雜的問
題，我們在此不展開。我們在此強調指出的是，王世貞認為四個例
句屬於「興比」，但朱熹、劉瑾認為這四句中的至少三句是運用了
「賦」。可見王世貞對楊慎的批評並非那麼絕對可信。

　　至於王世貞自己列舉的四個詩句的情況，可以參見下表：

王世貞所舉《詩經》例句的賦比興問題

主題	詩句	出處	毛傳	詩集傳	詩傳通釋	《毛傳》標興之句
語荒	周餘黎民，靡有孑遺	大雅·雲漢	無	賦也⑧	賦也⑧	
勸樂	宛其死矣，他人入室	唐風·山有樞	首章標興⑧	興也⑧	興也⑧	山有樞，隰有榆
譏失儀	人而無禮，胡不遄死	鄘風·相鼠	無	興也⑧	興也⑧	

---

⑧　《詩集傳》，頁 211。
⑧　《詩傳通釋》，頁 707。
⑧　《毛詩正義》卷第六，頁 381。
⑧　《詩集傳》，頁 69。
⑧　《詩傳通釋》，頁 428。
⑧　《詩集傳》，頁 32。
⑧　《詩傳通釋》，頁 364。

怨讒	豺虎不受，投畀有昊應作「豺虎不食，投畀有北。有北不受，投畀有昊。」	小雅·巷伯	首章標興❽❼	賦也❽❽	賦也❽❾	萋兮斐兮，成是貝錦

　　王世貞認為這四句都是運用「賦」的，然而我們看到，其中的兩句被朱熹、劉瑾認為是用了「興」。

　　眾所周知，「賦比興」的概念無比複雜，每個時代均有不同的解釋。我們關注的重點也不在於這些詩句到底運用了「賦」、「比」、「興」中間的哪一種。事實上，王世貞自有權力和學識來判斷這些詩句屬於賦，哪些屬於比興。然而我們需要強調的是，在這些詩句的「賦比興」屬性未能取得古今一致的情況下，僅僅憑藉王世貞的判斷，就一定認為楊慎忽略了「賦」法，是很不恰當的事情。

　　事實上，復古詩論一向對「賦比興」問題比較重視。李東陽就很關心「賦」和「比興」在詩歌中的地位，但他比較側重「比興」的運用：

　　　詩有三義，賦止居一，而比與興者，皆托物寓情而為之者

---

❽❼　《毛詩正義》卷第十二，頁767。
❽❽　《詩集傳》，頁145。
❽❾　《詩傳通釋》，頁574。

也。蓋正言直述，則易于窮盡，而難於感發。惟有所寓托，
形容摹寫，反復諷詠，以俟人之自得，言有盡而意無窮，則
神爽飛動，手舞足蹈而不自覺，此詩之所以貴情思而輕事實
也。⑨

他有時候批評當時人的創作：

堆疊餖飣，殊乏興調。⑨

李夢陽也重視「比興」的作用：

夫詩比興雜錯，假物以神變者也。⑨

謝榛專門統計過《詩經》中「賦」、「比」、「興」的數量：

洪興祖曰：「《三百篇》比賦少而興多；《離騷》興少而比
賦多。」予嘗考之《三百篇》，賦七百二十，興三百七十，
比一百一十。洪氏之所誤矣。⑨

---

⑨　李東陽著：《麓堂詩話》，載《歷代詩話續編》，頁 1374-1375。

⑨　《麓堂詩話》，載《歷代詩話續編》，頁 1375。

⑨　李夢陽著：〈缶音序〉，李夢陽著：《空同集》卷五十二，《四庫全書》第
　　1262 冊，頁 477。

⑨　謝榛著：《四溟詩話》卷二，《歷代詩話續編》，頁 1169。

可見「賦」的數量遠遠大於「比」和「興」，但謝榛尤其重視「興」的作用：

> 凡作詩，悲歡皆由乎興，非興則造語弗工。❾❹

他甚至認為李杜詩中到處是「興」：

> 熟讀李杜全集，方知無處無時而非興也。❾❺

當然，他也會反省「比興」帶來的弊端：

> 六朝以來，留連光景之弊，蓋自《三百篇》比興中來。❾❻

後來的胡應麟專門強調杜詩中的「比」：

> 唐人賦興多而比少，惟杜時時有之。❾❼

可以看到，復古詩論中對「比興」的關注，一向超過對「賦」的關注。

楊慎和王世貞又是如何看到「賦比興」問題的呢？他們在各自

---

❾❹　《四溟詩話》卷三，《歷代詩話續編》，頁1194。
❾❺　同上。
❾❻　《四溟詩話》卷一，《歷代詩話續編》，頁1138。
❾❼　胡應麟撰：《詩藪》內編卷四，頁74。

的著作中，都抄錄過宋代李育（仲蒙）關於「賦比興」的一段著名言論，表示贊同。李仲蒙說：

> 敘物以言情謂之賦，情物盡也。索物以托情謂之比，情附物者也。觸物以起情謂之興，物動情者也。⑱

李仲蒙這段話從情與物的關係來解釋賦比興文體，被視作「觸物起情」說的代表。⑲楊慎明顯受到李仲蒙的影響，他不但在《升庵詩話》中抄錄李的詩，⑳還專門撰寫一則「托物起興」，談創作中的「托物起興，仗境生法」。㉑

在復古詩論普遍重視比興的情況下，王世貞就有意開始強調

---

⑱ 見《升庵詩話》卷十二「賦比興」條，《歷代詩話續編》，頁 882；該條引錄李仲蒙語，楊慎本人並無按語。又見《藝苑卮言》卷一，《歷代詩話續編》，頁 954。王仲鏞說王世貞的微引來自楊慎，且不知李仲蒙為何人，見王仲鏞箋證：《升庵詩話箋證》（上海：上海古籍出版社，1987），頁 110。王仲鏞又說李仲蒙的話來自王應麟《困學紀聞》卷三，見《升庵詩話箋證》，頁 110。本文引文見胡寅著：〈與李叔易書〉，載胡寅著：《斐然集》卷十八，《四庫全書》第 1137 冊，頁 534 上。

⑲ 魯洪生著：〈《毛傳》標興本義考〉，載趙敏俐主編：《中國詩歌研究》（北京：中華書局，2002）第一輯，頁 72。

⑳ 《升庵詩話》卷五「李育飛騎橋詩」條，載《歷代詩話續編》，頁 725。王仲鏞指出這段話出自葉夢得《避暑錄話》，見《升庵詩話箋證》，頁 274－275。

㉑ 《升庵詩話》卷三「托物起興」條，《歷代詩話續編》頁 696。楊慎在《經說》一書中有三卷專門論述《毛詩》，但以考據為主，未觸及「賦比興」問題，見焦竑編、楊慎撰：《升庵外集》（臺北：臺灣學生書局，1971 影印）第二冊卷二十七至二十九，頁 853－960。

「賦」、「比」、「興」之間的差異。他在〈唐詩類苑序〉中說：

> 夫詩取適情，主淡泊為上乘，足矣。胡至齷齪微事如華林北
> 堂，與白僕等伍也。是不然孔子刪詩而分別雅頌國風之屬，
> 有賦比興之異。⓲

他對當時談論杜詩時多強調杜詩的比興有所不滿。如在〈劉諸暨杜
律心解序〉中說：

> 自三百篇出，而諸為詩故者，亡慮數十百家。即為詩故者數
> 十百家。而知詩者不與焉，獨蔽之于孟氏曰以意逆志，得之
> 哉得之哉。夫所謂意者，雖人人殊要之，其觸於境而之於七
> 情一也。唐杜氏詩出，學士大夫尊稱之，以繼三百篇。然不
> 謂其協裁中正也，謂其窺於興比之微而已。……⓳

正是在這種心態下，王世貞在談論「詩史」問題時，會特別拈出
「賦」。

　　自從王世貞提出楊慎忽略「賦」的創作手法之後，幾百年來幾
乎眾口一聲責難楊慎。實際上，我們發現明初以來復古詩論大談
「比興」，但十分忽略「賦」。王世貞不滿這種情形，就故意談到
「賦」；王世貞以「賦」來批評楊慎的背景正在於此。況且，由於

⓲　　王世貞著：《弇州續稿》卷五十三，《四庫全書》第 1282 冊，頁 693。
⓳　　王世貞著：《弇州四部稿》卷六十六，《四庫全書》第 1280 冊，頁 155。

「賦比興」問題本身的複雜性，如果從朱熹、劉瑾等人對賦比興的
理解來看，王世貞批評楊慎的言論根本站不住腳。

　　總而言之，王世貞提出的「賦」的問題，固然點出了一個重要
的情況：即具有「詩史」性質的詩歌常常運用「賦」的創作手法，
但也不必奉為定論。比如楊慎強調的「詩史」性質的詩歌必須「含
蓄蘊藉」，就不是王世貞的表彰「賦」法所能解決的。

㈡樂府雅語

　　王世貞還批評楊慎沒有注意到杜詩的樂府傳統：

　　　　且「慎莫近前丞相嗔」，樂府雅語，用修烏足知之。

這主要針對楊慎所說的：

　　　　如刺淫亂，則曰「雝雝鳴雁，旭日始旦」；不必曰「慎莫近
　　　　前丞相嗔」也。

王世貞認為，「慎莫近前丞相嗔」來源於「樂府雅語」，楊慎不知
道這一點，所以才會說「不必曰『慎莫近前丞相嗔』」。

　　「慎莫近前丞相嗔」出自杜甫的〈麗人行〉：

　　　　三月三日天氣新，長安水邊多麗人。態濃意遠淑且真，肌理
　　　　細膩骨肉勻。……炙手可熱勢絕倫，慎莫近前丞相嗔。⓲

⓲　　《杜詩詳注》，頁156－160。

注意到〈麗人行〉和樂府的關係，並不是王世貞的發明。宋代的許顗就早在《彥周詩話》中指出：

> 齊梁間樂府詞云：「護惜加窮袴，防閒托守宮。」「今日牛羊上邱隴，當時近前面發紅。」老杜作〈麗人行〉云：「賜名大國虢與秦。」其卒曰：「慎勿近前丞相嗔。」虢國秦國何預國忠事，而近前即嗔耶？東坡言老杜似司馬遷，蓋深知之。[105]

許顗認為「慎莫近前丞相嗔」一句脫胎於「今日牛羊上邱隴，當時近前面發紅」二句樂府詩。王世貞的立論主要承接許顗而來，並無特別之處。

然而何謂「雅語」？《論語》裏說：

> 子所雅言，《詩》、《書》、執禮，皆雅言也。[106]

孔安國解釋說：

> 雅言，正言也。正言者，謂端其音聲，審其句讀，莊重而出之，與恒俗迥別，謂之莊語，亦謂之雅語。[107]

---

[105] 許顗著：《彥周詩話》，《歷代詩話》本，頁382。

[106] 朱熹著：《論語集注》卷四，《四書章句集注》，頁97。

[107] 毛奇齡著：《論語稽求篇》卷四《子所雅言》節，《四庫全書》第210冊，頁168上。

這或許是「雅語」一詞的最早的出處。按孔安國的解釋，「雅語」
與俗語對比，實際上就是指莊重和正式的話。⑩

　　「雅語」一詞出現在詩論中，大概始于方回的〈孔端卿東征集
序〉：

　　　君（指孔端卿）詩善押險韻，善用雅語，善賦長篇。⑩

應該是指古典的書面語。王世貞在〈客越志序〉中說：

　　　百穀（指王百穀）所為志，絕類應劭紀泰山封禪，而時餙以晉
　　　人雅語。⑩

和方回差不多，也是重在強調古典的語言。「樂府雅語」一詞，說
明王世貞將樂府語言視作古雅的語言來學習。後來，王夫之在評論

---

⑩　孔安國用「雅語」來理解「雅言」，僅是經學史上對「雅言」諸多解釋中的
　　一個。如朱熹說「雅言」就是常常說的話，見《論語集注》卷四，頁 97。今
　　人楊伯峻認為「雅言」類似於今日的普通話，為當時中國的通行語言，見楊
　　伯峻著：《論語譯注》（北京：中華書局，1980），頁 71。俞志慧也認為
　　「雅言」即是夏或周時代的官方通用語言，見俞志慧著：《君子儒與詩教
　　——先秦儒家文學思想考論》（北京：三聯書店，2005）上編第四章〈雅
　　言〉，頁 42－54。然而，後世對「雅語」的理解與對「雅言」的理解逐漸脫
　　離關係，所以如何理解「雅言」，在此反而並不重要。
⑩　方回著：《桐江續集》卷三十二〈孔端卿東征集序〉，《四庫全書》第 1193
　　冊，頁 660 下。
⑩　王世貞著：《弇州四部稿》卷六十五，《四庫全書》第 1280 冊，頁 142 下。

杜詩時，也曾借用這一概念。⑪

　　然而，後來許學夷卻說：

　　　　子美〈麗人行〉歌行，用樂府語不稱，《品彙》不錄，良
　　　　是。⑫

可見許學夷對〈麗人行〉中使用樂府語，甚是不滿。他和王世貞的
立場是截然相反的。其關鍵的原因在於許學夷具有深厚的辯體意
識，他認為〈麗人行〉是一首七言古詩，古詩使用樂府語，當然是
「不稱」的。儘管後世有許多杜詩學者對〈麗人行〉中運用樂府語
都有極高的評價，⑬但許學夷的觀點，有其強烈的辯體意識作為背
景，仍然值得注意。

　　關於許學夷對「詩史」的系統看法，下文將給予詳細討論。這
裡還要討論的是明人郝敬（1558－1639）對於楊慎、王世貞二人在
「詩史」上不同看法的評論。郝敬說：

　　　　宋人謂杜甫為詩史，近世楊慎駁之云：「三百篇刺淫亂，則
　　　　曰『雝雝鳴雁，旭日始旦』；不必曰『慎莫近前丞相嗔』

---

⑪　王夫之著：《唐詩評選》卷一〈樂府歌行〉杜甫〈乾元中寓居同谷縣作歌七
　　首〉之七評語，收入《船山全書》編輯委員會編校：《船山全書》第 14 冊
　　（長沙：嶽麓書社，1996），頁 915。

⑫　許學夷著、杜維沫校點：《詩源辯體》卷十九（北京：人民文學出版社，
　　1987），頁 214。

⑬　參看仇兆鰲所引周敬、盧元昌等人的言論，《杜詩詳注》，頁 161。

也。憫流民，則曰『鴻雁于飛，哀鳴嗷嗷』；不必曰『千家
今有百家存』也。傷暴斂，則曰『唯南有箕，載翕其舌』；
不必曰『哀哀寡婦誅求盡』也。敍饑荒，則曰『牂羊墳首，
三星在罶』；不必曰『但有牙齒存，所堪骨髓乾』也。」宗
城非之曰：「此所稱者，比興耳。《詩》固有賦，以述情切
事為快，不盡含蓄。語荒而曰『周餘黎民，靡有孑遺』，勸
樂曰『宛其死矣，他人入室』，譏失儀曰『人而無禮，胡不
遄死』，怨讒曰『豺虎不受，投畀有昊』，若出自少陵口，
不知又作何譏貶？」又云：「『慎莫近前丞相嗔』，此樂府
雅語。」按：二家之說，各有攸當，含蓄切直，唯其所宜。
宗謂賦主切事，不盡含蓄，非也。夫詩雖有六義，經可離，
緯不可離也。賦何嘗離比興？比興何嘗非賦？朱元晦解詩，
離賦比興，所以謬也。比興可含蓄，賦獨可徑直乎？樂府本
鄭聲，何得稱雅？樂府稱雅，「二南」反為儈父耶？⓮

　　很明顯，焦點還是集中在賦比興的理解上。與楊慎和王世貞都
不同的是，郝敬認為賦與比興無法絕然分離，故指出楊、王二人的
論述都有不妥之處。前文指出，如一味強調楊、王二人對賦比興的
判斷正確與否，則非但為二人的思路所限，更無法對二人思路的來
龍去脈作出較為合理的解釋。郝敬在此強調如何辨析賦比興，則對
於如何理解楊、王二人的說法，幫助就不會很大。畢竟，古往今來
對賦比興的認識，差異實在太大。如果秉持一己對「賦比興」的理

解來衡量前人的學說，評論與辨析上的公允就很難說了。

此外，郝敬反對王世貞將「慎莫近前丞相嗔」一句，稱為樂府雅語。郝敬的觀點，受到「鄭聲淫」的影響，自有其道理；但前文已指出，王世貞的說法也並非無憑無據。他們的爭論，反映了在對待樂府的問題上，學者之間出現的觀念差異：郝敬認為樂府不登大雅之堂，而王世貞則反之。具體的辨析，因與「詩史」問題的討論偏離太遠，本文不擬展開。只想指出一點，今人對待這些觀念上的差異，似不宜據今日既有之成說，來遽斷其是非，而應以了解前人「為什麼這麼說」為上。

三、「抑揚諷刺」與「變雅」：
　　許學夷對楊慎「詩史」說的回應

如王世貞一樣，許學夷也有大段文字專門批評楊慎的「詩史」說：

> 楊用修云：「宋人以子美能以韻語紀時事，謂之『詩史』，鄙哉！見《唐書》夫六經各有體，若《詩》者，其體其旨，與《易》、《書》、《春秋》判然矣。三百篇皆意在言外，使人自悟。杜詩含蓄蘊藉者蓋亦多矣，宋人不能學之。至於直陳時事，類於訕訐，乃其下乘末腳，而宋人拾以為己寶。又撰出「詩史」二字，以誤後人。如詩可兼史，則《尚書》、《春秋》可以併省矣。」愚按：用修之論雖善，而未盡當。夫詩與史，其體、其旨，固不待辯而明矣。即杜之〈石壕吏〉、〈新安吏〉、〈新婚別〉、〈垂老別〉、〈無

家別〉、〈哀王孫〉、〈哀江頭〉等，雖若有意紀時事，而
抑揚諷刺，悉合詩體，安得以史目之？至於含蓄蘊藉雖子美
所長，而感傷亂離、耳目所及，以述情事為快，是亦變雅之
類耳，不足為子美累也。⑪

許學夷認為楊慎的思路是正確的，但仍可以繼續闡發。他重點強調
如下兩點：

第一，他認為杜詩中記載時事的詩歌只要做到「抑揚諷刺」，
就符合了「詩體」，便不能再將之視作「史」了。也就是說，許學
夷認為詩歌本來不是用來記載時事的，但如果記載時事的詩歌做到
「抑揚諷刺」，那依然可以被承認是「詩」，因為「抑揚諷刺」符
合詩歌的文體。

第二，部分直陳時事的杜詩雖然不含蓄蘊藉，但「述情事為
快」，可以被視為「變雅」；這主要是反駁楊慎說「直陳時事」的
詩歌是杜詩中的「下乘末腳」。

下面我們從這兩個角度來深入分析許學夷的觀點。

㈠「詩體」與「抑揚諷刺」

什麼叫「詩體」？許學夷說：

學詩者，識貴高，見貴廣。不上探《三百篇》、《楚騷》、
漢、魏，則識不高；不遍觀元和、晚唐、宋人，則見不廣。
識不高，不能究詩體之淵源；見不廣，不能窮詩體之汗漫，

---

⑪ 《詩源辯體》卷十九第二十九則，頁221。

上不能追攝〈風〉、〈騷〉，下不能兼收容眾也。⑯

這裡的「詩體」就是指詩歌這種文類（genre）。他又說：

　　古、律、絕句，詩之體也。⑰

古詩、律詩和絕句都是「詩體」這個文類的次文類（sub genre）。可見，從時間上來說，「詩體」包括從《三百篇》、《楚騷》、漢、魏，一直到當下的所有詩歌；從範圍上來講，「詩體」包括古詩、律詩、絕句還有樂府等各種體裁的詩歌。而「詩體」一詞涵蓋所以這些作品的部分的共同點。⑱

　　許學夷是不贊成詩歌記載時事的，但畢竟前人已經創作有大量的記載時事的詩歌，諸如杜甫的〈石壕吏〉、〈新安吏〉、〈新婚別〉、〈垂老別〉、〈無家別〉、〈哀王孫〉、〈哀江頭〉等詩，在藝術也有相當的成就。不能因為不喜歡詩歌記載時事，而將這些詩歌全部抹殺。因為此，所以許學夷特別提出「抑揚諷刺」的創作手法。

　　許學夷認為，「抑揚諷刺」的表現手法是一首記載時事的詩歌能否被稱為「詩」的充分條件。如果一首詩記載了時事，但沒有「抑揚諷刺」，那不過是等同於「史」而已。如果在記載時事的同

---

⑯　《詩源辯體》卷二十四第四則，頁 249。

⑰　《詩源辯體》卷三十六第三十八則，頁 370。

⑱　參陳國球《胡應麟詩論研究》中所引用 Paul Hernadi 在 *Beyond Genre* 一書中的言論，頁 81。

時，做到了「抑揚諷刺」，那就是成為詩歌了。

　　許學夷的立論，深深根植於他的辯體意識。他完全接受楊慎將詩歌（《詩經》）與其他《五經》分開的辯體思想，認為詩歌和歷史是完全不同的。但他比楊慎更加激進。前文提到，楊慎認為詩歌可以記錄時事，但應當含蓄蘊藉、意在言外。只要做到這一點，記錄時事的詩歌還是可以成為「詩史」的。而許學夷從根本上是反對「詩史」說的存在。但他也沒有完全否認詩歌擁有記載時事的功能，他只是強調，如果詩歌能夠做到「抑揚諷刺」地記載時事，那麼，就算是一首詩歌記載了時事，還是符合詩歌這一文體的規範，而不是所謂的「詩史」。許學夷的觀點有一部分是和楊慎相通的，即他們都不希望詩歌直陳時事，認為這樣直露地記載時事，有損於詩歌的文學本質。所以，他們分別提出「含蓄蘊藉、意在言外」和「抑揚諷刺」的標準來加以補救。

㈡從「變風變雅」到「變雅」

　　上文曾引用楊慎的話說：

> 三百篇皆約情合性而歸之道德也，然未嘗有道德性情句也。……至於變風變雅，尤其含蓄，言之者無罪，聞之者足以戒。

楊慎認為，「變風變雅」應該「尤其含蓄」。但許學夷認為，「變雅」並不是什麼「尤其含蓄」，而是「述情事為快」。這種不同的觀點涉及到他們對「變風變雅」的不同理解。

　　「變風變雅」的觀念最早產生於〈毛詩序〉，〈毛詩序〉中

說：

> 至於王道衰，禮儀廢，政教失，國異政，家殊俗，而變風、
> 變雅作矣。國史明乎得失之迹，傷人倫之廢，哀刑政之苛，
> 吟詠情性，以風其上，達於事變而懷其舊俗者也，故變風發
> 乎情，止乎禮義。發乎情，民之性也；止乎禮義，先王之澤
> 也。⑲

「變風變雅」是指當現實政治黑暗、國家衰敗的時候產生的詩歌。
漢代鄭玄撰寫《詩譜》，《詩經》除「正經」之外，將〈國風〉自
〈邶風〉、〈鄘風〉以下均判為「變風」；〈小雅〉自〈六月〉以
下、〈大雅〉自〈民勞〉以下判為「變雅」。然而如此判斷所依的
標準就是時代，和詩歌本身的藝術沒有任何關係。後代的經學研究
對這些看法有許多不滿，更有如宋代的葉適從根本上懷疑的。⑳但
在文學批評上，自六朝以來，詩論中常借用「正變」來討論詩體的
變化，著名的如〈文心雕龍・通變〉篇。到了明代的詩論，高棅曾
在《唐詩品彙》的〈總敘〉中利用正變觀念來作為劃分初、盛、
中、晚「四唐」的依據。㉑
　　後來復古詩論中明確借用「變風變雅」的觀念來批評杜詩的，

---

⑲　〈毛詩序〉，《中國歷代文論選》第一冊，頁 63。
⑳　朱自清著：《詩言志辨》之〈正變〉章第一節〈風雅正變〉，《朱自清全
　　集》第六卷，頁 267－284。
㉑　朱自清著：〈正變〉第二節〈詩體正變〉，同上，頁 284－307；高棅的部
　　分，參見頁 300－302。

有王世懋的《藝圃擷餘》。王世懋說：

> 唐律由初而盛，由盛而中，由中而晚，時代聲調，故自必不
> 可同。然亦有初而逗盛，盛而逗中，中而逗晚者。何則？逗
> 者，變之漸也，非逗，故無由變。如詩之有變風變雅，便是
> 〈離騷〉遠祖，子美七言律之有拗體，其猶變風變雅乎？⑫

王世懋所說的「變風變雅」，僅僅是指杜詩七律中的拗體，他對什
麼是「變風變雅」的詩歌，是從詩歌體裁的變遷上來理解的。後來
許學夷對這個問題的分析，就深入到了詩歌創作方法的層面。他
說：

> 盛唐諸公律詩，得風人之致，故主興不主意，貴婉不貴
> 深。……子美雖大而有法，要皆主意而尚嚴密，故於〈雅〉
> 為近，此與盛唐諸公，各自為勝，未可以優劣論也。⑬

因為杜詩主「意」和貴「深」，所以許學夷從整體上來判斷杜詩近
於〈雅〉。然而，隨著許學夷對「變風變雅」這個概念的細緻辯
析，他對杜詩和〈雅〉的關係的理解也逐漸深入。
　　許學夷認為，「變風」和「變雅」並非一個概念，還可以進一
步區別。他在詩論中很稱讚「變風」：

---

⑫　王世懋著：《藝圃擷餘》，《歷代詩話》，頁776。
⑬　《詩源辯體》卷十七第四十一則，頁183。

變風之詩，多詩人托為其言以寄刺。⑭

他指出變風與變雅之間的區別：

> 變風變雅，雖並主諷刺，而詞有不同。變雅自宣王之詩而
> 外，懇切者十之九，微婉者十之一。變風則語語微婉矣。⑮

這裡，許學夷提到「微婉」的標準。顯然，變風毫無瑕疵，因為
「語語微婉」，而變雅微婉少，而懇切多。

微婉是許學夷論詩的一個很高的標準，他說：

> 風人之詩既除乎性情之正，而復得於聲氣之和，故其言微婉
> 而敦厚，優柔而不迫，為萬古詩人之經。⑯

> 風人之詩，含蓄固其本體，……。其所以與文異者，正在微
> 婉優柔，反復動人也。⑰

> 蓋《十九首》本出於〈國風〉，但性情未必皆正，而意亦時
> 露，又不得以微婉稱之。⑱

---

⑭　《詩源辯體》卷一第四十五則，頁 22。
⑮　《詩源辯體》卷一第六十二則，頁 27－28。
⑯　《詩源辯體》卷一第二則，頁 2。
⑰　《詩源辯體》卷一第十則，頁 5－6。
⑱　《詩源辯體》卷三第三十八則，頁 57。

由此可見，「變風」在許學夷看來，每句話都是微婉的。至於杜
詩，許學夷一向認為「於〈雅〉為近」，以懇切為主。杜詩中記載
時事的詩歌之所以被許學夷稱為「變雅」，也是因為這些詩歌主要
是懇切，而非微婉。所以，楊慎提出「變風變雅」，而許學夷則只
強調「變雅」。

(三)「風人之詩」與「性情」

　　許學夷的「詩史」說是在楊慎「詩史」說的基礎上發展起來
的，但我們注意到，許學夷在引用楊慎那段著名的「詩史」言論
時，是有所割裂的。他刪去了楊慎論詩歌應該「意在言外」和分主
題將《詩經》與杜詩對比的部分。其實，許學夷在其他地方引用過
這段曾被他刪去的話：

> 楊用修云：「三百篇皆約情合性，而歸之道德，然未嘗有道
> 德性情句也。二南者，修身齊家其旨也，然其言琴瑟鐘鼓、
> 荇菜苤苢、夭桃穠李，何嘗有修身齊家字？皆意在言外，使
> 人自悟。」愚按：此論不惟得風人之體，救經生之弊，且足
> 以袪後世以文為詩之惑。惟首句「約情合性」四字，本乎
> 〈大序〉「發乎情，止乎禮義」之說為未妥。〈大序〉非子
> 夏作也。⑫

這段話有兩個問題：其一是許學夷稱讚楊慎得到「風人之體」的真
諦，其次是許學夷對「約情合性」的批評。兩個問題應該如何理

---

⑫　《詩源辯體》卷一第八則，頁5。

解？

　　所謂「風人之體」是復古詩論中的老問題。何景明在〈明月篇序〉中就已經提到了「六義」之一的「風」：

> 夫詩本性情之發者也，其切而易見者莫如夫婦之間，是以三百篇首乎〈雎鳩〉、六義首乎風，而漢魏作者義關君臣朋友，辭必托諸夫婦，以宣鬱而達情焉。其旨遠矣。由是觀之，子美之詩博涉世故，出於夫婦者常少；致兼雅頌，而風人之義或缺。此其調反在四子之下與！❸

許多學者對何景明的話表示不滿，認為杜詩中不乏描寫夫婦感情的詩篇，著名的〈月夜〉詩更是代表。然而在這裡，何景明表面上是在說杜詩中缺少描寫夫婦感情，實際上卻是在強調杜詩中沒有「風人之義」。何景明關心的問題是「辭必托諸夫婦，以宣郁而達情焉」，並非簡單地寫夫婦之情。何謂「風」？歷代的解釋均有所不同。然而早期的〈毛詩序〉裡說：「上以風化下，下以風刺上，主文而譎諫，言之者無罪，聞之者足以戒，故曰風。」❸「風」主要起到教化重要，具有「風」的特質的詩歌應該「主文而譎諫」，即主張運用文辭來婉轉地表達自己的主張，並達到勸諫的目的。許學夷本人一貫強調的「微婉」，其實正是這個意思。

　　許學夷對「風人」有著他自己的看法。他說：

---

❸　　《大復集》卷十四，《四庫全書》第 1267 冊，頁 123－124。
❸　　〈毛詩序〉，《中國歷代文論選》第一冊，頁 63。

> 風人之詩，詩家與聖門，其說稍異。聖門論得失，詩家論體
> 製。至論性情聲氣，則詩家與聖門同也。⑬

又說：

> 風人之詩既出乎性情之正，而復得於聲氣之和，故其言微婉
> 而敦厚，優柔而不迫，為萬古詩人之經。⑬

> 風人之詩，其性情、聲氣、體製、文采、音節，靡不兼善。⑬

> 風人之詩，雖正變不同，而皆出乎性情之正。⑬

可見，「性情」是「風人之詩」中的一個重要問題，而且，不論
「正變」，風人之詩都是正的性情。這一點，可以幫助我們了解許
學夷批評「約情合性」。「約情合性」強調「約」和「合」，即將
性情用道德約束起來（即「歸之道德」）。而「風人之詩」在許學夷
看來，則「皆出乎性情之正」，是沒有必要用道德來約束的。

　　當然，許學夷批評「約情合性」還因為這句話出自〈詩大
序〉，因為〈詩大序〉的作者不是子夏，所以根本不值得重視。這
涉及他對〈詩大序〉的看法，與本文關係不大，所以這裡不做進一

---

⑬　《詩源辯體》卷一第十二則，頁6。
⑬　《詩源辯體》卷一第二則，頁2。
⑬　《詩源辯體》卷一第十三則，頁6。
⑬　《詩源辯體》卷一第十四則，頁8。

步地討論。

　　總的來說，許學夷幾乎是全面地反對楊慎的「詩史」說。他主要從以下兩個角度來具體申論：

　　首先，許學夷直接承接楊慎的話題，從「變風變雅」的角度來論述杜詩，但許學夷的看法與楊慎不同。楊慎在他的「詩史」說中推崇含蓄的「變風變雅」，但許學夷將「變風」與「變雅」進一步區別開來。他對「語語微婉」的「變風」持肯定態度，對以懇切為主、少有微婉的「變雅」則表示不滿。許學夷進一步指出，杜詩以懇切為主，所以近於〈雅〉，而不是近於的〈風〉。由此可見，杜詩並不符合許學夷的詩歌美學，而許學夷之所以強調「抑揚諷刺」，大概就是希望杜詩能夠擁有微婉的美感。

　　其次，許學夷反對楊慎將「道德」問題引入詩歌批評中，他認為「風人之詩」都是「性情之正」，所以根本不需要用道德來約束。他指明楊慎的觀點受到〈詩大序〉的錯誤影響。

　　總之，楊慎「詩史」說中涉及到的重要問題，許學夷均進行了反駁。但許學夷本人雖然反對「詩史」說，但杜詩中客觀存在的大量紀載時事的詩歌，使得許學夷無法漠視。所以他提出「抑揚諷刺」的理論，希望記載時事的詩歌能夠做到。他認為，「抑揚諷刺」能從根本上保證詩歌在紀載時事的時候，充分滿足詩歌這一文類所具有的特徵，即微婉的藝術效果。這種思路，和整個明代復古詩論對辯體的重視是分不開的。

第三節　復古詩論對「詩史」說起源的考證

　　楊慎的「詩史」說提出之後，後來的理論家不僅在理論上加以
駁斥或繼續深化，而且稽考史籍，試圖在文獻上對楊慎的說法進行
修正。

　　王世貞說：

> 沈休文云：「子建『函京』之作，仲宣『灞岸』之篇，子荊
> 『零雨』之章，正長『朔風』之句，並直舉胸情，非傍詩
> 史，正以音律，取高前式。」然則少陵以前，人固有「詩
> 史」之稱矣。❻

沈約的這段話出自〈宋書·謝靈運傳〉：

> 至於先士茂製，諷高歷賞，子建函京之作，仲宣灞岸之篇，
> 子荊零雨之章，正長朔風之句，並直舉胸情，非傍詩史，正
> 以音律調韻，取高前式。❼

今人大多接受王世貞的說法。在論述「詩史」二字起源時，均會引

---

❻　《藝苑卮言》卷三，《歷代詩話續編》，頁 991。
❼　蕭統編、李善注：《文選》（上海：上海古籍出版社，1986）卷第五十，頁
　　2220。

用〈宋書·謝靈運傳〉裡的這段話，⑬但他們也都不約而同地指出，「非傍詩史」中的「詩史」二字和後來按在杜甫頭上的「詩史」，含意根本不同。⑭

　　胡應麟對「詩史」說的考訂，顯然要比王世貞更能擊中楊慎的要害。胡應麟在《少室山房筆叢》卷十九〈藝林學山一〉中先抄錄楊慎的「詩史」說，然後批評說：

> 按以杜為詩史，其說出孟棨《本事詩》，非宋人也。若詩史二字所出，又本鍾嶸「直舉胸臆，非傍詩史」之言。蓋亦未嘗始於宋也。楊生平不喜宋人，但見諸說所載，則以為始於宋世。漫不更考，恐宋人有知，揶揄地下矣。明人鹵莽至此。⑭

胡應麟「少癖用修書」，後來逐漸對楊慎的著作產生不滿。他撰寫

---

⑬　重要的如龔鵬程《詩史本色與妙悟》，頁 19；孫之梅〈明清人對「詩史」觀念的檢討〉，《文藝研究》2003 年第 5 期，頁 59；高小慧〈楊慎的「詩史」論〉，《北京大學學報》2004 年第 1 期，頁 121。龔鵬程還多列舉了〈南齊書·王融傳〉中「今經典遠被，詩史北流」一句話，《詩史本色與妙悟》，頁 19。

⑬　郭紹虞認為這句話的意思是：「都是直寫胸臆之辭，不是依傍別人的詩句或依靠運用史實作詩，而正是以音律韻調，高於前人的法式。」見郭紹虞主編：《中國歷代文論選》第一冊，頁 220。羅仲鼎則直接點明「與後世『詩史』之稱，詞同而義異。」見羅仲鼎校注：《藝苑卮言校注》（濟南：齊魯書社，1992），頁 123。

⑭　《少室山房筆叢》卷十九〈藝林學山〉，頁 264。

〈藝林學山〉的目的，就是訂正楊慎的學說。⑭在這裡，胡應麟主要指出楊慎的兩點錯誤：

第一：「詩史」說見於孟棨《本事詩》，而非宋人提出。至於「詩史」二字的出處，是鍾嶸所說的「直舉胸臆，非傍詩史」。

第二：指出楊慎生平不喜宋人，所以會犯這個粗疏的考證錯誤。

綜合來講，胡應麟關心的問題是「詩史」說的起源如何被楊慎漫不經心地改造掉了。這是一種「知人論世」的方法。

胡應麟的說法後來被焦竑輯入《升庵外集》，該書「詩史」條下有一條簡單的按語：

　　胡應麟曰：按「詩史」其說，出孟棨本事。⑭

相信是焦竑所加。這個按語又被近人丁福保保存到了《歷代詩話續編》中，⑭《歷代詩話續編》本是晚近十分流行的讀本，所以近人評論楊慎「詩史」說時，往往受到胡應麟的影響。⑭

王仲鏞在《升庵詩話箋證》說：

---

⑭　胡應麟著：〈藝林學山引〉，載《少室山房筆叢》卷十九〈藝林學山〉，頁258。

⑭　焦竑編：《升庵外集》卷七十〈詩品〉「詩史」條下，頁2490。

⑭　《升庵詩話》卷十一〈詩史〉條，《歷代詩話續編》，頁868。

⑭　令人奇怪的是，近來箋注《升庵詩話》的學者，雖然保留了這個按語，卻都沒有注明它的出處。如楊文生《楊慎詩話校箋》（成都：四川人民出版社，1990）頁99；王仲鏞箋證：《升庵詩話箋證》，頁125－127。

「詩史」之名，首見於鍾嶸《詩品》。⑭

實際上，鍾嶸《詩品》中並無胡應麟稱引的「直舉胸臆，非傍詩史」。這句話，應該出自沈約的〈宋書·謝靈運傳〉。王仲鏞因為過於相信博學多識的胡應麟，所以也跟著犯了一個錯誤。

　　陳友琴的觀點似乎也受到胡應麟的影響，他一開始指出「詩史」出自《本事詩》，然後就說：

> 不知楊慎為什麼不歸咎于唐人而單責「鄙哉宋人之見」？撰《唐書》的宋人如果說的不對，他原是有根據的，根據於「當時號為詩史」的人，要責備也應責備「當時人」，不應該只責備宋人。⑭

陳友琴關心的問題實際上就是胡應麟第二個的論點展開：胡應麟只是認為楊慎下意識地給宋人栽贓，到陳友琴這裡，就認為楊慎對宋人不滿，所以是懷有目的地針對宋人。陳友琴他們的判斷，實際已經偏離「詩史」問題本身，他們預設了一個答案：即楊慎批評「詩史」，是因為他對宋人不滿。換句話說，他們認為，楊慎的「詩史」說是在不滿宋人的力量下產生的。

　　然而這種討論已經嚴重偏離楊慎「詩史」說的本義。本來，楊慎根本不在乎「詩史」最早由誰提出，他也許知道「詩史」由孟棨

---

⑭　《升庵詩話箋證》，頁 126。
⑭　陳友琴著：〈談楊慎批評杜甫〉，《楊慎研究資料彙編》，頁 832。

提出，但他想批評的是宋人的「詩史」說，而非唐人的「詩史」
說，所以他根本無須涉及唐代如何談「詩史」。胡應麟和陳友琴因
為他沒有提到唐人，加之對「詩史」理論持否定態度，就認為其中
的原因是楊慎對宋人懷有偏見。在這個問題上，胡應麟和陳友琴的
批評，絲毫沒有動搖楊慎的「詩史」說。

　　事實上，楊慎對宋詩確實是很不滿的。他曾說：

　　　　唐人主情，去《三百篇》近；宋人詩主理，去《三百篇》卻
　　　　遠矣。**⑭**

但用「主情」、「主理」來區分唐宋詩，是復古詩論中的一個常見
現象。而正是因為宋詩太過強調「理」，所以復古詩論願意學習主
情的唐詩。**⑭**劉明今正是從楊慎和整個復古詩論對宋人的批評立場
上，來分析楊慎「詩史」說的。**⑭**張少康、劉三富也認為楊慎批評
「詩史」說，實際上直指宋人以文為詩的習慣。**⑮**這一層背後的意
思，可惜胡應麟、陳友琴都沒有讀出來。

---

⑭　《升庵詩話》卷八〈唐詩主情〉條，《歷代詩話續編》，頁799。
⑭　參見陳國球著：《唐詩的傳承——明代復古詩論研究》第二章〈「宋人主
　　　理」——復古派反宋詩的原因〉，頁 33—84。其中討論到楊慎的部分，見頁
　　　46—47。
⑭　《明代文學批評史》，頁 197—199。
⑮　張少康、劉三富著：《中國文學理論批評發展史》（北京：北京大學出版
　　　社，1995）下卷第四編〈明清時期〉第二十章〈明代復古主義文學思潮的產
　　　生和發展〉第三節〈復古高潮中的別派支流〉，頁 185—186。

第四節　小　結

　　關於「詩史」問題，復古詩論中除了上述論述外，還有一些其他的零散論述。如謝榛說：

> 用事多則流於議論。子美雖為「詩史」，氣格自高。[151]

言下之意，是指杜詩作為「詩史」，雖然用事多，但因為氣格高，就不會陷於一般詩人用事多就會流於議論的弊病。這裡，謝榛將「詩史」理解為「用事多」，即用典多。謝榛的想法，顯然沿襲了宋代王得臣、姚寬以來以用事來理解「詩史」的傳統，並無特殊之處。

　　復古詩論以外，也有一些關於「詩史」的論述，其中有些較有新意。如孫慎行〈詩說〉：

> 夫子錄詩，顧皆特有取者，當是時，先聖之澤未衰，而正氣尚完。上無誹謗之誅，下無婞激之嫌，不忌不阿，而讜議出焉。古所謂「詩史」，詩諫者也。迨其後有欲射諫臣者，有欲立法監謗者，而道路且相目莫敢言，即《黍離》大夫其言曰「知我者謂我心憂，不知我者謂我何求。」蓋隱諷云耳，而二《雅》之意熄矣，如是則主縱臣諛，將何遑不可？故

　　曰：「《詩》亡然後《春秋》作。」⓲

孫慎行認為詩歌應該承擔起諷諫的責任，其根本的目的，也就是〈詩大序〉中所謂的「下以風刺上」的意思。此處，孫慎行將唐末出現的「詩史」概念用到分析《詩經》之上，說明「詩史」概念影響日益增大，已可以擺脫杜詩的籠罩，甚至可以脫離原有的語境來進行闡發。但彼時更多的論述則不能超越前人討論的範圍，比較重要的如程敏政在〈詠史絕句序〉中說：

　　《詩》美刺與《春秋》褒貶同一扶世立教之意，後世詞人遂
　　有以詩詠史者。唐杜少陵之作妙絕古今，號詩史。第其所識
　　者皆唐事，且多長篇，讀者未能遽了。⓳

程敏政的意見顯然從《新唐書》中來。另如王嗣奭在《杜臆》中評〈八哀詩〉說：

　　此八公傳也，而以韻語紀之，乃老杜創格，蓋法《詩》之
　　〈頌〉；而稱為詩史，不虛耳！⓴

他在《管天筆記》中還說：

⓲　孫慎行著：〈詩說〉，黃宗羲編：《明文海》（北京：中華書局，1987）卷
　　108，頁 1070。
⓳　程敏政著：《篁墩文集》，《明詩話全編》第二冊，頁 1598。
⓴　王嗣奭著：《杜臆》，《明詩話全編》第六冊，頁 6568。

　　杜少陵自許稷契，人未必信，今讀其詩，當奔走流離，衣食
　　且不給，而於國家理亂安危之故，用人行政之得失，生民之
　　利病，軍機之勝負，地勢之險要，夷虜之向背，無不見之於
　　詩。陳之詳確，出之懇摯，非平日留心世務，何以有此。杜
　　之詩往往與國史相表裏，故人以詩史稱之，然豈足以盡少陵
　　哉。⑮

綜合來看，王嗣奭以杜詩「往往與國史相表裏」來理解「詩史」，
例子是〈八哀詩〉。這個觀點明顯來自前文所引用過的崔德符的
話：

　　少陵〈八哀詩〉可以表裏〈雅〉、〈頌〉，中古作者莫及
　　也。……昔韓子蒼嘗論此詩筆力變化當與太史公諸贊並駕，
　　學者宜諷誦之。⑯

可見，王嗣奭的觀點並無特殊之處。又如王文祿在《詩的》中說：

　　杜詩意在前，詩在後，故能感動人。今人詩在前，意在後，
　　不能感動人。蓋杜遭亂，以詩遣興，不專在詩，所以敘事、
　　點景、論心，各各皆真，誦之如見當時氣象，故稱詩史。今

---

⑮　王嗣奭著：《管天筆記》外編卷上〈尚論〉，《明詩話全編》第六冊，頁
　　6638。
⑯　蔡夢弼集錄：《杜工部草堂詩話》，《歷代詩話續編》本，頁202。

> 人專意作詩，則惟求工於言，非真詩也。空同詩自敘亦曰：
> 「予之詩非真也。」王叔武所謂文人學子之韻言耳，是以詩
> 貴真，乃有神，方可傳久。⑮

王文祿在這裡用「真」字來理解杜甫的詩歌，是受到李夢陽詩論的
影響，頗值玩味。但他對於「詩史」說本身，並沒有新見。

　　總而言之，「詩史」概念到了明代，基本上已被廣泛接受與認
同。和唐宋紛雜的「詩史」說比起來，明代復古詩論相對集中地關
心一個問題：即詩歌如何記載時事。他們對這個問題的處理，一開
始就從詩歌的敘事問題入手。早期復古詩論不斷強調詩歌通過意象
而達到的高妙的文學境界，而藐視敘事功能。到中後期復古詩論處
理「詩史」問題時，他們面臨的困難就是要不斷尋找各種方式來解
決詩歌因為記載時事而產生的有損詩歌文學性和背離詩歌文體本質
的尷尬，如楊慎內心支援「詩史」說，但他希望詩歌能夠做到含蓄
蘊藉或意在言外地記載時事，而不是直陳。王世貞則舉出「賦」的
創作手法，試圖說明詩歌本來可以大大方方地記載時事，何必含蓄
蘊藉。強調辯體的許學夷，雖然完全反對「詩史」的存在。但他仍
希望詩歌能夠在敘事上不要直陳，而是通過「抑揚諷刺」的方法來
保持詩歌的文體特徵，不被歷史敘事同化。

　　進一步說，復古詩論在大量討論諸如「詩歌如何記載時事」的
時候，已經默認「詩史」的內涵主要是指詩歌可以／應該記載時
事。但他們的態度，無疑不是簡單地強調詩歌記載時事，而是站在

---

⑮　王文祿著：《詩的》，《明詩話全編》第九冊，頁 8972。

詩歌這一邊，來呼籲詩歌應保持自身特殊的美感。宋代「詩史」說發展出來的重視文學性的傾向，在明代復古詩論那裡得到了進一步地強調和闡發。他們甚至不願意看到詩歌和史書之間產生什麼關聯，這一想法建立在他們嚴格「辯體」的基礎之上。復古詩論的辯體愈精細，反對「詩史」說的傾向就愈清晰。到最後，他們想要強調和企圖達到的似乎是：詩歌在記載時事上，應有其一套完全不同於歷史的記載方式。

第四章 清代「詩史」說的發展（上）：清初的面貌

　　晚明以後的文壇不再以復古派為主導，文學觀念也自然發生了改變。晚明的文學流派如公安派、竟陵派等，對「詩史」問題毫不在意。袁宗道（1560－1600）、袁宏道（1568－1610）、袁中道（1570－1623）等三袁和鍾惺（1574－1625）、譚元春（1586－1637）等人，對「詩史」問題並不關心，即使提到「詩史」二字，也非論述的重心。❶另如倡導童心說的李贄（1527－1602），雖然非常重視歷史，但在「詩史」問題上，也似乎沒有發表過任何意見。大概到明清之際，「詩史」說才又開始重新吸引人的注意。

　　用今日文學史家的看法，大致而言，明清之際的詩壇可以分為雲間派、西泠派、虞山派，或者可以分為晚唐派、宋詩派。如果從復古詩論的角度來看，當時詩壇則又可以分為復古和反復古兩派。如陳子龍（1608－1647）、宋琬（1614－1674）等人仍然沿襲前後七子

---

❶　就筆者所見，鍾惺在《古詩歸》卷七中曾說曹操〈薤露〉詩是「漢末實錄，真『詩史』也」，見鍾惺著：《古詩歸》（《續修四庫全書》第 1589 冊）頁 425，但未有詳細論述。

的思路，屬於復古派；而以錢謙益（1582－1664）為首，包括虞山詩派的馮舒（1593－1649）、馮班（1602－1671）、賀裳（生卒不詳）、吳喬（1611－1695）、錢良擇等人，都屬於反復古派。至於吳偉業（1609－1671）、黃宗羲（1610－1695）、顧炎武（1613－1682）、施閏章（1619－1683）、尤侗（1618－1704）、王夫之（1619－1692）、毛先舒（1620－1688）、毛奇齡（1623－1716）等人，都是疏離於兩派之間的人物。❷可以說，根據不同的文學標準，就有不同的分類法。本文在展開論述時，將儘量避開這些沿襲已久的分類方法，一切具體到他們的「詩史」論述上，從他們的論說中，分析他們的理路。

　　在當時，錢謙益、黃宗羲、施閏章、尤侗、王夫之、張煌言（1620－1664）、屈大均（1630－1696）等人都有不少關於「詩史」問題的討論，其中以王夫之最為特殊。王夫之在當時寡與人交，獨居空山而苦思冥想，使得他的想法與時人有著較大的差異，他的「詩史」說也是如此。他在表面上大力反對「詩史」說，實則重視美刺的方法作詩，和當時人如錢謙益、黃宗羲等人的看法十分不同。故本章將王夫之單列一節詳加討論。此外，本文對清初「詩史」說中的兩個有趣現象：大量談論「《詩》亡然後《春秋》作」一語以及重視《春秋》筆法與比興，分別給予分析並指出其理論意義。

---

❷　參吳宏一著：《清代詩學初探》（臺北：臺灣學生書局，1986 年修訂版）第三章〈擬古運動和反擬古運動的餘波〉，頁 105－146。

第一節　「情景交融」理論中
的王夫之「詩史」說

　　王夫之是中國歷史上罕見的集文學、歷史、哲學研究於一身的大學者，儘管他在當時默默無聞，但他深邃的思想使得他在中國文化史上佔有重要的地位。❸就王夫之的文學批評來說，學術界對其評價也相當之高，認為是「對古典詩歌審美傳統作了總結」。❹王夫之如何評論杜詩，更一直是杜詩學研究中的重要議題。學術界通常認為，王夫之對於杜甫持貶低的態度。❺有些學者則認為，王夫之對杜甫實際上還有一些正面的評價，但在「詩史」問題上，王夫之肯定持完全否定的態度。❻

---

❸　數十年來有關王夫之的研究，中西學界成果甚多，對王夫之在文學、歷史、哲學各方面的成就，都有專門的論述，恕不一一列舉。其中一些研究，則對王夫之的文史哲思想以及在後世的影響有綜合的探討，如蔡尚思《王船山思想體系》（長沙：湖南人民出版社，1985）、蕭萐父、許蘇民《王夫之評傳》（南京：南京大學出版社，2002）等，均可參看。

❹　張健著：《清代詩學研究》（北京：北京大學出版社，1999）第六章〈主情與崇正：王夫之的詩學理論〉，頁 264。

❺　如陳友琴著：〈關於王船山的詩論〉，湖南省哲學社會科學學會聯合會、湖北省哲學社會科學學會聯合會合編：《王船山學術討論集》下冊，頁 480－485。譚承耕著：《船山詩論及創作研究》（長沙：湖南出版社，1992），頁 148。張健著：《清代詩學研究》，頁 292－293。鄔國平、葉佳聲：〈王夫之評杜甫論〉，《杜甫研究學刊》2001 年第 1 期，頁 55－61。

❻　如簡恩定〈船山論杜雜議〉一文將王夫之之論杜詩分為「尊杜說」和「斥杜說」兩部分，「詩史」理論歸於「斥杜說」，簡文收入中國古典文學研究會主編：《古典文學》第六集（臺北：臺灣學生書局，1984），頁 213－237；論述「詩史」的部分見 230－235。涂波的〈王夫之杜詩批評衡論〉一文將王

下文將圍繞王夫之如何理解「詩史」概念而展開論述。本文發現，王夫之雖然批評「詩史」說，但實際上並不全然反對；相反，他對「詩史」有一種很高的期待。而且，王夫之本人對「詩史」概念的理解，更與他的「情景交融」的理論緊密相關。因此，我們將把他的「詩史」說納入他「情景交融」的理論體系中來加以考察，以期獲得較為深入的認識。

一、「詩不可以史爲」

王夫之多次發表他對「詩史」問題的看法，最著名的言論莫過於：

> 「賜名大國虢與秦」與「美孟姜矣」、「美孟弋矣」、「美孟庸矣」一轍，古有不諱之言也，乃〈國風〉之怨而誹，直而絞者也。夫存而弗刪，以見衛之政散民離，人誣其上；而子美以得「詩史」之譽。夫詩之不可以史爲，若口與目之不

夫之討論「詩史」理論的內容放到〈王夫之否定杜詩要點〉一節中來論述，見蔣寅、張伯偉主編：《中國詩學》第八輯（北京：人民文學出版社，2003），頁 200。另外陳友琴也認爲王夫之「攻擊『詩史』」，陳友琴：〈關於王船山的詩論〉，《王船山學術討論集》下冊，頁 484。蕭馳則認爲王夫之「抵觸『詩史』」，見蕭馳著：《抒情傳統與中國思想：王夫之詩學發微》（上海：上海古籍出版社，2003），頁 15。只有侯小強在其碩士論文中，認爲王夫之是部分認同「詩史」說的，參侯小強著：《王夫之非議「詩史說」原因初探》（首都師範大學中文系碩士論文，2002）第二章〈王夫之的詩史觀〉第四節〈王夫之對「詩史說」的部分肯定〉，頁 30－32。

相為代也，久矣。❼

這段話作為王夫之反對「詩史」說的最重要的證據，被學者反覆引用。❽然而王夫之這段話的意思非常複雜，並不能視作反對「詩史」說的充分證據。

這段話包含三層意思：

1.指出杜甫名篇〈麗人行〉中「賜名大國虢與秦」一句如同《詩經·鄘風·桑中》中「美孟姜矣」、「美孟弋矣」、「美孟庸矣」三句一樣，是「怨而誹，直而絞」的寫作方式，也是「政散民離，人誣其上」的反映。

2.因為〈麗人行〉可以反映出唐代「政散民離，人誣其上」的情況，所以杜甫得到「詩史」的稱號。

3.反對詩歌「史為」，即反對將撰寫歷史的方法帶入詩歌寫作中。他認為，詩和史猶如嘴巴和眼睛一樣，各有各的功能。無法互相取代。所以，詩歌不能用寫作歷史的方法來寫作。

三層意思，層層推進，最終的目的是要強調詩歌和歷史的區別。然而要徹底弄清這段話的意思，首先要明白「賜名大國虢與秦」為何與《詩經》中「美孟姜矣」等三句一轍？

---

❼ 戴鴻森箋注：《薑齋詩話箋注》（北京：人民文學出版社，1981），頁 24。

❽ 如陳友琴著：〈關於王船山的詩論〉，《王船山學術討論集》下冊，頁 484；簡恩定著：〈船山論杜雜議〉，《古典文學》第六集，頁 233－234；鄔國平、王鎮遠著：《清代文學批評史》第二章〈明清之際思想家的文學批評〉第二節〈王夫之〉，頁 71；涂波著：〈王夫之杜詩批評衡論〉，《中國詩學》第八輯，頁 200。

「美孟姜矣」等三句出自〈桑中〉一詩，該詩被朱熹視為刺淫亂的詩，朱熹說：

　　衛俗淫亂，世族在位，相竊妻妾。❾

作品中的孟姜、孟弋、孟庸實際上指同一個人，即作品中人物想要在桑中約會的齊國的貴族女子。❿〈麗人行〉一詩則主要譏刺楊國忠和虢國夫人之間的私情。⓫「賜名大國虢與秦」一句明指虢國夫人和秦國夫人。可見，〈桑中〉和〈麗人行〉不但在詩歌的主旨上相似，而且「賜名大國虢與秦」和「美孟姜矣」諸句都是直接道出女子的姓名、身份，正是王夫之所說的「不諱言」。這種寫作方法，王夫之認為來自〈國風〉的「怨而誹，直而絞」。《論語·泰伯》中說：

　　直而無禮則絞。

鄭玄注曰：

---

❾　朱熹著：《詩集傳》，頁30。

❿　朱熹說：「孟，長也；姜，齊女。言貴族也。」又說：「故此人……與其所思之人相期會迎送如此也。」同上。

⓫　《杜詩詳注》引黃鶴注曰：「天寶十二載，楊國忠與虢國夫人鄰居第，往來無期，或並轡入朝，不施障幕，道路為之掩目。冬，夫人從車駕幸華清宮，會於國忠第，於是作〈麗人行〉。」見《杜詩詳注》，頁156。

絞，急也。⓬

但是，王肅注曰：

絞，刺也。⓭

馬融也注曰：

絞，絞刺也。⓮

邢昺在《論語註疏》中取馬融注：

言人而為直，不以禮節，則絞刺人之非也。⓯

對於「絞」字「急」和「刺」的兩種不同解釋，清人潘維城解釋
說：

⓬　潘維城著：《論語古注集箋》（臺北：鼎文書局影印《皇清經解續編》本，
　　1973），頁 57。又可見曾秀景著：《論語古注輯考》（臺北：學海出版社，
　　1991），頁 280。
⓭　同上。
⓮　潘維城著：《論語古注集箋》，頁 57。
⓯　何晏注、邢昺疏：《論語註疏》（北京：北京大學出版社，1999），頁
　　101。

　　馬、鄭義無異，急則無不乖刺者也。❶

　　在潘維城看來，「絞」歸根結底還是刺的意思。可見，「怨而誹，直而絞」一語就是指作者運用諷刺之法，直接表達怨憤的寫作方法。這種詩歌的創作方法，可以使得讀者通過閱讀詩歌看到當時衛國的混亂情形，❶王夫之認為，這是孔子刪詩時將〈桑中〉一詩加以保留的原因。基於同樣的原因，讀者通過閱讀〈麗人行〉一詩可以知道唐代「上行私而不可止」的情況，所以，杜甫被稱為「詩史」。簡言之，王夫之認為杜詩運用了《詩經》中「怨而誹，直而絞」的寫作方法，〈麗人行〉更運用此法直接諷刺了當時的權貴，這是杜詩被稱為「詩史」的原因。

　　但王夫之並不希望詩歌「直而絞」，他在其他地方有反覆的論述。王夫之在評論〈古詩十九首〉（明月皎夜光）時說：

　　　　當知作者亦即時即事，正爾情深，徒勞後人索其影射。直必不絞。❶

認為〈古詩十九首〉（明月皎夜光）一詩表露情感很直接，但並沒有「刺」的意思，所以後人認為此詩有影射，是錯誤的。他批評江淹

----

❶　同上。

❶　朱熹說〈桑中〉反映衛國「其政散，其民流，誣上行私而不可止也」的情況，見《詩集傳》，頁30。

❶　《古詩評選》卷四〈五言古詩一　漢至晉〉〈古詩十九首〉評語，《船山全書》第14冊，頁646。

〈效阮公詩〉一詩：

> 比喻語，若有謂，若無謂，惟以意髣髴，故結語直而不絞。❶

批評周弘正〈名都一何綺〉一詩：

> 作者固自有意，乃借古題詠時事也。前六句為褒為貶，令人
> 不覺，章末雖一直道出，猶似別有所云，而不絞切。梁、陳
> 之間能如此諷諫者，晨星矣。❷

王夫之反覆說「直必不絞」、「直而不絞」、「雖一直道出，猶似
別有所云，而不絞切」等語，都是強調詩歌在直接表達情感之際，
不要同時使用「刺」的手法。可見，王夫之實際上反對「直而絞」
的寫作手法。他對〈麗人行〉使用「直而絞」的手法而被稱為「詩
史」，也是有所不滿的。關於王夫之對待「刺」的態度，以及他究
竟如何理解「詩史」等問題，會在本節第二部分〈「詩史」的標
準〉中進一步論述。

　　關於〈麗人行〉一詩，王夫之曾在《唐詩評選》中加以評論：

---

❶　《古詩評選》卷五〈五言古詩二　宋至隋〉江淹〈效阮公詩〉評語，《船山
　　全書》第 14 冊，頁 785。
❷　《古詩評選》卷六〈五言近體〉周弘正〈名都一何綺〉評語，《船山全書》
　　第 14 冊，頁 854。

　　是杜集中第一首樂府。楊用修猶嫌其末句之露,則為已甚。❷

這句話顯然針對楊慎的「詩史」說而發,因為楊慎在《升庵詩話》
中認為詩歌:

　　……皆意在言外,使人自悟。至於變風變雅,尤其含蓄,言
　　之者無罪,聞之者足以戒。如刺淫亂,則曰「雝雝鳴雁,旭
　　日始旦」;不必曰「慎莫近前丞相嗔」也。……杜詩之含蓄
　　蘊藉者,蓋亦多矣,宋人不能學之。至於直陳時事,類於訕
　　訐,乃其下乘末腳,而宋人拾以為己寶。又撰出「詩史」二
　　字,以誤後人。❷

楊慎特別重視詩歌含蓄蘊藉的一面。他認為宋人將「詩史」理解為
直陳時事,可謂大謬。杜詩中直陳的詩句如〈麗人行〉中「慎莫近
前丞相嗔」一句,遠不如《詩經》中「雝雝鳴雁,旭日始旦」一句
來得含蓄、意在言外。王夫之則認為〈麗人行〉秉承《詩經》「直
而絞」的傳統來反映唐代政治,所以對楊慎簡單地將「慎莫近前丞
相嗔」一句視為直陳,略表不滿。
　　在上述一段話中,王夫之得出一個非常重要的結論:

---

❷　《唐詩評選》卷一〈樂府歌行〉杜甫〈麗人行〉評語,《船山全書》第 14
　　冊,頁 916。
❷　《升庵詩話》卷十一「詩史」條,《歷代詩話續編》,頁 868。

夫詩之不可以史為，若口與目之不相為代也，久矣。

他將詩歌和歷史視為兩個互不干涉的文體，就像人的嘴巴和眼睛一樣，雖然同樣重要與不可缺少，❷但兩者的功能卻是決然不同的。王夫之用「久矣」二字強調詩歌和歷史的區別由來已久，對此，他在別處有進一步的闡述：

> 詩以道性情，道性之情也。性中儘有天德王道、事功節義、禮樂文章，卻分派與《易》、《書》、《禮》、《春秋》去，彼不能代《詩》而言性之情，《詩》亦不能代彼也。決破此疆界，自杜甫始。桎梏人情，以掩性之光輝，風雅罪魁，非杜其誰邪？❷

這段話反映了王夫之對於詩歌應該寫什麼樣內容，有一種本體論上的思考。所謂的「性」，包括天下一切可以描寫的東西，但除了「情」應該由詩歌（《詩經》）負責之外，天德王道、事功節義、禮樂文章等等，應該交付《易》、《書》、《禮》、《春秋》等負責。這種辯體的思路，實際上依然承楊慎的「詩史」理論而來的。

---

❷　歷來分析這段話的學者，多半強調王夫之認為詩歌和歷史不同，或者認為詩歌比歷史重要，很少注意到王夫之是認為兩者同樣重要的。這一點似乎是由黃兆傑首先揭示的，見 Siu-kit Wong（黃兆傑）, *Notes on Poetry from the Ginger Studio* (Hong Kong: The Chinese University Press, 1987), p.43。

❷　《明詩評選》卷五〈五言律〉徐渭〈嚴先生祠〉評語，《船山全書》第 14 冊，頁 1440－1441。

楊慎說：

> 夫六經各有體，《易》以道陰陽，《書》以道政事，《詩》
> 以道性情，《春秋》以道名分。後世之所謂史者，左記言，
> 右紀事，古之《尚書》、《春秋》也。若《詩》者，其體其
> 旨，與《易》、《書》、《春秋》判然矣。三百篇皆約情合
> 性而歸之道德也，然未嘗有道德性情句也。二南者，修身齊
> 家其旨也，然其言琴瑟鐘鼓、荇菜苤苢、夭桃穠李、雀角鼠
> 牙，何嘗有修身齊家字耶？皆意在言外，使人自悟。至於變
> 風變雅，尤其含蓄，言之者無罪，聞之者足以戒。㉕

楊慎已經強調「《詩》以道性情」，但從他的論述中，可以看到
「性情」二字還包括道德性情、修身齊家其旨等內容。而王夫之則
特別強調「詩以道性情，道性之情也」，進一步明確詩歌是用來表
達、抒發性中之「情」的。所有與「情」無關的事情，都和詩歌沒
有關係。詩歌和歷史的區別，正在於詩歌要表現情，而歷史大概要
去記事。㉖

　　所以，儘管他認為詩歌和歷史都非常重要，但卻不能互相取

㉕　《升庵詩話》卷十一「詩史」條，《歷代詩話續編》，頁868。
㉖　王夫之雖然極其關心歷史問題，著有《讀通鑑論》、《宋論》等史學著作。
　　但他對史書應該記載什麼樣的內容，似乎並沒有論述。他曾簡單地提到：
　　「史之為書，見諸行事之微也。」《讀通鑑論》卷末〈敍論〉三〈不敢妄加
　　褒貶〉，見《船山全書》編輯委員會校：《船山全書》第十冊（長沙：嶽
　　麓書社，1988），頁1178。

代。而杜甫打破了詩歌和歷史之間存在的疆界，即杜詩開始記載歷史事件，破壞了詩歌原有的抒情的法則。所以，他又說：

> 詠古詩下語善秀，乃可歌可絃，不而犯史壘。足知以「詩史」稱杜陵，定罰而非賞。❷

詠史詩應該做到「下語善秀，可歌可弦」，而不是去記載歷史（即「犯史壘」）。而「詩史」二字無疑將詩歌和歷史兩種不同的文體強行放到一起，打破詩歌和歷史之間的界限。用這樣的詞語來形容詩歌，並非褒義詞。所以，如果用「詩史」來稱呼杜詩，不是褒獎，而是貶低。正是在這個意義上來說，王夫之反對從「詩史」的角度來閱讀詩歌，他評論徐渭的〈邊詞五首〉之三說：

> 不可作詩史看，饒有興觀。❷

王夫之提醒讀者，在閱讀詩歌的時候，要更注意詩歌的文學性，具體來說，要多體會徐渭〈邊詞五首〉之三中所具有的豐富的興、觀，而非強調詩中記錄歷史的層面。

那詠史詩如何表現歷史而又可以不「犯史壘」呢？王夫之另有論述：

---

❷　《古詩評選》卷一〈古樂府歌行〉曹丕〈煌煌京雒行〉評語，《船山全書》第 14 冊，頁 509。

❷　《明詩評選》卷八〈七言絕〉徐渭〈邊詞五首〉之三評語，《船山全書》第 14 冊，頁 1618。

> 詠史詩以史為詠，正當于唱歎寫神理，聽聞者之生者哀樂。
> 一加論贊，則不復有詩用，何況其體？㉙

王夫之強調，詩歌需要「於唱歎寫神理」，即在聲韻格律之間寫出
歷史的神理。所以，閱讀詩歌時應該注意詩歌通過興、觀、聲韻等
傳遞出來的哀樂（即情）。論贊最大的特點便是議論，如果詩歌有
如論贊一樣議論，就根本達不到詩歌應該起到的作用（不復有詩
用）。這樣的話，雖然詠史，但已經不是詩歌。

關於詩歌和論贊的關係，從宋代開始就是一個話題。但宋人重
視的是杜詩和《史記》史贊之間在寫作手法上的類似，王夫之強調
的則是詩歌和史贊之間的區別。他說：

> 韓子蒼稱此詩筆力變化，似太史公諸贊，不知其為黃初正格
> 也。㉚

「黃初」為魏文帝曹丕年號，《詩人玉屑》認為詩體如果以時代而
論，有一種「黃初體」，並解釋說：

> 魏年號。與建安相接，其體一也。㉛

㉙　《唐詩評選》卷二〈五言古〉李白〈蘇武〉評語，《船山全書》第 14 冊，頁
　　953。
㉚　《唐詩評選》卷二〈五言古〉杜甫〈赤谷〉評語，《船山全書》第 14 冊，頁
　　964。
㉛　魏慶之編：《詩人玉屑》卷之二〈詩體上〉，頁 23。

所謂正格，《詩人玉屑》引沈括《夢溪筆談》說：

> 詩又有正格、偏格。……詩第二字側入，謂之正格。……唐
> 名輩詩多用正格。如杜甫詩，用偏格者十無二三。❸❷

可見，所謂黃初正格，應是指建安詩歌的正宗。王夫之批評韓子蒼
不懂詩歌的源流，將建安體的詩歌視為太史公的史贊。說到底，他
認為詩體和論贊是完全不同的：

> 平收不作論贊，方成詩體。❸❸

這個觀點，與上文所引「一加論贊，則不復有詩用，何況其體」完
全相同。他認為，詩歌如果能夠成為詩歌，必須要除去史書論贊中
的議論的成分。這也就是前文反覆強調的詩歌不可以「史為」，即
反對將歷史的寫作方法用到詩歌的創作中來。
　　王夫之進一步說：

> 詩有詩筆，猶史有史筆，亦無定法，但不以經生詳略開合脈
> 理求之，而自然即於人心，即得之矣。❸❹

---

❸❷　《詩人玉屑》卷之二〈詩體下〉之〈總論〉，頁32－33。

❸❸　《唐詩評選》卷四〈七言律〉杜甫〈詠懷古跡〉評語，《船山全書》第14
　　冊，頁1096。

❸❹　《明詩評選》卷五〈五言律〉張治〈江宿〉評語，《船山全書》第14冊，頁
　　1410。

所謂「詩筆」、「史筆」，均是指詩歌和史書各有各的寫作方法。但王夫之看問題並不絕對，他同時也認為在創作中是「無」定法的。比如他在評論宋之問〈奉和幸長安故城未央宮應制〉一詩時說：

> 一詩紀一事，縱橫旁出，不洪於幅。起手十字，驟括一篇論贊。末用事如新發硎，土花不蝕。❸❺

就認為該詩中包含了論贊的部分。

然而，「詩筆」和「史筆」的區別到底何在？王夫之試圖從敘事的角度來對兩者加以比較區分。他在評論古詩〈上山採蘼蕪〉時說：

> 詩有敘事敘語者，較史尤不易。史才固以驟括生色，而從實著筆自易；詩則即事生情，即語繪狀，一用史法，則相感不在永言和聲之中，詩道廢矣。此〈上山採蘼蕪〉一詩所以妙奪天工也。杜子美仿之，作〈石壕吏〉，亦將酷肖，而每於刻畫處猶以逼寫見真，終覺於史有餘，于詩不足。論者乃以「詩史」譽杜，見馳則恨馬背之不腫，是則名為可憐閔者。❸❻

---

❸❺　《唐詩評選》卷三〈五言律〉附錄〈五言排律〉宋之問〈奉和幸長安故城未央宮應制〉評語，《船山全書》第 14 冊，頁 1051。

❸❻　《古詩評選》卷四〈五言古詩一漢至晉〉古詩〈上山採蘼蕪〉評語，《船山全書》第 14 冊，頁 651。

其實宋人、明人在討論「詩史」概念時，已經注意到了敘事的問題。但宋人的意見多比較簡單，多半重視如李復在〈與侯謨秀才〉中所強調的杜詩與史傳之間的相似性。本文在第四章第一節討論明代前期的復古詩論家時指出，明代前期的復古詩論家認為杜詩的敘事散漫繁瑣，而且感情直露，所以十分失敗。下文在討論清代王懋竑的「詩史」說時，會指出明代後期詩論中認為杜詩在長篇詩歌的敘事上比較成功，尤其和元白相比，更見敘事之妙。王夫之的著眼點和宋明人以及清人完全不同，他更重視詩歌在敘事上和史書的區別。

　　上面這段話有兩個重點，一是分析詩歌敘事和歷史敘事的不同，二是反對用「詩史」來稱呼杜詩。這是王夫之詩論中批評「詩史」概念的非常重要的一段話，也牽涉到不少問題。

　　《漢書·藝文志》說：「左史記言，右史記事，事為《春秋》，言為《尚書》。」**❸**因為史書可以記言記史，所以王夫之認為詩歌可以如同史書那樣記言記史，即所謂的「敘事敘語」。但詩歌要做到敘事敘語，卻比史書還難。史書雖說需要高明的組織剪裁，但畢竟忠實的記錄還是容易的；但詩歌不僅僅是記錄而已，當詩歌敘述事情的時候，需要將情表達出來，當詩歌敘述人的言語的時候，需要描繪出說話時的情形，更重要的是，如果詩歌運用「從實著筆」的史法，會喪失「永言和聲」，也就是聲律音韻之美；這

---

❸　《漢書》，頁 1715。實際上，言、事並非一定為二，這也是大致而言的。見汪榮祖《史傳通說》（臺北：聯經出版事業公司，1988）第二章〈記言記事〉的分析，頁 10－14。

樣的話，詩歌就算記載事情、語言，因為沒有了聲律音韻，也就不成其為詩歌了。

〈上山採蘼蕪〉詩曰：

> 上山採蘼蕪，下山逢故夫。長跪問故夫：「新人復何如？」
> 「新人雖言好，未若故人姝。顏色類相似，手爪不相如。新
> 人從門入，故人從閣去。新人工織縑，故人工織素。織縑日
> 一匹，織素五丈餘。將縑來比素，新人不如故。」**❸**

詩歌主要描繪記載一個被拋棄的妻子，偶然之間和原來的丈夫相遇，由此展開的一段對話。而〈石壕吏〉記載的是一個拉壯丁的小吏和一個老婦人之間的對話。所以王夫之在這裡重視詩歌在敘事和敘語兩方面的功能。王夫之認為，〈上山採蘼蕪〉一詩充分滿足了詩歌在敘事敘語時所需要的「情」、「狀」和「永言和聲」，因此達到妙奪天工的境界。而〈石壕吏〉太過從實著筆，沒有滿足作為一首詩歌所需要的「情」、「狀」和「永言和聲」，因此是比較失敗的詩歌。從這個角度出發，將杜詩說成「詩史」是很不恰當的。王夫之在這裡運用比喻來說明問題，他認為詩歌就好似馬，歷史像駱駝。我們不能因為見到馬沒有駝峰而感到惋惜，因為馬本來就不需要駝峰。這就像詩歌本來就不需要歷史的成分，為何要發明「詩史」一詞來稱美記載歷史的杜詩呢！詩歌想成為「詩史」，想具備

---

❸ 逯欽立輯校：《先秦漢魏晉南北朝詩》（北京：中華書局，1983），頁334。

歷史的功能，不免喪失了原有的詩的功能，這就好比一匹想長駝峰而不得卻又不甘心做馬的馬，是很值得憐憫的。

王夫之在這段話中，重點在於通過對詩歌和史書在敘事敘語上的不同，指出有些杜詩雖被譽為「詩史」，但過分側重「史」的描寫，而忽略了詩歌作為一種文體所需要滿足的諸多要素，如情、聲律等。

儘管有些學者認為這段話反映出王夫之對「詩史」說的不滿，❸❾但通過上文的分析，可以見到王夫之實際上不滿的是詩歌在記載時事時，沒有滿足詩體的要素，他並不是反對「詩史」概念本身。這種傾向，在下面一段話中可以得到印證。王夫之說：

> 迭用三「佩此」，參差盡變，非有意為之，如夏雲輪囷，奇峰頃刻。藉云欲為詩史，亦須如是，此司馬遷得意筆也。學杜以為詩史者，乃脫脫《宋史》材耳，杜且不足學，奚況元、白。❹❿

所謂「藉云欲為詩史，亦須如是，此司馬遷得意筆也」，可以見出王夫之認可將史書中高明的筆法運用到詩歌創作中。和宋人相比，王夫之更希望解決的是具體創作上的難題，即如何將高明的史筆如司馬遷者運用到詩歌創作中來。

---

❸❾　如鄔國平、王鎮遠著：《清代文學批評史》，頁 71；另蕭馳著：《抒情傳統與中國思想：王夫之詩學發微》，頁 15。

❹❿　《明詩評選》卷二〈歌行〉徐渭〈沈叔子解番刀為贈〉評語，《船山全書》第 14 冊，頁 1221。

同時，王夫之對「詩史」表示了明確的認可。而且，「詩史」似乎代表一個很高明的境界。只不過他不認同杜詩作為「詩史」的代表，更不用說元、白的詩歌。

那麼，王夫之心目中的「詩史」到底是什麼樣子的呢？

二、「詩史」的標準

王夫之在《唐詩評選》中批評李白的〈登高丘而望遠海〉說：

> 後人稱杜陵為詩史，乃不知九十一字中有一部開元天寶本紀在內。俗子非出像則不省，幾欲賣陳壽《三國志》以雇說書人打區鼓，誇赤壁鏖兵。可悲可笑，大都如此。❹

推敲王夫之上面的這段話，實際上包含著兩層意思：

首先，一般人都說杜詩是「詩史」，但王夫之認為李白的這首〈登高丘而望遠海〉也具備了「詩史」的功能，這個功能就是〈登高丘而望遠海〉一詩能夠將「一部開元天寶本紀」包羅在內。

在接下來的第二層意思中，王夫之嘲笑俗人不喜歡讀《三國志》（歷史），卻喜歡聽說書人講三國故事。言下之意，普通人了解歷史往往借助於文藝，而非史書。

王夫之的這個說法，得到今人瞿蛻園、朱金城的贊同，他們在《李白集校注》中引用王夫之的這段話，然後說：

---

❹　《唐詩評選》卷一〈樂府歌行〉李白〈登高丘而望遠海〉評語，《船山全書》第 14 冊，頁 909。

王說甚諟，由此推之，更可見〈古風〉五十九首之大部。❷

表示了附和，並推斷〈古風〉之大部均可推知唐代史實。❸這是難得一見的對王夫之意見的首肯，但是，他們並沒有解釋為何認同王夫之以及王夫之為什麼會有這個說法。

我們先來看李白〈登高丘而望遠海〉一詩，詩曰：

> 登高丘，望遠海。六鼇骨已霜，三山流安在？扶桑半摧折，白日沉光彩。銀臺金闕如夢中，秦王漢武空相待。精衛費木石，黿鼉無所憑。君不見驪山茂陵盡灰滅，牧羊之子來攀登。盜賊劫寶玉，精靈竟何能？窮兵黷武今如此，鼎湖飛龍安可乘？❹

對於這首詩，大多數人認為是一首諷諫詩。如蕭士贇說：「太白此

---

❷　瞿蛻園、朱金城校注：《李白集校注》，頁 286。

❸　從李白〈古風〉詩中見到時事的問題，清人管世銘早著先鞭，他還據此將李白視為「詩史」。管世銘說：「李太白〈古風〉一卷，上薄〈風〉、〈騷〉，顧其間多隱約時事。如『蟾蜍薄太清』，為王皇后被廢而作。『胡關饒風沙』，為哥舒開邊而作。『天津三月時』，為林甫斲棺而作。『羽檄如流星』，為鮮于喪師而作。至後一章云：『比干諫而死，屈平竄湘源。彭咸久淪沒，此意與誰論？』又一章云：『姦臣欲竊位，樹黨自相群。果然田成子，一旦殺齊君。』直指國忠、祿山亂政跋扈，不啻垂涕泣而道之也。世推杜工部為詩史，而知太白之意者少矣，故特揭而著之。」見《清詩話續編》，頁 1545－1546。

❹　同上，頁 283－284。

詩不過引秦皇、漢武巡海求仙之事諷諫耳。」❹❺明人唐汝洵在《唐
詩解》中，對此詩進行了較為詳盡的分析：

> 此譏明皇喜方士之無益也。言我登高望海，求所謂六鰲負
> 山，扶桑拂日者，絕不可睹。且以銀臺金闕為有之乎？何秦
> 王漢武之虛慕也？彼精衛雖費木石填海，黿鼉非可憑藉為
> 梁，而謂三山可至邪！觀二主之陵墓，俱已灰滅，為牧孺盜
> 賊所侵犯，而其精靈不能保護之，則仙之無益明矣。後之人
> 主宜鑑此。今乃窮兵黷武，一遵其跡，飛龍安可乘哉！❹❻

證諸史實，唐明皇確實十分愛好神仙之術。如《資治通鑑》玄宗開
元二十二年記載：

> 方士張果自言有神仙術，誑人云堯時為侍中，於今數千歲。
> 肩輿入宮，恩禮甚厚。❹❼

> 張果固請歸恒山，……厚賜而遣之。後卒，好異者奏以為屍
> 解；上由是頗信神仙。❹❽

---

❹❺　引自詹鍈主編：《李白全集校注彙釋集評》（天津：百花文藝出版社，
　　 1996）之該詩〈題解〉，頁508。

❹❻　唐汝洵著、王振漢點校：《唐詩解》（保定：河北大學出版社，2001），頁
　　 264。

❹❼　司馬光編著：《資治通鑑》（北京：中華書局，1987），頁6805。

❹❽　同上，頁6808。

「天寶九載」又說：

> 時上尊道教，慕長生，故所在爭言符瑞，群臣表賀無虛月。❹

可見，說李白詩諷刺唐明皇自有其根據。然而，如果著實深究，那麼開元、天寶先後共四十四年（713-756），唐明皇所做的事情又豈止是求仙或者打仗。《舊唐書·玄宗本紀》說：

> 我開元之有天下也，糾之以典刑，明之以禮樂，愛之以慈儉，律之以軌儀。……所謂「世而後仁」，見於開元者矣。年逾三紀，可謂太平。❺

唐明皇這方面的功績在李白詩中根本沒有提到。所以，單單就歷史的複雜性而言，九十一個字當然遠遠沒有可能包括一部開元天寶本紀。如此簡單的道理，王夫之當然不會顧及不到。王夫之之所以說〈登高丘而望遠海〉一詩「有一部開元天寶本紀在內」，實際上包含著他自己對「詩史」的理解。

　　從上一節的分析中，我們已經可以知道一些王夫之對於「詩史」的想法。他認為，詩歌如果淪為記載歷史的工具，就會犧牲詩歌自己的特質。像杜詩打破詩與史之間界限的創作傾向，是王夫之極力反對的。所以，王夫之在〈登高丘而望遠海〉一詩上找到了一

---

❹　同上，頁 6900。
❺　劉昫等：《舊唐書》（北京：中華書局，1975），頁 236。

種新的「詩史」模式。這種「詩史」的模式,簡單來說,就是運用「美刺」來表達作者對現實政局的態度。

　　前文早就提到,王夫之多次提到詩歌創作中「直」和「絞」的關係問題,「絞」就是「刺」。但「絞」字的使用一定是和「直」聯繫在一起的,王夫之在多數地方是直接提出「刺」字的。如他說李賀的〈古鄴城童子謠效王粲刺曹操〉詩:

　　亦刺當時。❺

李賀的〈秦宮詩〉:

　　亦刺當時。❺

王維的〈西施詠〉:

　　諷刺亦禍。❺

劉禹錫的〈和僕射牛相公春日閒坐見懷〉:

　　夢得深於影刺,此亦謗史也。❺

---

❺　《唐詩評選》卷一〈樂府歌行〉,《船山全書》第 14 冊,頁 923。

❺　《唐詩評選》卷一〈樂府歌行〉,《船山全書》第 14 冊,頁 925。

❺　《唐詩評選》卷二〈五言古〉,《船山全書》第 14 冊,頁 941。

王夫之在評論鄭善夫的〈即事〉時說：

　　直刺，如此固不妨。⑤⑤

王夫之一直強調「直而不絞」，即希望詩歌在直接表達情感時不使用「刺」的方法。鄭善夫的〈即事〉一詩卻是「直刺」，嚴格來說，並不符合王夫之的詩學標準，所以王夫之在這裡需要進一步說明：「如此固不妨」，指出鄭善夫一詩並非高明的「刺」。

　　簡單列舉數例，便可見王夫之對「刺」的重視。所謂「刺」，就是對君王的諷刺、諷諫。學者指出，漢代的學者在文學批評上開始運用這個方法來討論《詩經》、《楚辭》。漢儒說經，一個重要的特點就是借古諷今，「美刺」的文學批評實際上也就是一種政治批評。⑤⑥用「影刺」來「謗史」，恰恰是王夫之對「詩史」的一個設想。

　　王夫之曾說：

　　入時事不減古致，唯供奉能之。⑤⑦

---

⑤④　《唐詩評選》卷四〈七言律〉，《船山全書》第 14 冊，頁 1114。

⑤⑤　《明詩評選》卷五〈五言律〉鄭善夫〈即事〉評語，《船山全書》第 14 冊，頁 1394。

⑤⑥　張伯偉著：〈漢儒以美刺說詩的新檢討〉，張伯偉著：《中國詩學研究》（瀋陽：遼海出版社，2000），頁 202－214。

⑤⑦　《明詩評選》卷二〈歌行〉貝瓊〈己酉清明〉評語，《船山全書》第 14 冊，頁 1195。

為何李白能得到他如此的推崇？他在評論李白〈遠別離〉中說：

> 工部譏時語開口便見，供奉不然。習其讀而問其傳，則未知
> 己之有罪也。工部緩，供奉深。❺❽

杜甫和李白都記載和反映時事，但兩者是有區別的。區別何在？他
在批評李賀〈崑崙使者〉時說：

> 此以刺唐諸帝餌丹暴亡者。……長吉長於諷刺，直以聲情動
> 今古，直與供奉為敵，杜陵非其匹也。❺❾

可見，王夫之認為李白長於諷刺，但李賀可以與之媲美，至於杜
甫，顯然比二李差太多。而李白、李賀之所以比杜甫高明，最重要
的原因即在於二李詩中運用了諷刺的手法。王夫之在評論杜甫的
〈後出塞〉時說：

> 直刺牛仙客、安祿山。禍水波瀾，無不見者。乃唯照耀生
> 色，斯以動情起意。直刺而無照耀，為訟為詛而已。杜陵敗
> 筆有「李瑱死岐陽，來瑱賜自盡」、「朱門酒肉臭，路有凍
> 死骨」一種詩，為宋人謾罵之祖，定是風雅一厄。道廣難

---

❺❽　《唐詩評選》卷一〈樂府歌行〉，《船山全書》第 14 冊，頁 905。
❺❾　《唐詩評選》卷一〈樂府歌行〉，《船山全書》第 14 冊，頁 925。

周，無寧自愛。**⑥**

從這段文字來看，詩歌如果要反映時事，王夫之無疑讚賞用「刺」
的方式表達，但需要動情起意，而不是「直刺」式的謾罵。如此，
詩歌在對具體的歷史人物、歷史事件或一段歷史進程進行褒貶的時
候，詩歌往往幽渺曲折，不會平鋪直敘，更加不會出現王夫之前面
所批評的「於史有餘，於詩不足」的情況。

　　王夫之對前人「詩史」說的批評，主要是不滿詩歌過分承擔歷
史的功能以及詩歌與歷史的界限模糊等情況。他從辯體的角度，對
詩歌和歷史做了嚴密的區分。這些都反映了他十分重視詩歌這一文
體的特徵。但詩歌又無法不面對現實，所以，他提出「刺」的創作
手法，希望解決詩歌在記載現實時保持詩體的特徵。因為他對詩歌
本質的高度重視，王夫之又反對「直而絞」或者「直刺」。簡言
之，詩歌在充分滿足自己文學本質的基礎上，通過「刺」的手法，
來表達作家對現實生活的態度，這才是王夫之心目中理想的「詩
史」。〈登高丘而望遠海〉一詩充分表達了李白對時事的擔憂和他
對唐明皇的諷諫，是當之無愧的王夫之的「詩史」。

　　當然，王夫之對於如何通過「刺」來建立「詩史」，沒有深入
的討論。是不是所有「刺」的詩歌，都是「詩史」？王夫之更加沒
有說明。所以，王夫之對「詩史」的思考，實際上並沒有發展成系
統圓融的理論。

---

⑥　《唐詩評選》卷二〈五言古〉，《船山全書》第 14 冊，頁 958。

三、「情景事合成一片」：
王夫之「詩史」說的理論基礎

上文提到，王夫之對於詩歌有一種文體本質上的要求，即希望詩歌表達「性之情」。他在討論「詩史」問題時，則要求詩歌「即事生情」。也就是說，王夫之認識到詩歌天生就是用來抒情的，即使詩歌在敘事時，也要做到「生情」。下面這段話的用意就在於強調詩歌如何保持它的特殊性：

> 詩有敘事敘語者，較史尤不易。史才固以驟括生色，而從實著筆自易；詩則即事生情，即語繪狀，一用史法，則相感不在永言和聲之中，詩道廢矣。

詩歌如果要在敘事和敘語兩方面描寫時，必須要在保持「詩道」的前提下進行。對於詩歌敘述人物對話（即敘語）的功能，王夫之曾提到：

> 中間許多情事，平敘初終，一如白樂天歌行然者。乃從始至末，但一人口述語耳，於〈琵琶行〉纔占得一段，而言者之平生，聞者之感觸，無窮無方，皆所含蓄。故言若已盡，而意正未發，自非唐、宋人力所及，心所謀也。❻

---

❻ 《古詩評選》卷一〈古樂府歌行〉鮑照〈代東武吟〉評語，《船山全書》第14冊，頁531-532。

王夫之認為，敘語要做到含蓄，「言已盡而意未發」，也就是強調詩歌在敘語時不可全部說完，需要留給讀者以較大的想像空間。這已經可以看出敘語的不易。但敘事和敘語相比，敘事顯然是詩歌創作中運用更為普遍的方法，王夫之對詩歌如何敘事也顯得非常有興趣。

眾所周知，王夫之詩歌理論中最為重要的貢獻莫過於強調「情景交融」，學術界歷來對此極為重視，相關研究極多。[62]但歷來論述，一般只關注到王夫之對於「情」與「景」的重視，而忽視了王夫之提出的「情景事」三者的交融。他曾說：

> 情、景、事合成一片，無不奇麗絕世。[63]

一首詩如果做到情、景、事合成一片，那就是非常高妙的境界了。關鍵問題在於，情、景、事三者如何合成一片？或者說，事在「情景交融」理論到底有著一個什麼樣的位置？
王夫之曾說：

---

[62] 如 Siu-Kit Wong（黃兆傑）, Ch'ing and Ching in the Critical Writings of Wang Fu-chih, in Adele Austin Rickett ed. *Chinese Approaches to Literature from Confucius to Liang Ch'i-chao* (Princeton, N.J.: Princeton University Press, 1978), pp.121-150。楊松年著：《王夫之詩論研究》（臺北：文史哲出版社，1986）第三章〈王夫之詩觀論析〉，頁 91－104。蔡英俊著：《比興物色與情景交融》（臺北：大安出版社，1986）第四章〈王夫之詩學體系析論〉，頁 239－328。蕭馳著：《抒情傳統與中國思想》前三章，頁 1－90。

[63] 《唐詩評選》卷一〈樂府歌行〉岑參〈青門歌送東臺張判官〉評語，《船山全書》第 14 冊，頁 902。

於景得景易，於事得景難，於情得景尤難。㉔

這是在情、景、事三者之中強調「景」的難以描繪。他又說：

狀景狀事易，自狀其情難。知狀情者，乃可許之紹古。㉕

這是在情、景、事三者之中強調「情」的重要。可是，王夫之從來沒有說過「事」，是不是「事」就不重要了呢？

王夫之在其他地方表示出對於詩歌中的「事」的重視。他說：

一時、一事、一情，僅構此四十字，廣可萬里，長可千年矣。㉖

又說：

一事、一時、一景，夫是之謂合轍。㉗

㉔　《古詩評選》卷一〈古樂府歌行〉曹植〈當來自大難〉評語，《船山全書》第 14 冊，頁 511。

㉕　《明詩評選》卷一〈樂府〉劉基〈靜夜思〉評語，《船山全書》第 14 冊，頁 1152。

㉖　《古詩評選》卷五〈五言古詩二　宋至隋〉江淹〈無錫舅相送衘涕別〉評語，《船山全書》第 14 冊，頁 786。

㉗　《古詩評選》卷五〈五言古詩二　宋至隋〉王融〈遊仙詩〉（命駕瑤池隈）評語，《船山全書》第 14 冊，頁 765。

比較全面的論述則是：

> 一詩止於一時一事，自〈十九首〉至陶謝皆然。「蔓府孤城
> 落日斜」，繼以「月映荻花」，亦自日斜至月出詩乃成耳。
> 若杜陵長篇，有歷數月日事者，合為一章。〈大雅〉有此
> 體，後唯〈焦仲卿〉、〈木蘭〉二詩為然。要以從旁追敘，
> 非言情之章也。為歌行則合，五言固不宜爾。**❻❽**

蕭馳認為，「一時一事」與王夫之詩論中的「現量」概念有關，此
一問題本文不擬深論。值得注意的是，蕭馳指出可以借這段話分析
王夫之的「詩史」理論，他說：

> 船山於此——在與亞里斯多德全然不同的意義上——指出了
> 詩歌與史的界限：史是「從旁追敘」，即站在事件和時間的
> 距離之外，以第三者的立場敘述，「挨日頂月，指三說
> 五」；而詩則要在「天人性命往來授受」的當下，「覿面相
> 當」地親證。**❻❾**

蕭馳的論證非常綿密，要為可信。本文需要補充指出的是，如杜甫
〈秋興〉屬於跨越「一時一事」的詩歌，王夫之所謂的「現量」理

---

❻❽　《薑齋詩話箋注》，頁 57。
❻❾　蕭馳著：《抒情傳統與中國思想：王夫之詩學發微》第一章〈船山詩學中
　　　「現量」義涵的再探討——兼論「情景交融」與相關系統思想〉，頁 15。

論是無法解釋的。這一點，王夫之自己也只能從《詩經》中尋找權威，並且認為這在文學史上屬於比較罕見的詩歌類型。最後王夫之說：

> 要以從旁追敘，非言情之章也。為歌行則合，五言固不宜爾。

這裡面有兩點需要強調：

1.王夫之認為自〈大雅〉中的某些詩至〈焦仲卿〉、〈木蘭〉、〈秋興〉在敘事上破壞了「一時一事」的原則，好像史書那樣站在第三者的角度敘事，損壞了抒情傳統。

2.王夫之認為這種敘事的方式如果在歌行中是可以做到時、事、情合一的，但五言詩中則不行。

所以，其實王夫之在「事」的問題上態度非常清晰，即敘事不能破壞抒情，而比較理想的敘事應該在歌行中。

他在評論歌行時，就側重點出它們在敘事上的成績，如說庾信的〈燕歌行〉：

> 句句敘事，句句用興用比；比中生興，興外得比，宛轉相生，逢原皆給。❼⓿

---

❼⓿　《古詩評選》卷一〈古樂府歌行〉庾信〈燕歌行〉評語，《船山全書》第 14 冊，頁 562。

說湯顯祖的歌行〈吹笙歌送梅禹金〉：

> 妙處只在敘事處偏着色。攪碎古今，巨細入其興會。從來無
> 人及此，李太白亦不能然。❼

但歸根結底，詩歌敘事時必須要注意到「情」，他在評論五言古詩
時經常提到：

> 敘事言情，起止不溢，正使心懸天上，憂滿人間。❼

又說：

> 因事起情，事為情用，非日脫卸，法爾宜然。❼

在這種情況下，似乎就是「情、景、事合成一片」的理想境界。但
王夫之不忘提醒我們：

> 即序事中憑吊在焉；憑吊所寄，美刺亦見。❼

---

❼　《明詩評選》卷二〈歌行〉湯顯祖〈吹笙歌送梅禹金〉評語，《船山全書》
　　第 14 冊，頁 1224。
❼　《古詩評選》卷五〈五言古詩二　宋至隋〉江淹〈寄丘三公〉評語，《船山
　　全書》第 14 冊，頁 780。
❼　《古詩評選》卷四〈五言古詩一　漢至晉〉阮籍〈詠懷〉（步出上東門）評
　　語，《船山全書》第 14 冊，頁 680。

他還是重視詩歌中的美刺，希望在敘事的時候不忘美刺。遵循詩歌
的抒情傳統，在敘事加上美刺，也許就是王夫之「詩史」說的最高
境界了。

　　在「詩史」問題上，王夫之如同明人一樣，注意到詩歌作為一
種特殊的藝術形式，需要重視符合詩歌這一文體的藝術表現方法。
他強調詩歌不能用記載歷史的方法（即所謂「史為」）進行創作，但
並不排斥詩歌記載、反映歷史的功能。

　　王夫之希望詩歌在不妨礙文學本質的基礎上，通過「刺」的手
法，表達作家對現實生活（多半是對重大歷史事件或政治）的態度。這
就是王夫之自己的「詩史」觀念。因為李白的〈登高丘而望遠海〉
一詩符合他的「詩史」觀念，便得到了他的褒獎。值得注意的是，
王夫之對「刺」的手法也並非全然贊同，「直刺」的手法就得到他
的反對，因為這樣會傷害詩歌的「聲情」。

　　由此可見，前人謂王夫之反對「詩史」說，也許是一個錯誤的
看法。王夫之並不全然反對「詩史」說，他僅僅反對「詩史」說中
過分重視史而傷害詩歌美學特徵的傾向，他其實非常希望詩歌運用
委婉的「刺」的手法來表達對時事的態度。他的這種看法，和許學
夷對「詩史」的理解有許多相似，許學夷同樣重視詩體的特徵，又
強調「微婉」和「諷刺」。但和許學夷比起來，王夫之在更為深廣
的抒情傳統中論述了「詩史」，他強調「情」在詩歌敘事中的無處
不在，這比許學夷僅僅強調「性情」又深了一層。

----

❼　　《古詩評選》卷三〈小詩〉庾肩吾〈石崇金谷妓〉評語，《船山全書》第 14
　　冊，頁 632。

第二節　「《詩》亡然後《春秋》作」：
清初「詩史」說中的一個公共話題

　　王夫之強調詩歌美學特徵的「詩史」說在當時並沒有什麼影響，清初佔據主導地位的是以錢謙益、黃宗羲等人為代表，極度重視詩歌記載重大歷史、政治事情的「詩史」說。然而有趣的是，一旦將錢謙益、黃宗羲等人的言論置於清初整個「詩史」論述中來看，會發現幾乎所有的人都在討論「《詩》亡然後《春秋》作」這句話。

　　「《詩》亡然後《春秋》作」一語出自《孟子》：

　　　　王者之跡熄而《詩》亡，《詩》亡然後《春秋》作。[75]

歷代註疏雖然對這句話有著不同的理解，[76]但基本認為這是關於《詩經》和《春秋》兩大典籍之間關係的論述。[77]清初人的「詩

---

[75]　〈孟子·離婁下〉，見朱熹著：《四書章句集注》，頁 395。

[76]　可參馬銀琴著：〈孟子「《詩》亡然後《春秋》作」重詁〉，刊《上海師範大學學報》2000 年第 3 期，頁 74－75 所引自趙歧至今人楊伯峻的各種說法。

[77]　馬銀琴〈孟子「《詩》亡然後《春秋》作」重詁〉一文認為這句話說明諷諫之詩衰亡後而產生微言大義和褒貶的《春秋》，同上，頁 74－79。最近葛曉音認為詩歌體式的變化、尤其是四言體自身的發展變化導致了《詩》亡，參葛曉音著：〈試論春秋後期「《詩》亡」說〉，刊《中華文史論叢》第 78 輯（上海：上海古籍出版社，2004），頁 1－22。俞志慧認為，《詩》亡主要是指賦《詩》的傳統終結了，而《春秋》與賦詩，「在方法上都是以微言明

史」論述中頻繁提到這句話，到底意圖說明什麼問題呢？

一、詩本於史：錢謙益、黃宗羲等人的「詩史」說

作為當時的文壇領袖，錢謙益的言論備受矚目。他在〈胡致果詩序〉一文說：

> 孟子曰：「《詩》亡然後《春秋》作。」《春秋》未作以前之詩，皆國史也。人知夫子之刪《詩》，不知其為定史。人知夫子之作《春秋》，不知其為續《詩》。《詩》也，《書》也，《春秋》也，首尾為一書，離而三之者也。
>
> 三代以降，史自史，詩自詩，而詩之義不能不本于史。曹之〈贈白馬〉，阮之〈詠懷〉，劉之〈扶風〉，張之〈七哀〉，千古之興亡升降，感歎悲憤，皆于詩發之。馴至于少陵，而詩中之史大備，天下稱之曰詩史。
>
> 唐之詩，入宋而衰。宋之亡也，其詩稱盛。皐羽之慟西臺，玉泉之悲竺國，水雲之苕歌，〈谷音〉之越吟，如窮冬沍寒，風高氣慄，悲噎怒號，萬籟雜作，古今之詩莫變于此時，亦莫盛于此時。至今新史盛行，空坑、厓山之故事，與遺民舊老，灰飛煙滅。考諸當日之詩，則其人猶存，其事猶

大義，在作用上都有功於禮樂文明，在思想取向上都是尊王攘夷、懲惡勸善。時間上，賦詩活動在孔子身上及身而沒，這與孟子所認為的孔子作《春秋》正相銜接。」俞志慧著：《君子儒與詩教——先秦儒家文學思想考論》中編第五章〈「跡熄詩亡」與春秋賦詩傳統的終結〉第四節〈「〈詩〉亡然後〈春秋〉作」釋證〉，頁128。

在，殘篇齧翰，與金匱石室之書，並懸日月。謂詩之不足以
續史也，不亦誣乎？ **⓲**

此文歷來被視作錢謙益「詩史」說的代表。**⓳** 在這裡，錢謙益把三
代以前（含三代）的詩歌和歷史想像為渾然一體，詩歌即歷史，歷
史即詩歌，但三代之後，詩歌和歷史就開始分離。歷代詩歌都表達
興亡之感，到杜詩則具備了大量史實，所以被稱為「詩史」。到宋
代，詩歌記載歷史的功能進一步強大，所以用詩歌可以考知歷史上
的人和事。儘管如此，也無法回復到上古歷史、詩歌渾然一體的情
況了。

　　錢謙益的這段論述非常有力度，但又存在著明顯的理論漏洞。
我們用一個圖表來比較清晰地分析錢謙益的思路，錢認為：

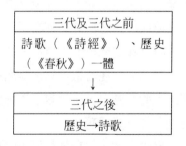

⓲　錢謙益：〈胡致果詩序〉，錢謙益：《牧齋有學集》（上海：上海古籍出版
社，1996）中冊，頁 800－801。

⓳　嚴志雄以此文為重點，研究錢謙益的「詩史」理論，並探討「詩史」理論與
明末清初遺民詩學的關係。見 Lawrence C.H. Yim（嚴志雄）. *Qian Qianyi's
Theory of Shishi during the Ming-Qing Transition.* Taibei: Institute of Chinese
Literature and Philosophy, Academic Sinica, 2005.

然而，如果按照錢謙益的思路，歷史與詩歌在分離之後，兩者之間
的關係最起碼應該有三種情況。所以，整個歷史的發展在三代之後
就有三種可能：

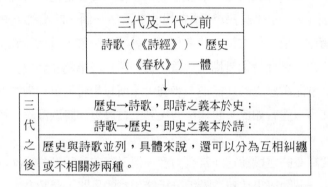

三代及三代之前
詩歌（《詩經》）、歷史
（《春秋》）一體

↓

三代之後	歷史→詩歌，即詩之義本於史；
	詩歌→歷史，即史之義本於詩；
	歷史與詩歌並列，具體來說，還可以分為互相糾纏或不相關涉兩種。

錢謙益的論述中，毫不猶豫地刪除了詩歌→歷史和歷史與詩歌並列
兩種情況。這無疑使得他的論述具有明確的理論指向，突出強調了
三代之後歷史按照「詩之義本於史」的情形來發展，但從上述的分
析來看，錢謙益的論述明顯存在著嚴重的理論漏洞。不過進一步來
說，錢謙益這種理論上的不圓融，正暴露了他強調史學以及將詩歌
的意義附庸於歷史之上的一貫思想。

　　錢謙益在詩歌和歷史之間，一貫強調歷史的重要性。這和他重
視歷史在整個文化系統中的主導地位有關。他在〈汲古閣毛氏新刻
十七史序〉說：

　　　史者，天地之淵府，運數之勾股，君臣之元龜，內外之疆

索，道理之窟宅，智諝之伏藏，人才之藪澤，文章之苑圃。以神州函夏為棋局，史其為譜；以興亡治亂為藥病，史其為方。⑧

在錢謙益看來，歷史是一切文化的根本，歷史可以指導現實（棋譜和棋局的關係），更可以用來醫治、挽救現實政治（藥和方的關係）。而在各種史書中，錢謙益尤其重視《春秋》。他在〈陳确庵集序〉中說：

> 六經偉矣，至《春秋》而始告備者，何也？斯義也，唯文中子知之，曰：《春秋》抗王而尊魯，其以周之所存乎？《春秋》成而周存，存周者天也，故曰告備於天也。《元經》之作也，書成，亡而具五國，援夫子存周之義，以具五國，皇極所以復建，而斯文不喪也。⑧

錢謙益在清初的語境中，大肆強調《春秋》尊周，無疑和他內心尊奉前朝有關。《春秋》對錢謙益而言，具有鮮明的現實意義，這更使他在〈書杜蒼略史論〉中認為《春秋》是萬世之史：

> 馬、班一代之史，孔子之《春秋》，萬世之史也。孔子具萬

---

⑧　《牧齋有學集》卷十四，頁 681。
⑧　《牧齋有學集》卷二十，頁 848。

世之眼，馬、班具一代之眼。⑫

可見，錢謙益在詩和史之間，有著明顯的價值取向。不僅如此，錢
謙益還要援經入史，通過經史之辨以求史。⑬他的用意，是要建立
一套以史學為核心的文化價值體系，詩歌如同經學一樣，都應該服
從史學的主導地位。在這種指導思想下，利用詩歌來考知歷史的想
法，也就經常徘徊於錢謙益的心中了。他在〈跋王原吉梧溪集〉一
文中說：

> 有《梧溪詩集》七卷，載元、宋之際逸民舊事，多國史所不
> 載。⑭

在《列朝詩集小傳》則表達了相同的意思：

> 有《梧溪詩集》七卷，記載元、宋之際人才國事，多史家所
> 未備。⑮

---

⑫ 《牧齋有學集》卷四十九，頁 1596。
⑬ 可參看張永貴、黎建軍著：〈錢謙益史學思想述評〉，《史學月刊》2000 年
第 2 期，頁 19－24。
⑭ 錢謙益：《牧齋初學集》（上海：上海古籍出版社，1985）卷八十四，頁
1764－1765。
⑮ 錢謙益：《列朝詩集小傳》（北京：中華書局，1959）甲前集〈席帽山人王
逢〉，頁 14。

他在〈跋朱長文琴史〉中談到唐史和杜甫記載董庭蘭的事跡，說：

> 伯原詩史，一旦洗而出之，可謂大快。……書此以訂唐史之
> 誤。⑧

在上面的這些論述中，錢謙益主要表達了這樣一層意思：即詩歌的
記載可以補充歷史的記載。他在〈列朝詩集序〉中還借程嘉燧之口
說出：

> 元氏之集詩也，以詩繫人，以人繫傳。《中州》之詩，亦金
> 源之史也。吾將倣而為之。吾以採詩，子以庀史，不亦可
> 乎？⑧

所謂「庀史」，即將詩歌視為歷史的材料而收集起來。將詩歌作為
史料來看待，也是他撰寫《列朝詩集》的主要緣由。可見，錢謙益
是極其重視利用詩歌來補充正史的記載。

　　總的來說，錢謙益以詩補史的理論基礎就是他自己所強調的詩
歌本於史，而詩歌本於史的說法完全建立在他對「《詩》亡然後
《春秋》作」一語的推論上。然而他的這種推論並不具備必然性，
甚至在邏輯上可以被駁倒。這就給後來人繼續討論相關的話題，留
下了一定的空間。

---

⑧　《牧齋初學集》卷八十四，頁 1766。
⑧　錢謙益：《列朝詩集小傳》附錄〈列朝詩集序〉，頁 819。

　　作為錢謙益後學的黃宗羲，也曾從孟子「《詩》亡然後《春秋》作」一語開始，討論詩歌和歷史的關係：

> 孟子曰：「《詩》亡然後《春秋》作。」是詩之與史，相為表裏者也。故元遺山《中州集》竊取此意，以史為綱，以詩為目，而一代之人物，賴以不墜。錢牧齋倣之為《明詩選》，處世纖芥之長，單聯之工，亦必震而矜之，齊蓬戶於金閨，風雅衰鉞，蓋兼之矣。❽❽

黃宗羲在表述上要比錢謙益溫和許多，他認為「詩之與史，相為表裏者也」，但孰表孰裏，他也沒有說清楚，而且不像錢謙益那樣一味強調詩歌本於歷史。但是，他重視《中州集》「以史為綱，以詩為目」的做法，分明又透露出他認為史比詩歌重要。他又說：

> 然注杜者，但見以史證詩，未聞以詩補史之闕，雖曰詩史，史固無藉乎詩也。逮夫流極之運，東觀蘭臺但記事功，而天地之所以不毀、名教之所以僅存者，多在亡國之人物。血心流注，朝露同晞，史於是而亡矣。猶幸野製遙傳，苦語難銷，此耿耿者明滅於爛紙昏墨之餘，九原可作，地起泥香，庸詎知史亡而後詩作乎？是故景炎、祥興，《宋史》且不為之立本紀，非《指南》、集杜，何由知閩廣之興廢？非水雲

---

❽❽　〈姚江逸詩序〉作於壬子年，即康熙十一年（1673 年），黃宗羲著：《黃宗羲全集》第十冊（杭州：浙江古籍出版社，1993），頁 10。

之詩，何由知亡國之慘？非白石、晞髮，何由知竺國之雙經？陳宜中之契闊，《心史》亮其苦心；黃東發之野死，寶幢志其處所：可不謂之詩史乎？元之亡也，渡海乞援之事，見於九靈之詩。而鐵崖之樂府，鶴年席帽之痛哭，猶然金版之出地也。皆非史之能盡矣。明室之亡，分國鮫人，紀年鬼窟，較之前代干戈，久無條序；其從亡之士，章皇草澤之民，不無危苦之詞。以余所見者，石齋、次野、介子、霞舟、希聲、蒼水、密之十餘家，無關受命之筆，然故國之鏗爾，不可不謂之史也。**⑧⑨**

黃宗羲認為，詩歌是在歷史滅亡的情況下應運而生的（「史亡而後詩作」），需要承擔起補充歷史記載的責任。詩歌在他的理論裡，不過是歷史的附屬品。他的詩、史「互為表裏」說，顯然以史為「裏」，而詩為「表」。學術界向來認為，黃宗羲在詩論上深受錢謙益的影響，尤其是在「詩史」說上，更是錢謙益的後繼者。**⑨⓪**這種觀察，可謂精確。

　　錢謙益、黃宗羲的想法在當時極具代表性。如朱彝尊（1629－1709）的想法就和黃宗羲極其接近，他在評杜濬（1611－1687）〈程子穆倩放歌序〉一詩時說：

---

⑧⑨　〈萬履安先生詩序〉，《黃宗羲全集》第十冊，頁47。

⑨⓪　參吳宏一著：《清代詩學初探》第三章〈擬古運動和反擬古運動的餘波〉，頁137。張健著：《清代詩學研究》第一章〈明清之際：儒家詩學政教精神的復興〉第五節〈以詩補史：對明清之際詩歌思潮的歷史價值的認定〉，頁39－42。

　　《詩》亡然後《春秋》作，詩與史原相錧鎋，予注五代史，
　　金石文字之外，頗採詩以證事。于皇此作，光焰射人，足增
　　千古詩聲價。❾❶

杜濬在〈程子穆倩放歌序〉中說：

　　國固不可以無史，史之弊或臧否不公，或傳聞不實，或識見
　　不精，則其史不信。於是學者必旁搜當日之幽人愁士，局外
　　靜觀，所得於國家興衰治亂之故、人材消長之數，發而為詩
　　歌、古文、詞，以考證其書，然後執筆之家不得用偏頗影響
　　之說，以淆亂千古之是非。非漫作也，故世稱子美為詩史，
　　非謂其詩之可以為史，而謂其詩可以正史之訛也。❾❷

杜濬的看法，似乎認為詩歌的記載功能有時可以超過史書。因為史
書有種種弊病，如臧否不公、傳聞不實、識見不精，而詩歌只要不
是漫作的話，就可以訂正史書的訛誤。這種說法較之過去，進一步
加強了詩歌對歷史的附庸地位。魏禧（1624-1681）在這段話後加以
評論：

　　以詩為史，人人知之。以詩證史之訛，是穆倩苦心，是于皇

---

❾❶　見杜濬著：《變雅堂文集》，收入《四庫禁毀書叢刊》（北京：北京出版
　　社，2000）集部第72冊，頁356下。
❾❷　杜濬著：《變雅堂文集》，收入《四庫禁毀書叢刊》集部第72冊，頁356
　　上。

創論，兩不朽矣。❸

魏禧認為，「以詩證史之訛」是杜濬（于皇）的創論，但從「詩史」說的歷史發展來看，這顯然是不準確的，至少早前的錢謙益就已經明確說出「訂唐史之誤」的話來。不過，杜濬這段話的表述無疑更為清晰。杜濬在〈楚遊詩序〉中還說：

> 蓋即一草木之有無，足以徵古今陵谷之變，作者直書俾後之君子參考焉。可以論其世，固在於是。此乃所謂詩不妄作而深有契於詩史之指也。❹

他強調詩歌要事無巨細的直書，令人想起元代程鉅夫的話：

> 詩者莫昌於子美秦蜀紀行等篇，山川風景，一一如畫，逮今猶可想見。他詩所詠，亦無非一時事物之實，謂之詩史，信然。❺

也是強調詩歌對外在世界的忠實描繪。杜濬的這些想法，應該是從宋代「詩史」說中的實錄思想，一路演變下來而逐漸形成的。到清初的時候，由杜濬再加以系統表述。無疑，他對「詩史」問題的思

---

❸　同上，頁 356 下。

❹　《變雅堂文集》，《四庫禁毀書叢刊》集部第 72 冊，頁 373 上。

❺　程鉅夫：〈王寅夫詩序〉，程鉅夫：《雪樓集》卷十四，《四庫全書》第 1202 冊，頁 177 下。

考要比錢謙益、黃宗羲等人更為深入。

　　魏禧在〈紀事詩鈔序〉一文中說：

　　　蓋自《詩》亡而《春秋》作，聖人以史續詩，至杜甫詩多紀
　　　載當代事，論者稱曰詩史，則又以詩補史之闕。[96]

魏禧從「《詩》亡然後《春秋》作」一語看到史是用來續詩的，接
著認為「詩史」的內涵不過是詩歌記載時事。魏禧的推論是比較跳
躍的，他的論述從「史續詩」直接轉變成「詩記史」再到「詩補
史」，沒有交代清楚三個環節之間轉承的關係。他引用「《詩》亡
然後《春秋》作」一句，不過是想強調詩和史之間有著某種天然的
關係，並不是他後面論點的有力支撐。不過，魏禧重視用詩歌來補
史，這點和錢謙益、黃宗羲的思路十分接近，但不如他的朋友杜濬
來得深入。

二、詩之用「有大於史者」：
　　施閏章、屈大均等人的「詩史」說

　　同樣將「《詩》亡然後《春秋》作」一句作為引子，施閏章
（1618-1683）的想法就和他人不同，他說：

　　　孟子曰：「《詩》亡然後《春秋》作」，然則《詩》不亡，

---

[96]　魏禧著：《魏叔子文集》卷十，收入《四庫禁毀書叢刊》集部第 4 冊，頁
　　661 上。

《春秋》不作可也。詩之用宏而原遠如此，非不學無術之所
能為也。**❾⃝**

施閏章從「《詩》亡然後《春秋》作」一句，得出詩歌的地位遠遠
高於史書，因為只要有《詩經》，《春秋》甚至可以不需要。他在
〈江雁草序〉中更明確提出詩的作用大於史，他說：

> 古未有以詩為史者，有之自杜工部始。史重褒譏，其言真而
> 覈；詩兼比興，其風婉以長。故詩人連類托物之篇不及記言
> 記事之備。《傳》曰「溫柔敦厚詩教也」，然作史之難也，
> 以孔子事筆削，其於知我罪我，蓋惴惴焉。昌黎為唐文臣，
> 起衰敝，至言史官「不有人禍，必有天刑」，引左丘明、司
> 馬遷及崔浩、魏收等為戒，子厚深非之，往復辯難不相下。
> 史之難如此。詩人則不然，散為風謠，採之太師，田夫、野
> 婦可稱詠。其王后、卿大夫微詞托諷，或泣或歌，憂憤之言
> 寄之〈萇楚〉，故宮之感見乎〈黍離〉。吉甫以清風自稱，
> 孟子以寺人表見。言者無罪，聞之者足以戒，其用有大於史
> 者。**❾⃝**

施閏章認為，詩歌和史書是不同的，史書可以重褒貶，而詩歌卻是

---

❾⃝　施閏章著：《施愚章集》（合肥：黃山書社，1992）第一冊《文集》卷三，
頁 55。
❾⃝　施閏章著：《施愚章集》第一冊《文集》卷四，頁 68－69。

重比興，以風婉見長。在詩歌和歷史之間，詩歌通過「言者無罪，聞之者足以戒」的閱讀習慣，達到「其用有大於史者」的地位。

　　屈大均（1630－1696）的觀點和施閏章接近，他在詩歌和歷史之間，同樣更加側重論證詩歌的價值。他在〈東莞詩集序〉中說：

　　　昔夫子作《春秋》以繼《詩》，《詩》雖亡而《春秋》不亡。故《春秋》者，《詩》之所以賴以不亡者也。士君子生當亂世，有志纂修，當先紀亡而後紀存，不能以《春秋》紀之，當以《詩》紀之。❾❾

他認為《春秋》誕生於《詩經》之後，所以《春秋》無非是延續《詩經》之作。所以，在詩歌和歷史之間，要更加重視詩歌的價值。他在《二史草堂記》中說：

　　　或曰：少陵何為以詩為史也。予曰：今夫詩者，史之正者也。史則詩之變者也。《詩》之未亡，而一代之史在《詩》，《詩》既亡而一代之史在《春秋》。孔子作《春秋》所以繼《詩》，少陵之詩則思以羽翼夫《春秋》而欲反于史之本者也。故曰以詩為史也。❿❿

---

❾❾　屈大均著：《翁山文鈔》卷一，收入《四庫禁毀書叢刊》集部第 120 冊，頁 133 下。

❿❿　《翁山文鈔》卷二，《四庫禁毀書叢刊》集部第 120 冊，頁 165 上。

屈大均用《詩經》、《春秋》的前後遞嬗關係，來論證詩歌比歷史
重要。這段解釋在詩和史之間大大提高了詩歌的地位。屈大均認為
詩歌才是史的正宗，歷史無非是詩歌的變體。如果我們強調杜詩中
的歷史成分，我們需要注意到杜詩並不是《春秋》的羽翼，而是返
回到了史的正宗。

　　上文提及的諸家由「《詩》亡然後《春秋》作」一語所引發的
討論，比較鮮明地代表著當時的兩大類意見，一類以錢謙益為代
表，認為歷史是詩歌的本來面目，在詩和史之間更為重視史；另外
一類則以屈大均為代表，意見恰好與錢謙益相反，強調詩歌是歷史
的正宗，而歷史不過是詩歌的變體。然而這兩類說法，實際上有著
共同的理論基礎：即詩歌記載時事這一非常普通的「詩史」的內
涵。當時的抗清名將張煌言（1620－1664）在〈奇零草自序〉（作於
1662年，即永曆十六年、康熙元年）中說：

　　　年來歎天步之未夷，慮河清之難俟。思借聲詩，以代年譜。
　　　遂索友朋所錄，賓從所抄次第之。……嗟乎，國破家亡，余
　　　謬膺節鉞，既不能討賊復仇，豈欲以有韻之詞，求知於後世
　　　哉。但少陵當天寶之亂，流離蜀道，不廢風騷。後世至今名
　　　為詩史。陶靖節躬丁晉亂，解組歸來，著書必題義熙。宋室
　　　既亡，鄭所南尚以鐵匣，投史眢井，至三百年而後出。夫亦
　　　其志可哀，其情誠可念也已。⑩

---

⑩　張煌言著：《張蒼水集》（上海：上海古籍出版社，1985），頁52。

張煌言希望通過寫作詩歌，編寫自己的年譜。這種將詩歌完全視為事件忠實記錄的「詩史」觀，在當時可以說是一種被普遍認同的觀念。⑩

　　從根本上來說，錢謙益也好，屈大均也好，甚至張煌言也好，他們都面臨著一個同樣的時代問題，即詩歌在明末清初這個大時代裡到底佔有什麼位置？在明末清初這樣的歷史環境中創作詩歌，詩人們首先需要解決為什麼寫作詩歌的問題。無疑，當時性靈、格調等詩歌理論已經失效，他們希望尋找一個新的理論來解答他們的疑惑。時代使得史學成為當時文化學術上的主導，⑩加上「詩史」理論本身也是明代復古詩論中的重要議題，於是「詩史」理論出現在眾人的視野中，「詩史」理論強調詩歌的價值應附加到史學之上。也就是說，詩歌的價值只有轉化為歷史的價值，才是有意義的。這種創作理念，恰好能符合當時的時代需要。

　　具體來說，將詩歌視為歷史的這一價值判斷仍可再作細緻的區別，如潘承玉曾將當時大量的「詩史」說分成「以詩補史」、「以詩證史」和「以心為史」三種，頗可說明「詩史」說在當時的複雜

---

⑩　如錢澄之在〈生還集自序〉中說：「共得詩若干篇，為六卷，付諸剞劂，目曰《生還集》，志幸也。其間遭遇之坎壈，行役之崎嶇，以至山川之勝概，風俗之殊態，天時人事之變移，一覽可見。披斯集者，以作予年譜可也。詩史云乎哉！」，見錢澄之著、湯華泉校點、馬君驊審訂：《藏山閣集》（合肥：黃山書社，2004）之〈藏山閣文存〉卷三，頁400。

⑩　參杜維運著：〈清初史學之建設〉，收入杜維運著：《清代史學與史家》（臺北：東大圖書有限公司，1984），頁235-269。

性。⑩所謂的「以詩補史」、「以詩證史」兩種情況，我們在上文的論述中均已涉及，我們甚至還提到「以詩正史之訛」的方法；但我們必須指出，潘承玉所說的「以心為史」的創作現象實際上並不是必然的，最起碼，曾明確提出「以心為史」的屈大均就是不贊成「以心為史」這種方式的。⑩然而，我們並不希望糾纏於此，我們在此指出的是，不管潘承玉的分類是否成立，這種分類實際上無助於我們深化對當時「詩史」說的認識，因為不論是「以詩補史」、「以詩證史」和「以心為史」，還是「以詩正史之訛」，都建立在承認詩歌記載歷史的「詩史」說的基礎上，並沒有涉及對「詩史」內涵的不同理解；所不同的，只是在於如何理解詩歌記載歷史。

　　「《詩》亡然後《春秋》作」只不過是當時的一個公共話題，大家都借此來表達他們對詩歌和歷史之間關係的認識，從表面上看，他們帶出來的結論並不一致，但歸根結底，無非是希望詩歌記載歷史事件，這在歷代的「詩史」說中不過是一個很普通的說法。可以說，明清之際一系列以「《詩》亡然後《春秋》作」所展開的「詩史」論述，並沒有突破舊有「詩史」說的框架，但這些論述，

---

⑩　潘承玉著：〈清初明遺民詩人的詩史意識〉，《古典文學知識》2004 年 2 期，頁 55－60；又可參見潘承玉著：《清初詩壇：卓爾堪與〈遺民詩〉研究》（北京：中華書局，2004）第六章〈日月詩人眉，江山野老心──《遺民詩》文本研究〉第一節〈遺民詩創作的心理背景和審美基礎〉，頁 330－335。

⑩　屈大均在〈二史草堂記〉中說：「……而於所居草堂，名曰二史。蓋謂少陵以詩為史，所南以心為史。……然吾之志，終願為少陵，而不願為所南也。少陵猶詩之達者也，所南則真詩之窮者也。」〈二史草堂記〉一文見屈大均《翁山文鈔》卷二，《四庫禁毀書叢刊》集部第 120 冊，頁 165。

又無疑極大地強化了當時詩歌記載歷史事件的創作意識，並對明清
之際的詩歌創作產生巨大的影響。

第三節　《春秋》筆法與比興

　　上文提到，明末清初的詩歌理論，首先需要解決為什麼寫作詩
歌的困惑。最終，他們將詩歌的價值附加於歷史之上，「詩史」說
幫助他們解決了安身立命的問題。❿但這僅僅是一個方向性的引
導，創作實踐中首先需要解決的還是如何寫作的技術性問題。詩歌
雖然需要記載歷史，但詩歌畢竟不是歷史。如何在強調記載歷史功
能的前提下，保持詩歌的美感，是當時的一個重要議題。

　　錢謙益在 1631 年所作的〈跋汪水雲詩〉說：

　　　　錢塘汪元量……〈湖州歌〉九十八首，〈越州歌〉二十首，
　　　　〈醉歌〉十首，記國亡北徙之事，周詳惻愴，可謂詩史。❿

錢謙益重視詩歌記錄歷史的功能，所以強調汪元量詩歌能夠「周
詳」記錄「國亡北徙之事」。但他同樣重視這些詩歌「惻愴」的美
學特徵。他在《列朝詩集小傳》中，認為劉基的詩：

---

❿　嚴志雄認為「詩史」性的書寫，或多或少可以保障當時的遺民在創作上避免
　　觸犯時忌。具體見 Lawrence C.H. Yim. *Qian Qianyi's Theory of Shishi during
　　the Ming-Qing Transition.*
❿　錢謙益著：《牧齋初學集》卷八十四，頁 1764。

其深衷托寄，有非國史家狀所能表其微者。⓼

同樣，錢謙益雖然重視劉基詩歌補充正史記載的功能，但強調的不
是劉詩如何「周詳」記錄時代大事，而是劉詩的「深衷托寄」，記
載和表露了史書所忽略或無法涉及到的細微的歷史層面。

　　魏禧注意到詩歌並非是全部直接記載時事的，他在〈紀事詩鈔
序〉中說：

> 蓋自詩亡而《春秋》作，聖人以史續詩，至杜甫詩多紀載當
> 代事，論者稱曰詩史，則又以詩補史之闕。然後世有心之
> 士，居其位而不得行其志，與夫不得居位者，於當世治亂成
> 敗得失之故，風俗貞淫奢儉之源流，史所不及紀與忌諱而不
> 敢紀者，往往見之於詩，或直述其事，不加褒貶，或微詞寓
> 意以相徵。蓋不一而定，匪獨子美唯然也。⓽

魏禧認為，「詩史」是指「記載當代事」，但如何記載，卻可以分
成兩種：「直述其事，不加褒貶」和「微詞寓意以相徵」。所謂
「直述其事，不加褒貶」，就是「詩史」理論中一直強調的直陳。
至於「微詞寓意以相徵」，則是《春秋》筆法中所強調的微言大
義。上文曾提倒，最早闡釋「詩史」說的孟棨《本事詩》，就曾受

⓼　錢謙益著：《列朝詩集小傳》甲集〈劉誠意基〉，頁 70。
⓽　魏禧著：《魏叔子文集》卷十，收入《四庫禁毀書叢刊》集部第 4 冊，頁
　　661 上。

到《春秋》學說的影響。南渡之後,用《春秋》筆法來理解杜詩一度是詩人們討論的熱點。魏禧的說法實際上並沒有脫離前人所討論的範圍,清初詩學中最值得注意的倒是用《春秋》筆法來攻擊「詩史」說的現象。

黃生(1622-1696?)在《杜詩說》中解釋〈紫宸殿退朝口號〉詩說:

> 此詩所以志諷,然第具文見意,《春秋》之法在焉。宋人目公為「詩史」,淺之乎窺公矣。⑩

黃生認為宋人的「詩史」說只是在比較淺的層次上理解了杜詩,因為他們沒有注意到杜甫在創作時運用了《春秋》筆法。這種說法,自然是誤解了宋人的「詩史」說。本文在討論宋代「詩史」說的時候,已經提到宋人李遑年、劉克、許顗、黃徹等都用《春秋》筆法來闡釋「詩史」說,黃生顯然並未注意他們的論述或竟視而不見,他用《春秋》筆法來攻擊「詩史」,更是前所未見的。

施閏章則開始注意到比興。上文曾引用過施閏章的〈江雁草序〉,側重分析他對詩歌和史書關係的認識。實則施閏章在〈江雁草序〉中隨即提到他對「詩史」的理解:

> 古未有以詩為史者,有之自杜工部始。史重褒譏,其言真而覈;詩兼比興,其風婉以長。故詩人連類托物之篇不及記言

---

⑩　黃生著:《杜詩說》(合肥:黃山書社,1994),頁306。

記事之備。……詩人則不然，散為風謠，採之太師，田夫、
野婦可稱詠。其王后、卿大夫微詞托諷，或泣或歌，憂憤之
言寄之〈萇楚〉，故宮之感見乎〈黍離〉。吉甫以清風自
稱，孟子以寺人表見。言者無罪，聞之者足以戒，其用有大
於史者。

風騷而降，流為淫麗，詩教浸衰。杜子美轉徙亂離之間，凡天下人
物事變無一不見於詩，故宋人目以「詩史」，雖有譏其穿鑿者，要
未可概非也。至於胸中鬱悒侘傺，卷舌不敢盡言，既言而不敢盡
存，若以為飄風驟雨之颯然過而不留也，斯其志抑已苦矣！**⑪**

　　上文曾分析過，引文的上半部分重點指出了詩歌和史書的不
同。史書可以重褒貶，而詩歌是「兼比興」。所謂「兼比興」，並
非單純強調重比興，是指詩歌在賦之外應該同時兼有比興，詩歌才
能以風婉見長。在詩歌和歷史之間，詩歌通過「言者無罪，聞之者
足以戒」的閱讀習慣，達到「其用有大於史者」的地位。可惜到後
代，這種傳統逐漸衰敗。杜詩因為「天下人物事變無一不見於
詩」，而被稱為「詩史」，但也不可全然否定。之所以不可全然否
定，相信是因為杜詩在用「賦」的手法記載時事的同時，還兼用了
「比興」。

　　「詩史」說的這種發展趨勢，到吳喬那裡，得到一個比較好的
提升。吳喬（1611－1695）在《圍爐詩話》中說：

---

⑪　施閏章著：《施愚章集》第一冊〈文集〉卷四，頁 68－69。

　　杜詩是非不謬于聖人，故曰「詩史」，非直指紀事之謂也。
紀事如「清渭東流劍閣深」，與不紀事之「花嬌迎雜佩」，
皆「詩史」也。詩可經，何不可史，同其「無邪」而已。用
修不喜宋人之說，並「詩史」非之，誤也。⓬

吳喬主要強調兩點：
　　1.詩歌要做到「思無邪」，即不謬于聖人，方可稱為「詩
史」。
　　2.「詩史」分為詩歌紀事和不紀事兩種。
　　他還順便批評了楊慎因為個人好惡而反對「詩史」說。在清初
「詩史」說的環境下，注意到詩歌不是單純紀事的，早前已有魏禧
在〈紀事詩鈔序〉提及，但吳喬無疑明確了這種提法。⓭
　　「清渭東流劍閣深」出自〈哀江頭〉，浦起龍注曰：

　　清渭，貴妃縊處。劍閣，明皇入蜀所由。⓮

仇兆鰲說：

　　蓋楊妃槁葬渭濱，上皇巡行劍閣，是去住西東，兩無消息

⓬　《圍爐詩話》卷之四，《清詩話續編》，頁584。
⓭　王夫之自然也注意到了，但王夫之在當時幾乎獨立於他人之外，故不論。
⓮　浦起龍著：《讀杜心解》，頁249。

也。⑪

兩說不同，但注家認為該句涉及明皇、貴妃事，則是顯然的。這即是所謂的紀事。「花嬌迎雜佩」作「花嬌迎雜樹」，出自〈宿昔〉，該詩云：

> 宿昔青門裏，蓬萊仗數移。花嬌迎雜樹，龍喜出平池。落日留王母，微風倚少兒。宮中行樂秘，少有外人知。

浦起龍引〈李翰林別集序〉注「花嬌迎雜樹」一句說：

> 禁中初重木芍藥，得四本，紅、紫、淺紅、通白者，因移植于興慶池東沉香亭前。上乘照夜白，太真以步輦從。

又注末句「少有外人知」說：

> 結云「行樂」、「少知」，其事若托諸有無之間，絕不傷厚。⑯

這應該就是吳喬所謂的「不紀事」，通過杜詩這種溫柔敦厚的不紀事，讀者又似乎能猜到一些宮闈的秘密，這種手法頗符合吳喬對杜

---

⑪　仇兆鰲注：《杜詩詳注》，頁 332。
⑯　浦起龍著：《讀杜心解》，頁 511。

詩「無邪」的理解。所謂「無邪」和不謬於聖人，即是詩教傳統。
吳喬在其他地方多次提到溫柔敦厚：

> 「〈國風〉好色而不淫，〈小雅〉怨悱而不亂。」發乎情，
> 止乎禮義。所謂性情也。興、賦、比、風、雅、頌，其體格
> 也。優柔敦厚，其立言之法也。❶❶❼

又說：

> 問曰：「杜詩亦有率直者，何以獨咎宋人？」答曰：「子美
> 七律之一氣直下者，乃是以古風之體為律詩，于唐體為別
> 調，宋人不察，謂為詩道當然。然杜詩婉轉曲折者居多，不
> 可屈古人以飾己非也。唐人率直之句，不獨子美，皆是少分
> 如是。《三百篇》豈盡〈相鼠〉、『投畀』乎？終以優柔敦
> 厚為本旨。優柔敦厚，必不快心，快心必落宋調；做急做
> 多，亦落宋調。」❶❶❽

詩歌要溫柔敦厚，就不能太率直，所以吳喬肯定杜詩的「婉轉曲
折」。整首〈宿昔〉詩，大概都是吳喬所認為的「婉轉曲折」的典
型。

---

❶❶❼　吳喬著：《答萬季野詩問》，《清詩話》，頁 30。
❶❶❽　《圍爐詩話》卷之五，《清詩話續編》，頁 605。這段文字亦見吳喬著：
　　　《答萬季野詩問》，《清詩話》，頁 28。文字略有異同，如「杜詩亦有率直
　　　者」變成「唐詩亦有率直者」，可參看。

　　然而要深入理解這段話，須將這段話與吳喬在《逃禪詩話》中所說的一段話合觀：

> 「詩史」乃《唐書》本傳指語，用修斥宋人之說而謂「詩史」二字是其撰出，何失考至此。伯清又引〈石壕吏〉等紀事之篇，為子美辨釋，亦非也。是非不謬于聖人之謂史，苟非子美孰能當之。「五聖聯龍袞，千官列雁行」，實紀其事，詩史也；「不聞夏殷朝，中自誅褒妲」，為尊者諱，亦詩史也。〈麗人行〉之「丞相嗔」，史載其事。嚴武三度入蜀，《通鑑》失詳，得子美之「主恩前後三持節」，錢牧齋詳考之，可以補《通鑑》之闕，不謂之詩史可乎？用修極博，好讀僻書而正史荒忽，其立論多可駁。[119]

關於《圍爐詩話》和《逃禪詩話》二書的關係，學術界討論極多。大多數學者認為《圍爐詩話》是《逃禪詩話》的定稿[120]，但近來研究表明，《逃禪詩話》實際上是吳喬晚年由《圍爐詩話》一書修訂

---

[119]　吳喬著：《逃禪詩話》（臺北：廣文書局，1973 年，與《圍爐詩話》、《西崑發微》、《談龍錄》合刊），頁 632。

[120]　如（臺灣）張健著：《圍爐詩話研究》，收入《清代詩話研究》（臺北：五南圖書公司，1993），頁 107－196，尤其見頁 160－161；（大陸）張健著：《清代詩學研究》第四章〈對漢魏、盛唐審美正統的突破：晚唐詩歌熱的興起〉第二節〈吳喬的以意為主與詩中有人〉，頁 159－160；蔣寅著：〈《逃禪詩話》與《圍爐詩話》之關係〉，《蘇州大學學報》2000 年第 3 期，頁 39－44。

而成⑫。據謝明陽的研究，《圍爐詩話》成書於 1686 年，而《逃禪詩話》的成書則更晚。⑫

　　從前後兩段文字的比較可見，吳喬在《逃禪詩話》中修訂舊說，對「詩史」理論產生了一些新的看法：

　　　1.杜詩是非不謬于聖人，所以是「詩史」。

　　　2.「詩史」可以分為四種情況：實紀其事；為尊者諱；史載其事；補史之闕。

詩歌必須要符合聖人的言論，這是吳喬一以貫之的觀點。但「詩史」究竟如何理解，則前後出現了異同。吳喬所說的「實紀其事；為尊者諱；史載其事；補史之闕」四種，實際上都是《圍爐詩話》中所謂的紀事，所謂的「不紀事」沒有了。為什麼呢？這實際上是許學夷帶給他的。

　　許學夷在《詩源辯體》中說：

　　　楊用修云：「宋人以子美能以韻語紀時事，謂之『詩史』，
　　　鄙哉！見《唐書》夫六經各有體，若《詩》者，其體其旨，
　　　與《易》、《書》、《春秋》判然矣。三百篇皆意在言外，

---

⑫　阮廷瑜著：〈《逃禪詩話》與《圍爐詩話》之異同〉，《國立中央圖書館館刊》新 25 卷第 1 期（1992），頁 135－150。尤其是謝明陽的研究，從吳喬對許學夷的態度中，得到《逃禪詩話》由《圍爐詩話》修訂而成的結論，十分可信。見謝明陽著：〈許學夷與吳喬的詩學傳承〉，《中國文哲研究通訊》第 13 卷第 3 期（2003），頁 23－48。

⑫　謝明陽著：〈許學夷與吳喬的詩學傳承〉，《中國文哲研究通訊》第 13 卷第 3 期，頁 28－33。

使人自悟。杜詩含蓄蘊藉者蓋亦多矣，宋人不能學之。至於
直陳時事，類於訕訐，乃其下乘末腳，而宋人拾以為己寶。
又撰出『詩史』二字，以誤後人。如詩可兼史，則《尚
書》、《春秋》可以併省矣。」愚按：用修之論雖善，而未
盡當。夫詩與史，其體、其旨，固不待辯而明矣。即杜之
〈石壕吏〉、〈新安吏〉、〈新婚別〉、〈垂老別〉、〈無
家別〉、〈哀王孫〉、〈哀江頭〉等，雖若有意紀時事，而
抑揚諷刺，悉合詩體，安得以史目之？至於含蓄蘊藉雖子美
所長，而感傷亂離、耳目所及，以述情事為快，是亦變雅之
類耳，不足為子美累也。⑬

　　許學夷的大意，是認為杜詩中的一些名篇即使是紀時事，也因為抑
揚諷刺的緣故，完全符合詩歌的文體特徵，所以不能稱之為史。

　　　據謝明陽的研究，吳喬將許學夷視為「嚴師」，晚年的詩學觀
點受到許學夷極大的影響。當然吳喬本人仍然有自己的詩學立場，
他一直希望用自己的「才情」理論來矯正許學夷過於強調詩歌體
製。⑭吳喬因為自己信服「詩史」理論，但當他發現許學夷竟然反
對「詩史」理論時，他肯定希望在理論上駁倒許學夷。許學夷反對
「詩史」理論，但他承認詩歌有紀事。吳喬遂抓住這一點，將杜詩
的紀事分為四種，以期證明「詩史」的可行性來駁倒許學夷。這樣

---

⑬　《詩源辯體》卷十九第二十九則，頁 221。
⑭　謝明陽著：〈許學夷與吳喬的詩學傳承〉，《中國文哲研究通訊》第 13 卷第
　　3 期，頁 25－28、40－46。

的情況下，他放棄了他早先在《圍爐詩話》中提出的杜詩「不紀事」的意見。

實際上，吳喬在《圍爐詩話》中所說的不紀事，已經涉及到杜詩創作中微婉曲折的一面。我們知道，吳喬論詩一貫重視比興，他還利用比興來解讀李商隱詩的時代政治背景，撰寫《西崑發微》。他也非常喜歡閱讀詩歌背後的時事：

> 如韓偓〈落花〉云：「眼尋片片隨流去」，言昭宗之出幸也。「恨滿枝枝被雨侵」，言諸王之被殺也。「縱得苔遮猶慰意」，望李克用、王師範之勤王也。「若教泥汙更傷心」，恨韓建之為賊臣弱帝室也。「臨堦一盞悲春酒，明日池塘是綠陰」，悲朱溫之將篡弒也。⑫

依照他的這種思考方式發展下去，他很有可能將「比興」說放到「詩史」說的架構中來處理，可惜他為了在學理上駁倒許學夷，反而陷入許學夷的思路而把自己的方向給迷失了。

學術界認為，明代「詩史」說從楊慎開始重新發現了「比興」傳統。⑫我認為是不太精確的。本文在討論明代部分時曾提到，楊慎本人並沒有從「比興」角度來談問題，倒是王世貞從否定的角度來談了一下「比興」。在早期明代復古詩論中，「比興」問題雖然

---

⑫　吳喬著：〈答萬季野詩問〉，《清詩話》，頁31。
⑫　龔鵬程著：《詩史本色與妙悟》第二章〈論詩史〉第五節〈明代對詩史說的反省與比興傳統的再發現〉，頁50－60。

重要，但並沒有和「詩史」說真正結合。從上文的分析我們同樣可以看到，到清代初年為止，「詩史」說的討論還是沒有能夠和「比興」問題正式結合起來。施閏章提出了「比興」二字，但他沒有進一步分析作為「詩史」的杜詩是如何運用比興的；吳喬原本很有可能在「詩史」理論中涉及到比興的問題，但因為受到許學夷「詩史」說的刺激，遂將論述的重點又重新返回到錢謙益等人的舊說上去。直到清代中期的陳沆，因為受到清初以來整個箋釋詩歌傳統的影響，才開始正式運用「比興」說來理解「詩史」概念。這在下文會詳細分析。

第四節　小　結

清初的「詩史」說內容相當豐富，本文將之分為三個部分來加以敘述。第一部分論述王夫之的「詩史」說，王夫之的理論雖然在當時並無任何影響，但他強調了詩歌在表達時事時所必須具備的能夠調動讀者美感經驗的因素：比興、情景事合一等，實際上總結、豐富和發展了明代復古詩論中的「詩史」論述。第二部分論述大量以「《詩》亡然後《春秋》作」一語作為討論起點的「詩史」說，點出他們表面的論點雖有差異，但實質上都支援詩歌記載時事。至於第三部分則分析當時「詩史」說中重視詩歌在記載時事時，須運用《春秋》筆法和比興的論點，點明這些說法在歷代「詩史」說中的地位。

但綜而言之，三個部分的「詩史」說無疑都是以支援詩歌記載時事為中心而展開各自論述的。我們可以看到，經過明代復古詩論

的辨析，「詩史」說的核心內涵已經基本穩定在「詩歌記載時事」之上，到清代初年，並沒有人對此基本內涵提出挑戰。王夫之只是希望詩歌要保持自己獨特的美學特徵，而事實正如王夫之所擔憂的那樣，以錢謙益等人為代表的「詩史」說就過於強調將詩歌的價值附加在歷史之上，這無疑極大地強化了詩歌的歷史價值，而抹殺了詩歌本身的文體價值和美學價值。當然錢謙益他們也並非全然否定詩歌本身的美學價值，況且還有屈大均、施閏章等人強調詩歌高於歷史的言論，他們不認為詩歌是歷史的附庸，只是要求詩歌將記載時事的功能加以發揚光大。錢謙益不忽視詩歌的美感，魏禧強調詩歌創作可用《春秋》微言大義之法，施閏章提出「比興」之說，均有效地彌補了當時過於強調詩歌記載時事的偏頗。而重視「比興」問題的施閏章、吳喬等人，剛好與下文所要討論的清代中期強調以「比興」來理解「詩史」內涵的陳沆，產生了歷史的前後呼應。

第五章　清代「詩史」說的發展（下）：清初之後

　　清初以後，「詩史」說仍在不斷地繼續發展。雖然其基本內涵已經很少能逸出「詩歌記載時事」，但在各種詩話、筆記、序跋及杜詩的注本中，仍然有一些論述能夠在沿襲宋明舊說的基礎上，不斷拓展「詩史」的內涵。本文在最大限度地收集和辨析資料的基礎上，試圖描繪出「詩史」說在整個清初以後的大致發展面貌。無奈史料愈近愈繁，清代論述「詩史」的史料幾乎不可能全盤掌握。即使如此，對所見的清代詩學中涉及「詩史」討論的文字，也不能一一加以申說。因為本文的用意一貫在於勾勒「詩史」說中那些具有理論意義的部分，尤其側重討論那些能給「詩史」概念增加新內涵的論述。所以，諸如楊倫《杜詩鏡銓》、仇兆鰲《杜詩詳注》等重要的杜詩注本，翁方綱《石洲詩話》等重要的詩話，因為他們沒有給「詩史」增加多少新內涵，本文就不再加以處理。

第一節　舊有「詩史」說的不斷闡發

一、籠罩在「以詩證史」觀念下的清初「詩史」說

清初以後，人們創作和閱讀詩歌，大體離不開「以詩證史」、「以詩補史」的思路，如與錢謙益相交甚篤的毛晉（1599－1659）說韓偓的詩歌：

> 自辛酉迄甲戌凡十有四年，往往借自述入直、扈從、貶斥、復除，互敘朝廷播遷、奸雄篡弒始末，歷然如鏡，可補史傳之缺。❶

吳梅村評自己送給楊廷麟（機部）的詩：

> ……余贈之詩曰……，蓋紀實也。……余詩又有曰……，亦實事也。……余與機部相知最深，於其參軍周旋最久，故於詩最真，論其事最當。即謂之詩史，可勿愧。❷

全祖望（1705－1755）在〈跋鄺湛若《嶠雅》後〉一文中說：

---

❶ 毛晉著：〈韓翰林詩別集跋語〉，見毛晉撰、潘景鄭校訂：《汲古閣書跋》（上海：古典文學出版社，1958），頁 56。

❷ 吳偉業著：《梅村詩話》，載《清詩話》，頁 69－70。關於吳梅村詩歌的詩史特徵，相關論述甚多，但論及吳梅村詩史思想的則很少，可參見程相占著：〈吳偉業的詩史思想〉，《蘇州大學學報》1995 年 4 期，頁 37－40。

東莞袁督師曾於粵中邀贈諡，非《嶠雅》無以知之。梨洲先生謂桑海諸公集，可備詩史，信夫！**❸**

宋琬（1614－1674）在〈方譽子詠史詩序〉中說：

唐人稱杜子美為詩史，大抵捃摭本朝時事。**❹**

上述的這些說法在當時，大體被錢謙益、黃宗羲等人的觀點所籠罩。當時此類論說極多，似無必要一一論述。本文選擇性靈派的前驅尤侗（1618－1704）**❺**和神韻派的領袖王士禛（1634－1711）二人作為論述的對象，希望藉此管窺錢謙益「以詩證史」說在清初以後的廣泛影響。

　　尤侗（1618－1704）對「詩史」說非常在心，他曾延續宋人的話題，討論唐代酒價問題：

真宗問唐酒價，丁謂舉杜詩「恰有三百青銅錢」。然李白詩「金樽清酒斗十千」，李杜同時，三百太賤，十千太貴。予

---

❸　全祖望著：〈跋鄺湛若《嶠雅》後〉，《鮚埼亭集外編》卷三十一，收入全祖望撰、朱鑄禹彙校集注：《全祖望集彙校集注》（上海：上海古籍出版社，2000），頁 1388。

❹　宋琬著：〈方譽子詠史詩序〉，《重刻安雅堂文集》卷一，收入《宋琬全集》（濟南：齊魯書社，2003），頁 128。

❺　郭紹虞主此說，見郭紹虞著：《中國文學批評史》下卷第五篇〈清代（下）〉第四章〈性靈說〉第一節〈性靈說之前驅〉第一目〈尤侗〉，頁 522－525。

　　謂太白量高，必酤醇醪。子美窮漢，不過鄉村杜茅柴耳。耒
　　陽白酒，亦其證耳。❻

又討論杜甫〈武侯廟柏〉詩中柏樹的尺寸問題，他在引用沈括、何
光遠等人的討論之後說：

　　此言甚辨，可發一粲。天下安有徑四十尺，長二千尺之樹
　　乎。即龍門之桐，高百尺而無枝，亦無之也。東坡題文與可
　　畫竹云「世間亦有千尋竹，月落空庭影許長」，若較量於四
　　十圍二千尺之間，固哉高叟之為詩矣。太白詩「白髮三千
　　丈」，髮至委地足矣，何至三千丈。蓋謂緣愁許爾長也，詩
　　又云萬斛愁，康樂謂天下才共一石，才與愁亦可量乎。❼

這些說法都是沿襲宋人而來，宋人將此視為詩歌能夠實錄的表現。
但尤侗在成書於 1690 年（康熙庚午）的《艮齋雜說續說》中卻反對
詩歌實錄：

　　詩與史有不相合者。……大抵詩人之言，善頌善禱，而不可
　　為實錄。何怪今之人稱功祝壽，盈箱滿軸耶。❽

---

❻　《艮齋雜說》卷五，尤侗著：《艮齋雜說續說》（北京：中華書局，
　　1992），頁 104。
❼　《艮齋雜說》卷四，《艮齋雜說續說》，頁 73。
❽　尤侗著：《艮齋雜說》卷一，《艮齋雜說續說》，頁 15－16。

他注意到了詩歌有著文體上的特殊性。但他並非反對「詩史」，只是他理想中的「詩史」並非重視記錄外在事件，而是能夠「譏切」。他曾提到吳梅村的〈圓圓曲〉等詩是「詩史」：

> 梅村有〈圓圓曲〉，……當平西盛時，士大夫稱功獻頌，趨之如鶩，而梅村獨能譏切若此，可謂先幾之哲矣。身遭鼎革，觸目興亡，其所作〈永和宮詞〉、〈琵琶行〉、〈松山哀〉、〈鴛湖曲〉、〈雁門尚書〉、〈臨淮老妓〉，皆可備一代詩史。❾

可見他對「詩史」的要求是在紀載鼎革之際事件基礎上的「譏切」，兩者缺一不可。此外，他在〈詞苑叢談序〉（《詞苑叢談》成書於 1678 年）❿中說：

> 夫古人有「詩史」之說，詩之有話，猶史之有傳也。詩既有史，詞獨無史乎哉。⓫

尤侗提出的「詞史」說要比周濟（1781－1839）提出的「詞亦有史」

---

❾　《艮齋雜說》卷五，《艮齋雜說續說》，頁 99。

❿　見唐圭璋著：〈詞苑叢談跋〉，徐釚著、唐圭璋校注：《詞苑叢談》（上海：上海古籍出版社，1981），頁 273。

⓫　《詞苑叢談》，頁 3－4。

說早出一百多年❷，但尤侗在此的「詩史」說十分奇怪，認為詩話類同於史書中的列傳，而詞史就不外乎詞話了。這種說法僅僅針對《詞苑叢談》一書，只能視為一種文人的機巧文字，而不是對「詩史」概念的正式討論。

　　神韻派領袖王士禎也多次提到「詩史」，他在《香祖筆記》（完成於 1704 年）中說：

> 《墨客揮犀》云：李格非善論文章，嘗曰：「諸葛公〈出師表〉，李令伯〈陳情表〉，陶淵明〈歸來引〉，沛然如肺肝中流出，殊不見有斧鑿痕。數君子在後漢之末，兩晉之間，未嘗以文章名世，而其詞意超邁如此。蓋文章以氣為主，氣以誠為主。」故老杜謂之詩史者，其大過人在誠實耳。❸

前文在討論宋代「詩史」說的時候，已經指出這段話最早出自惠洪的《冷齋夜話》。王士禎在《香祖筆記》中談論李格非，順手轉引宋人彭乘《墨客揮犀》的這段話，但未有任何評論。不過，王士禎在回答學生郎廷槐提問時，說：

---

❷　周濟說：「感慨所寄，不過盛衰：或綢繆未雨，或太息厝薪，或已愛己饑，或獨清獨醒，隨其人之性情學問境地，莫不有由衷之言。見事多，識理透，可為後人論世之資。詩有史，詞亦有史，庶乎自樹一幟矣。」見周濟著：《介存齋論詞雜著》（北京：人民文學出版社，1998，與《復堂詞話》、《蒿庵詞話》合刊），頁 4。

❸　王士禎著、張宗楠纂集、戴鴻森校點：《帶經堂詩話》（北京：人民文學出版社，1963）卷一，頁 41。亦見王士禎著：《香祖筆記》（上海：上海古籍出版社，1982）卷十二，頁 246。

獨是工部之詩，純以忠君愛國為氣骨，故形之篇章，感時紀
事，則人尊詩史之稱。❹

這裡，王士禛認為所謂的「詩史」，包括杜甫的忠君愛國之心，這
個觀點，元代鄭奕夫、明代劉釪也都提到過。歷史地來看，王士禛
的說法並不是什麼創見。不過他同時提到的「感時紀事」，可以在
他對錢謙益所撰《列朝詩集》的評論中，得到一些印證。由乎此，
我們可以看到王士禛對「詩史」問題的一些想法。王士禛說：

> 元裕之撰《中州集》，其小傳足備金源一代故實。虞山極喜
> 之，晚年撰明《列朝詩集》，略仿元例。然元書大有紕謬，
> 如載諸相詩，取宋叛臣劉豫、杜充之類。蔡松年史稱便佞，
> 元首推其家學，且取其論王夷甫、王逸少之語，略無貶詞。
> 曲筆如此，豈足徵信，而顧效之哉？❺

雖然如此，他還是贊同錢謙益所強調的詩歌記載時事：

> 虞山錢牧翁謂《梧溪集》記宋元末國事人才，多史家所未
> 備，予讀之信然。又如〈宋高皇壽成殿汝覽觶引〉、〈孟郡
> 王忠厚佩印歌〉、〈制置彭大雅瑪瑙酒碗歌〉之類，尤令觀

---

❹　郎廷槐問、王士禛等答：《師友詩傳錄》，《清詩話》，頁 145。
❺　王士禛著：《池北偶談》（北京，中華書局，1997）卷十一，頁 262。

　　者一唱三歎。❶

可見，對於詩歌能夠記錄時事的功能，王士禎是首肯的。儘管他後
來批評：

　　　　錢宗伯牧齋作《列朝詩傳》，本仿《中州集》，欲以庀史，
　　　　固稱淹雅，然持論多私，殊乖公議。略舉一二：……❶

又說：

　　　　大抵牧齋錄詩，意在庀史，詩之去取殊草草，不足為典要。
　　　　讀者當分別觀之，勿為盛名所怵，乃善耳。❶

學者指出，王士禎喜歡批評錢謙益，有時不一定是詩學立場的不
同，而有著相當複雜的歷史原因。❶具體到「詩史」問題，從上文
的分析中，可以看到王士禎引用宋人以及錢謙益「意在庀史」的
「詩史」說，均持首肯的態度。可以說，王士禎對「詩史」的理解
在很大程度上受到錢謙益的影響。我們也可以從中看到，以詩歌記
載時事為內涵的「詩史」說，經宋元明發展下來，確已成為文人的

---

❶　《帶經堂詩話》卷十一，頁 271。
❶　王士禎著：《池北偶談》卷七，頁 165。
❶　《帶經堂詩話》卷二，頁 64。
❶　參蔣寅著：《王漁洋與康熙詩壇》（北京：中國社會科學出版社，2001）第
　　一章〈詩壇盟主的代興——王漁洋與錢牧齋〉，頁 1－25。

一個基本文學觀念（但大家在理解上，仍會有各自的側重點，如上文分析清初「詩史」說）。儘管在王士禛的「神韻」詩學中，詩歌是否可以用來記載時事，可謂無足輕重。

二、「詩史」即詩法：吳瞻泰的「詩史」說

順康間人吳瞻泰撰成《杜詩提要》一書❷，主要闡發杜詩的詩法。他在〈杜詩提要自序〉中說：

> 子美之詩駕乎三唐者，其旨本諸離騷而其法同諸左史，不得其法之所在，則子美之詩多有不能釋者，其旨亦因之而愈晦。……至其整齊於規矩之中，神明於格律之外，則有合左氏之法者，有合馬班之法者。其詩之提掣、起伏、離合、斷續、奇正、主賓、開闔、詳略、虛實、正反、整亂、波瀾、頓挫，皆與史法同，而蛛絲馬跡隱隱隆隆非深思以求之，了不可得。論杜者咸曰詩史。吾謂杜不獨善陳時事，爲足當詩史之目也，其詩法亦莫非史也。❹

吳瞻泰認爲「詩史」的內涵可包括兩個部分：善陳時事和詩法。善陳時事的「詩史」內涵始於《新唐書》，前人闡發甚多，吳瞻泰也僅僅是沿襲舊說，他要強調的是在杜詩的詩法中尋找史書之法，而

---

❷　關於吳瞻泰及其《杜詩提要》的概況，可參見周采泉著：《杜集書錄》（上海：上海古籍出版社，1986），頁 363－364。

❹　吳瞻泰著：《杜詩提要》，頁 5－6。

史書之法又分為合左氏之法者和合馬班之法兩種。他在〈杜詩提要
自序〉的文末說：

> ……子美作詩之法，可學者也。吾特抉剔其章法、句法、字
> 法，使為學者執要以求與史法相證，則有從之入門，亦可漸
> 窺堂奧。❷

說到底，吳瞻泰的「詩史」說其實就是尋找杜詩詩法和史書詩法的
相通之處，由此證明杜詩運用（或暗襲）史法來創作。

吳瞻泰在〈評杜詩略例〉中又說：

> 詩史二字，非徒謂其筆之嚴正如《春秋》書法也。如〈北
> 征〉、〈留花門〉、前後〈出塞〉、〈哀王孫〉、〈悲陳
> 陶〉、〈哀江頭〉、〈洗兵馬〉、〈冬狩行〉、〈收京有
> 感〉、〈洞房〉、〈秋興〉、〈諸將〉等詩，能括全史所不
> 逮，足使唐之君臣聞之不寒而慄，謂非史乎？❸

吳瞻泰在這裡更為細緻地解釋了他對作為「詩史」內涵的詩法的理
解，他認為詩法包括兩種：《春秋》書法和「能括全史所不逮」的
眾多詩歌的筆法。《春秋》書法是「詩史」說中的老問題，從黃庭
堅開始提出杜詩中的「史筆」問題，後來周煇在《清波雜誌》中正

---

❷　《杜詩提要》，頁8。
❸　《杜詩提要》，頁19－20。

式提到杜詩中運用《春秋》一字褒貶之法，到許顗、楊萬里、楊維楨等人的「詩史」說，則側重用《春秋》紀事上的「直而婉」和「隱而見」來談論杜詩，至清初眾多詩人亦多談及《春秋》與詩歌的關係，但歷代對什麼是《春秋》書法的理解都不同，這些在前文中都已經加以申述。吳瞻泰本人對《春秋》筆法實際上並沒有深思熟慮，他關心的問題是後者，即杜甫如何運用他的詩法來表達史書中所不能紀載到的內容，即所謂「括全史所不逮」。

　　下文通過分析吳瞻泰評論杜詩的文字，來看看他對杜詩詩法的理解究竟是怎樣的。吳瞻泰評論〈北征〉詩說：

> 長詩之妙，於接續結構處見之。又於閒中襯帶處見之。全在能換筆也。不能換筆，則無起伏，無起伏，則俗所云死龍死鳳，不如活雞活蛇也。此作有大、有小、有提、有束、有急、有閒、有禽、有縱，故長而不傷於冗，細而不病於瑣，然又須看其忽然轉筆，突兀無端，尤屬神化。❷❹

指出〈北征〉一詩蘊涵多種詩歌的創作方法，如換筆、轉筆、大小、提束、急閒、禽縱等，但這些詩法具體的內涵是什麼，要依靠讀者自己在作品中去體會。他評論〈哀王孫〉詩：

> 借烏興起，硬裝入延秋門三字，見明皇從此門出也，卻不直書明皇出門。只寫烏飛上門，曲筆迴護。接云烏啄大屋，又

---

❷❹　《杜詩提要》，頁 128－129。

見達官逃盡，寫明皇暗說，寫達官明說，得體。四句興也，
而當時情事已盡，則賦矣。賦不直陳，而托興以為賦。此以
曲筆為書法者也。**㉕**

這是強調詩法中運用托興以為賦的曲筆。他在評論〈哀江頭〉詩
說：

〈哀江頭〉，為貴妃哀也。則宜專以貴妃為主，看其寫貴
妃，只「昭陽殿裏第一人」一句，而於未寫妃之前，則寫萬
物生顏色，既寫妃之後，則寫才人：寫才人之弓箭、寫才人
之馬、寫才人之馬之飾、寫才人之射云、寫才人之墮翼，精
光四射，若全不及貴妃者，而接以「明眸皓齒」二句，乃知
其極寫才人處，正其極寫貴妃處也。用側面襯正面，而正面
益顯。昔人謂「翻身」二句，暗指馬嵬事者，則直拋荒上下
文語脈矣，尚復有詩法耶。**㉖**

這是強調用側面襯寫正面的筆法。評論〈洞房〉：

「洞房玉殿」，追想之詞，一二正面說淒涼，三四側面說淒
涼。**㉗**

㉕　《杜詩提要》，頁 278－279。
㉖　《杜詩提要》，頁 284－285。
㉗　《杜詩提要》，頁 502。

這是強調側面、正面的雙重筆法。他評論〈洗兵馬〉詩說：

> 凡詩文必有賓主詳略。成王四人，是借彼形此法。「攀龍」
> 四句，是抑彼揚此法。「關中」二句，是引彼陪此法。❷⑧

又說：

> 前半「東走南飛」四句，跟「皇威遠震來」，乃實敘當時之
> 景，卻用景物描摹，遂覺其虛。後半「寸地尺天」十句，跟
> 「世運再昌來」，乃意中想像之景，不啻耳聞目見，反覺其
> 實，可悟虛實實虛之法。❷⑨

這是強調虛實之法。評論〈諸將〉五首說：

> 五詩敘事之體，而間以議論，如讀〈小雅·十月〉之交，呼
> 皇父家伯而告以一老之不憖遺焉。❸⓪

我們僅僅舉以上幾個例子，就可以看到吳瞻泰對「詩法」的理解確
實基本集中他在〈杜詩提要自序〉中所說的「提挈、起伏、離合、
斷續、奇正、主賓、開闔、詳略、虛實、正反、整亂、波瀾、頓

---

❷⑧　《杜詩提要》，頁 291。
❷⑨　《杜詩提要》，頁 294。
❸⓪　《杜詩提要》，頁 635。

挫」等內容，但這些詩法如何「合左氏之法者」，或者「合馬班之法」的，吳瞻泰一律沒有提及，更不要說詳細分析詩法「皆與史法同」的現象了。❸而他在上述引文中提到的「敘事之體，而間以議論」來自〈小雅·十月〉，也不是什麼史書。

　　強調杜詩的創作方法和史書暗通，並非始於吳瞻泰，如宋代強調杜詩的實錄，其實「實錄」一開始就是用來概括司馬遷《史記》寫作方法的；又如李復在〈與侯謨秀才〉中說杜詩的敘事如史傳；又如韓駒說杜甫的〈八哀詩〉「筆力變化，當與太史公諸贊方駕」。但宋人對這個問題都沒有深入，到吳瞻泰這裡，開始強調「詩史」即是詩法，對詩法的總結和辨析要比宋人更為深入細緻。❸可惜他的工作僅停留在總結杜詩詩法的地步，沒有如他預想的那樣去找到與杜詩詩法相通的那些史法，更不用說列舉史法的來源。從這個意義上說，他的工作甚至不如韓駒那樣明確說出〈八哀詩〉之與「太史公諸贊」的相通。如果吳瞻泰能夠在總結詩法之餘，將論述落實到詩法如何與史法相通、與哪些史法相通等問題，無疑將極大增加他的「詩史」說的說服性。

---

❸　蔡志超在〈再論杜甫詩史說〉一文中曾簡單提及吳瞻泰以「法」解釋「詩史」的說法，他認為吳瞻泰概括的提挈等法「抽象地說，它們都是一正一反、兩兩相對的表現方法。進一步探究，這種一正一反、兩相對待的表現之道，就是杜詩賦法同諸《左》、《史》文法之所在。」見殷善培、周德良主編：《叩問經典》，頁 442－443。但本文認為，吳瞻泰的論述實際並未涉及這一層意思。

❸　杜詩的詩法，吳瞻泰或許是最早大規模總結的一位學者。今人對杜詩詩法的問題，研究更是深入，如朱任生著：《杜詩句法舉隅》（臺北：臺灣中華書局，1973）。

三、杜詩敘事的高明：王懋竑的「詩史」說

王懋竑（1668－1741）是清代中期的學者，著有《朱子年譜》、《白田草堂存稿》等。他的《白田雜著》卷六中有一篇很長的文字〈書杜北征詩後〉，集中論述了他對「詩史」的看法：

> 《隱居詩話》曰：「唐人詠馬嵬事多矣。世所傳者劉禹錫曰：『官軍誅佞幸，天子捨妖姬。』白居易曰：『六軍不發無奈何，宛轉蛾眉馬前死。』此乃歌詠祿山能使官軍叛逼迫，明皇不得已而誅楊妃也。豈特不曉文章體裁，抑亦造語蠢拙，失臣子事君之體。老杜則不然，其曰：『憶昨狼狽初，事與古先別。不聞夏殷衰，中自誅褒妲。』乃見明皇鑑夏殷之敗，畏天悔禍，賜妃子以死。官軍何與焉！」今按此論直不曉文義而妄為之說。不獨老杜笑之，即劉白亦笑之矣。以褒妲比楊妃，則明皇為何等主，而歸其功于陳將軍。詞句雖略而指意明白。蓋有過於劉白之所言，是豈明皇鑑于夏殷之敗而自誅之者？！古人文字原無忌諱，唐世詩人尚有小雅怨誹之遺，而猥以末世諧媚心腸，妄為測量，使古人之指意晦昧而不白於後世。可歎也。昔石湖范氏議元次山〈中興頌〉為不合頌體，其自述云「恰逢健筆剛題破，從此磨崖不是碑。」而朱子直以諂子目之，至今為笑。魏泰所論與之正同也。
>
> 劉白直敘其事，其詞迫、其情危，使後世讀之，為之悚然色變，足為千古殷鑑。而老杜洞觀於興廢存亡之故，以為不誅

國忠，不誅貴妃必不能成中興之功。其識又遠出劉白之上
矣。故曰：「姦臣竟菹醢，同惡隨蕩折。周漢獲再興，宣光
果明哲。桓桓陳將軍，仗鉞奮忠烈。微爾人盡非，於今國猶
活。」此言中興之功，由於誅國忠貴妃，而國忠貴妃之誅，
則皆陳將軍之力，而以管仲比之。其詞慷慨壯烈，所以謂之
詩史也。昔黃涪翁論〈北征〉、〈南山〉詩，以詞語論則
〈南山〉勝。若書一代之事，與〈國風〉、〈雅〉、〈頌〉
相表裏，則〈北征〉不可無，而〈南山〉雖不作亦可。此在
古人已有定論，而竊怪注杜者之不引此而反載魏泰之妄語
也。㉝

王懋竑一開始引用了魏泰（1105 年前後在世）的《臨漢隱居詩話》，
對魏泰的話十分鄙視。魏泰說：

唐人詠馬嵬之事者多矣。世所稱者，劉禹錫曰：「官軍誅佞
幸，天子捨妖姬。群吏伏門屏，貴人牽帝衣。低回轉美目，
風日為無輝。」白居易曰：「六軍不發無奈何，宛轉蛾眉馬
前死。」此乃歌詠祿山能使官軍皆叛，逼迫明皇，明皇不得
已而誅楊妃也。噫！豈特不曉文章體裁，而造語蠢拙，抑已
失臣下事君之體。老杜則不然，其〈北征〉曰：「憶昨狼狽
初，事與古先別。不聞夏殷衰，中自誅褒妲。」乃見明皇鑑

㉝　王懋竑著：《白田雜著》卷六〈書杜北征詩後〉，《四庫全書》第 859 冊，
　　頁 731 下－732 下。

夏商之敗，畏天悔禍，賜妃子死。官軍何與焉！《唐闕史》
載鄭畋〈馬嵬詩〉，命意似矣，而詞句凡下，比說無狀，不
足道也。❹

魏泰的說法影響很大，如南宋的俞文豹（撰於 1243 年）就說：

唐天寶之亂，兆于楊貴妃，杜子美身罹其禍，〈北征〉詩止
曰：「不聞夏殷衰，中自誅褒妲。」〈哀江頭〉詩雖稍述其
事，而惻然有黍離閔周之意。至白樂天〈長恨歌〉、元微之
〈連昌宮詞〉，直播其惡於眾，略無忌憚。❺

這是讓王懋竑很不滿的，他竭力反對魏泰這種說法。他認為杜詩和
劉、白詩之間並不存在魏泰所說的君臣之體上的差別。王懋竑認為
唐詩承襲小雅怨誹之遺，在表達上都不存在忌諱的問題。他還提到
元結〈中興頌〉的公案，來論證他的說法。

　　在第二段中，王懋竑直接表達了他自己對「詩史」的理解，主
要有三點：

　　1.劉、白詩是直敘，而杜甫在詩歌中寫入他自己的識見。這是
在對比中看到杜詩和劉、白詩在敘事上的區別。

　　2.杜詩慷慨壯烈。這是強調杜詩的風格。

---

❹　魏泰：《臨漢隱居詩話》，《歷代詩話》，頁 324－325；又見陳應鸞：〈臨
　　漢隱居詩話校注前言〉，《臨漢隱居詩話校注》，頁 71。

❺　俞文豹撰：《吹劍錄》，見俞文豹撰、張宗祥校訂：《吹劍錄全編》，頁 6
　　－7。

3.強調杜詩尤其是〈北征〉，能夠書一代之事，而且與〈國
風〉、〈雅〉、〈頌〉相表裏。

這三點層相緊扣，形成王懋竑自己的「詩史」說。實際上，王
懋竑的這些說法都是文學批評史上的老問題。將元白詩和杜詩比
較，顯示杜詩在敘事上高明，最早似乎是由蘇轍（1039-1112）引起
的，蘇轍說：

> 〈大雅·綿〉九章，初誦太王遷齒，建都邑、營宮室而已，
> 至其八章乃曰：「肆不殄厥慍，亦不損厥問。」始及昆夷之
> 怨，尚可也。至其九章乃曰：「虞芮質厥成，文王蹶厥生。
> 予曰有疏附，予曰有先後，予曰有奔奏，予曰有禦侮。」事
> 不接，文不屬，如連山斷嶺，雖相去絕遠，而氣象聯絡，觀
> 者知其脈理之為一也。蓋附離不以鑿枘，此最為文之高致
> 耳。老杜陷賊時，有詩曰：「少陵野老吞聲哭，春日潛行曲
> 江曲。……黃昏胡騎塵滿城，欲往城南忘南北。」予愛其詞
> 氣如百金戰馬，注坡驀澗，如履平地，得詩人遺法。如白樂
> 天詩，詞甚工，然拙於紀事，寸步不遺，猶恐失之。此所以
> 望老杜之藩垣而不及也。**㊱**

蘇轍認為杜詩得〈大雅·綿〉的脈理，不比白詩拙於紀事。後來張
戒（1124 年進士）說：

㊱　蘇轍：〈詩病五事〉，《欒城三集》卷八，收入《蘇轍集》（北京：中華書
　　　局，1990），頁 1228-1229。

楊太真事，唐人吟詠至多，然類皆無禮。太真配至尊，豈可
以兒女語黷之耶？惟杜子美則不然，〈哀江頭〉云「昭陽殿
裏第一人，同輦隨君侍君側。」不待云「嬌侍夜」、「醉和
春」，而太真之專寵可知，不待云「玉容」、「梨花」，而
太真之絕色可想也。至於言一時行樂事，不斥言太真，而但
言輦前才人，此意尤不可及。如云「翻身向天仰射雲，一笑
正墜雙飛翼。」不待云「緩歌慢舞凝絲竹，盡日君王看不
足」，而一時行樂可喜事，筆端畫出，宛在目前。「江水江
花豈終極」，不待云「比翼鳥」、「連理枝」，「此恨綿綿
無盡期」，而無窮之恨，〈黍離〉麥秀之悲，寄于言外。題
云〈哀江頭〉，乃子美在賊中時，潛行曲江，睹江水江花，
哀思而作。其詞婉而雅，其意微而有禮，真可謂得詩人之旨
者。〈長恨歌〉在樂天詩中為最下，〈連昌宮詞〉在元微之
詩中乃最得意者，二詩工拙雖殊，皆不若子美詩微而婉也。
元白數十百言，竭力摹寫，不若子美一句，人才高下乃如
此。**㊲**

張戒的著重點在於強調杜詩微婉，而元白只能摹寫。他又說：

〈國風〉云：「愛而不見，搔首踟躕。」「瞻望弗及，佇立
以泣。」其詞婉，其意微，不迫不露，此其所以可貴也。古
詩云……，李太白云……，杜牧之云……。意非不佳，然而

㊲　張戒著：《歲寒堂詩話》，《歷代詩話續編》，頁 457。

> 詞意淺露，略無餘蘊。元白張籍，其病正在此，只知道得人
> 心中事，而不知道盡則又淺露也。❸

我們在前文討論宋代部分時，曾分析過「微婉」一詞出自《左傳》
成公十四年：

> 《春秋》之稱，微而顯，志而晦，婉而成章，盡而不汙，懲
> 惡而勸善，非聖人，孰能修之？❸

興膳宏指出，張戒用的「迫露」正是「微婉」的反義詞。❹前後相
聯繫，可看出張戒的意思，正在於強調元白詩在摹寫上的急迫和淺
露。

　　明人何良俊（1506－1573）對宋人的說法略有不滿，他在《四友
齋叢說》就比較推崇元白詩歌的敘事。他說：

> 初唐人歌行，蓋相沿梁、陳之體，彷彿徐孝穆、江總持諸
> 作，雖極綺麗，然不過將浮豔之詞模仿湊合耳。至如白太傅
> 〈長恨歌〉、〈琵琶行〉，元相〈連昌宮詞〉，皆是直陳時
> 事，而鋪寫詳密，宛如畫出，使今世人讀之，猶可想見當時

---

❸　《歲寒堂詩話》，《歷代詩話續編》，頁454。
❸　楊伯峻編著：《春秋左傳注》成公十四年，頁870。
❹　興膳宏著、李寅生譯：〈略論《歲寒堂詩話》對杜甫與白居易詩歌的比較評
　　論〉，《杜甫研究學刊》2001年第1期，頁80。

之事，余以為當為古今長歌第一。**❹**

他是從歌行體的發展來論述元白在直陳時間事和鋪寫詳密上的貢獻。但更多的則是沿著蘇轍的話，進一步反省。如胡震亨（1569－1645）在《唐音癸籤》中引蘇軾語：

> 樂天善長篇，但格製不高，局於淺切，又不能變風操，故讀而易厭。

然後說：

> 子由嘗舉〈大雅·綿〉之八九章事文不相屬而脈絡自一者，最得為文高致。樂天拙於紀事，寸步不遺，猶恐失之，由不得詩人遺法，附離不以鑿枘也。此正大蘇不能變風操之意。**❷**

他用蘇轍批評白詩「拙於紀事」，來理解蘇軾批評白居易「不能變風操」一語。清代葉燮（1627－1703）在《原詩》中說：

> 蘇轍云：「〈大雅·綿〉之八、九章，事文不相屬，而脈絡自一，最得為文高致。」轍此言譏白居易長篇，拙於敘事，寸步不遺，不得詩人法。然此不獨切于白也；大凡七古必須

---

❹ 何良俊著：《四友齋叢說》（北京：中華書局，1959），頁 226。
❷ 胡震亨著：《唐音癸籤》卷六，頁 69。

事文不相屬，而脈絡自一。唐人合此者，亦未能概得。惟杜
則無所不可。亦有事文相屬，而變化縱橫，略無痕跡，竟似
不相屬者，非高、岑、王所能幾及也。㊸

葉燮將蘇轍的話應用到整個唐代的詩歌批評上，認為除杜詩之外，
「拙於紀事」的其實不僅僅限於白居易。

　　總而言之，在敘事問題上，一旦將杜詩和元白詩放在一起，則
杜詩必優，元白詩必劣。只有何良俊跳出與杜詩比較的論述框架，
從歌行體的發展來承認元白詩在直陳時間事和鋪寫詳密上的貢獻。
王懋竑論述杜詩在敘事上比劉、白詩高明，本不奇怪，但王懋竑的
特殊之處在於強調杜詩在敘事中夾雜著杜甫本人的識見，且認為杜
詩「慷慨壯烈」。

　　歷來討論杜詩風格的，很少會提到杜詩有「慷慨壯烈」的一
面。有之，大概始於王世貞。王世貞在進行李杜比較時，說：

其歌行之妙，詠之使人飄揚欲仙者，太白也；使人慷慨激
烈，歔欷欲絕者，子美也。㊹

但王世貞強調的是杜詩使人慷慨激烈，王懋竑則直接認為杜詩慷慨
壯烈。這種對杜詩風格上的判斷放在「詩史」說中，給「詩史」說

㊸　葉燮著、霍松林校注：《原詩》，收入《原詩 一瓢詩話 說詩晬語》（北
　　京：人民文學出版社，1979），頁 73－74。
㊹　王世貞著：《藝苑卮言》卷四，《歷代詩話續編》，頁 1005。

增加不少美學的內涵。

至於王懋竑提到的由黃庭堅開啟的討論〈北征〉和〈南山〉關係的風氣，最早的記錄見於范溫的《潛溪詩眼》：

> 孫莘老嘗謂老杜〈北征〉詩勝退之〈南山〉詩，王平甫以謂〈南山〉勝〈北征〉，終不能相服。時山谷尚少，乃曰：「若論工巧，則〈北征〉不及〈南山〉；若書一代之事，以與〈國風〉〈雅〉〈頌〉相為表裏，則〈北征〉不可無，而〈南山〉雖不作未害也。」二公之論遂定。❹❺

「工巧」，是指詩歌的寫作技巧；「書一代之事」，則是指詩歌的內容。黃庭堅的意思是指〈北征〉在內容上遠勝〈南山〉。明代復古詩論中常常提到這個話題，但討論的中心並非〈北征〉如何「書一代之事」以及如何「與〈國風〉〈雅〉〈頌〉相為表裏」，而是〈北征〉和〈南山〉在敘事上的差別，如王廷相就認為〈北征〉和〈南山詩〉敘事散漫繁瑣，又直露表達感情，只能屬於「變體」。王廷相在〈與郭价夫學士論詩書〉提到〈北征〉和〈南山〉的關係：

> 若夫子美〈北征〉之篇，昌黎〈南山〉之作，玉川〈月蝕〉之詞，微之〈陽城〉之什，漫敷繁敘，填事委實，言多趣帖，情出附輳，此則詩人之變體，騷壇之旁軌也。淺學曲

---

❹❺　胡仔纂集、廖德明校點、周本淳重訂：《苕溪漁隱叢話前集》卷第十二〈杜少陵〉引，頁78。

士，志乏尚友，性寡神識，心驚目駭，遂區畛不能辯矣。**④**

這部分內容，上文在討論明代復古詩論時略微涉及。我們需要強調的是，自黃庭堅提出〈北征〉一詩「書一代之事」以及「與〈國風〉〈雅〉〈頌〉相為表裏」之後，後代對這個結論紛紛表示同意，但並無論證。王懋竑無疑也是延續這個話題，但也沒有論證。

王懋竑的「詩史」說實際上是對宋明以來對杜詩敘事功能討論的一個初步總結，又加入杜詩「慷慨壯烈」說，以及追溯黃庭堅的說法，強調〈北征〉一詩「書一代之事」以及「與〈國風〉〈雅〉〈頌〉相為表裏」，由此建立他的「詩史」說。可以說，他考慮到了詩歌的寫作技巧、內容以及風格三個方面，由此建立的「詩史」說也非常全面。然而非常可惜的是，王懋竑對他「詩史」說的三個方面都是點到為止，並無深入的闡釋。

第二節　用比興來解釋「詩史」概念

「比興」是中國文學批評史上的重要概念，用「比興」來解釋「詩史」，學術界一般認為始於明代。龔鵬程曾敏銳地指出「比興」的重要性，甚至認為明代對「詩史」概念進行理論反思，也是因為反省「比興」的緣故。**④**但本文對明代和清初部分的研究表

---

④　《王廷相集》第二冊，頁 502－503。

④　龔鵬程著：《詩史本色妙悟》第二章〈論詩史〉第五節〈明代對詩史說的反省與比興傳統的再發現〉，頁 50－60。

明：楊慎本人沒有談到「比興」，只是王世貞用「比興」來理解楊慎的理論，至於王世貞本人的「詩史」理論，則是重視「賦」而忽視「比興」的。可以說，「比興」在明代「詩史」理論中沒有得到正面的肯定。

明末清初的時候，「比興」傳統得到復古派詩人的重視。如陳子龍（1607－1647）在〈六子詩序〉中強調詩歌和時代的關係，就提到「比興」的作用，他說：

> 蓋憂時托志者之所作也，苟比興道備而褒刺意合，雖塗歌巷語，亦有取焉。……一人有盛名，余讀其詩，謂之曰：君之詩甚善，然傳之後世，不知君為何代人。夫作詩而不足以導揚盛美，刺譏當時，托物連類而見其志，則是風不必列十五國，而雅不必分大小。雖工而余不好也。❹

但陳子龍談「比興」，從來不涉及「詩史」說。清代初年，以虞山詩派最重視「比興」之說❹，但深受虞山派影響的吳喬雖然重視「比興」，他的「詩史」說卻沒有和「比興」相結合。可以說，直

❹　陳子龍著：〈六子詩序〉，上海文獻叢書編委會編：《陳子龍文集》（上海：華東師範大學出版社，1988），上冊頁375－376。

❹　胡幼峰著：《清初虞山派詩論》（臺北：國立編譯館，1994）第四章〈虞山詩派的發揚者──馮班的詩論〉第二節〈對錢氏詩學的闡揚〉三〈言比興〉，頁247－253；張健著：《清代詩學研究》第四章〈對漢魏、盛唐審美正統的突破：晚唐詩歌熱的興起〉第三節〈比興：詩歌的創作原則與詮釋原則〉，頁185－189；鄔國平、王鎮遠著：《清代文學批評史》第三章〈明清之際文人的詩文批評〉第一節〈錢謙益與馮舒、馮班〉，頁137-139。

到清代初年，「比興」和「詩史」說之間還缺乏一種有效的結合方式。這種情況，在清初一批詩歌箋釋學者的手中，得到了解決。

　　顏崑陽有一個很好的研究，集中探討了清代學人如何利用「詩史」說和「比興」來箋釋李商隱詩的情況。他認為，清初詩學開始以「比興」和「詩史」兩個觀念為背景，進行詮釋詩歌的活動。他們調動詩歌的「比興」傳統，從詩歌中挖掘微言大義，來坐實詩歌的創作年代、本事等歷史層面的東西，以期達到「知人論世」的目的。這套方法，經過幾代學者的操作，達到成熟的地步。這套方法涵蓋了我們所熟悉的許多著名注本。杜詩方面如錢謙益《錢注杜詩》、朱鶴齡《輯注杜工部詩集》、仇兆鰲《杜詩詳注》、浦起龍《讀杜心解》；李賀詩方面如姚文燮《昌谷集注》、王琦《李長吉歌詩彙解》；李商隱詩方面如朱鶴齡《李義山詩集》、姚培謙《李義山詩集箋注》、馮浩《玉溪生詩詳注》等。這套方法也一直沿用至今，如近代學者張爾田、蘇雪林等人，均用此法來研究李商隱詩歌。❺⓿

　　但問題是，這套看上去似乎行之有效而且影響深遠的方法，本身對「詩史」說的內涵並沒有什麼貢獻。他們對「詩史」的理解，不外乎何永紹在〈昌谷集注序〉中所說的：

　　　詩之有史也，自杜少陵始也。少陵生天寶末，所謂諸什，一

---

❺⓿　顏崑陽著：《李商隱詩箋釋方法論》，尤其可參看該書第一章〈緒論〉第一節〈問題的導出與解決的企圖〉和第四章〈結論〉兩個部分，頁 1－30、211－218。

一皆以天寶實錄繫之，後人讀其詩如讀唐史，然故史不必繫之以詩，而詩則皆可繫之以史者。蓋文人才子感時寄興，以憤發其不得志於當世之意。然少陵之稱史也，是以史自見者也。故後人亦盡見其為史也。若見譏刺流弊，感諷往事，有所指陳而又不敢自明其隱，於是艱深其語，險譎其字，讀之者以為佶屈聱牙，無足當於理，而指趣未始不存焉。其為史也，未必以史自見也。人故不識其所為史也。[51]

「然故史不必繫之以詩，而詩則皆可繫之以史者」就是指詩歌附著在歷史之上，並不具備獨立的價值。這種「詩史」的內涵從清初以來就非常流行。箋釋者的任務就是要將詩歌中所蘊藏的史的內容挖掘出來。

簡單來說，「詩史」和「比興」從清初以後就結合在一起，作為清代學人箋釋詩歌的兩個大的理論背景，幫助他們達到「知人論世」和以詩證史的目的。後來陳沆（1785－1826）則明確提出以「比興」來閱讀詩歌，開始重新理解「詩史」說的內涵。陳沆在箋釋庾信〈詠懷二十七首〉時說：

今核以時勢，別為次第。俾情與事附，則志隨詞顯。詩史之目，無俟杜陵。[52]

[51] 李賀著、王琦等評注：《三家評注李長吉歌詩》（北京：中華書局，1959），頁 198－199。

[52] 陳沆撰：《詩比興箋》（上海：上海古籍出版社，1981）卷二，頁 89。

這段話非常重要。一方面，我們可以看到陳沆對詩歌有一個基本的理解，即詩歌是表達「情」的，但詩歌背後又是有「事」的；另一方面，我們看到陳沆強調的是通過閱讀詩歌的文辭，來看到作者的「志」（志隨詞顯）。這個觀點，和之前「知人論世」來閱讀作者的時代、生平是不同的。那麼，在陳沆看來，應該如何閱讀詩歌的文辭呢？陳沆說：

> 風以比興為工，雅以直賦為體，枘鑿各異方圓，源流同符三百。所貴詩史，詎取鋪陳。謂能以美刺代褒貶，以誦詩佐論世，苟能意在詞先，何異興含象外，知同導乎情，則源流合矣。㊽

很明顯，陳沆贊同用「比興」而非「鋪陳」的賦來解讀杜詩。他在「詩史」說中提倡「比興」和美刺，最後又強調「導乎情」，與王夫之的「詩史」說可謂暗合。陳沆又說：

> 世推杜陵詩史，止知其顯陳時事耳，甚謂源出變雅，而風人之旨或缺，體多直賦，而比興之義罕聞。然乎哉！然乎哉！今箋其古詩寄託者若干篇，而律詩尚未暇及。㊾

這句話中的「詩史」就是指杜詩。陳沆不滿意過去將杜詩簡單理解為直陳的賦法，他希望將杜詩中的「比興」呈現出來。他的意見，

㊽　《詩比興箋》卷二，頁 59。
㊾　《詩比興箋》卷三，頁 159。

可以直接用來反駁王世貞強調賦的「詩史」說。

　　學者指出，陳沆的說法有著常州經學的學術背景。❺這一點非常重要，但如果我們將眼光僅僅局限於「詩史」說中的發展中來看，可以說陳沆的觀點跳出了清初以來箋釋者們的共同認識。❻陳沆之前的詩歌箋釋者，均將「比興」和「詩史」視為並行的兩個概念，用來閱讀詩歌，以期達到「知人論世」的目的。但到陳沆那裡，開始用「比興」來理解「詩史」說，將「比興」視作滿足「詩史」說的一個前提。

　　陳沆之後，用「比興」來談論「詩史」且有自己見解的，當數朱庭珍（1841－1903）的《筱園詩話》❼。朱庭珍的說法主要是針對楊慎的「詩史」說而發，他說：

　　宋人謂杜少陵為「詩史」，以其多用韻語紀時事也。楊升庵駁之曰：「鄙哉宋人之見，不足以論詩也。夫《詩》以道性情，《春秋》以道名分。其體裁旨意，判然不同。三百篇皆約情合性，而歸諸道德者也。然其言琴瑟鐘鼓、荇菜芣苢、喬木桃李、鵲巢鼠牙，何嘗有一修齊道德字面。至變風變雅，尤多含蓄，使人言外自得。如刺淫亂，則曰「雝雝鳴

---

❺　龔鵬程認為陳沆的說法來源於常州今文學派，見龔著《詩史本色與妙悟》，頁 68－70。

❻　龔鵬程則認為陳沆重視比興的說法承吳喬、黃宗羲而來，見《詩史本色與妙悟》，頁 70。

❼　關於朱庭珍的生平和《筱園詩話》的基本情況，可參見蔣寅《清詩話考》，頁 595－597。

雁，旭日始旦」；不必曰「慎莫近前丞相嗔」也。憫流民，則曰「鴻雁于飛，哀鳴嗷嗷」；不必曰「千家今有百家存」也。傷暴斂，則曰「唯南有箕，載翕其舌」；不必曰「哀哀寡婦誅求盡」也。敘饑荒，則曰「牂羊羵首，三星在罶」；不必曰「但有牙齒存，所堪骨髓乾」也。杜詩之含蓄蘊藉者多矣，宋人不能學之，乃取其直陳時事，類於訕訐之作，群相讚歎，又撰「詩史」名目，以誤後人，而不知詩貴溫柔，斷不容兼史體也。」

升庵此言甚辨，其識亦卓，然未免一偏之見也。詩道大而體裁各別，古人謂詩有六義，比興與賦，各自一體。升庵所引《毛詩》，皆微婉含蘊，義近於風，詩中之比興體也。所引杜句，則直陳其事之賦體也。體格不同，言各有當，豈得以彼例此，以古非今，意為軒輊哉！宋人詩多為賦體，絕少比興，古意浸失，升庵以此論議宋人則可。老杜無所不有，眾體兼備，使僅摘此數語，輕議其後，則不可。如《三百篇》中「人而無禮，胡不遄死」，「投畀豺虎，豺虎不食。投畀有北，有北不受」，「文王曰咨，咨女殷商。女炰烋于中國，斂怨以為德」，皆直言不諱，怨而且怒，了無餘地矣，又豈能以無含蓄而廢之？夫言豈一端而已，何升庵所見之不廣也！學者放開眼孔，上下千古，折衷於六義之旨，兼收其長，勿執一格，勿囿一偏，以期造廣大精深之域。何必是丹非素，執方廢圓，為通人所不取乎！❺❽

---

❺❽　《筱園詩話》卷三，《清詩話續編》，頁 2390－2391。

朱庭珍用「比興」和「賦」的對比來批評楊慎，思路上取法於王世貞，但又深入了一步。他強調三點：

1. 楊慎用《詩經》中的比興體來衡量杜詩中的賦體，是不對的。
2. 楊慎的言論可以適用於宋詩，因宋詩以賦為主。
3. 杜詩眾體兼備，故楊慎的批評也可以適用，但不可執其一端，應該兼收並蓄。

簡單來說，朱庭珍認為楊慎的說法是偏見，因為批評的對象是無所不有的杜詩，才不至於出醜。因此朱庭珍提醒大家，不要有偏見，要圓融。

前文在分析王世貞批評楊慎的時候，已經討論過楊慎用《詩經》批評杜詩的問題。本文指出，歷代《詩經》學對「賦」、「比」、「興」三種創作手法的理解相差很大，王世貞將自己的「賦」、「比」、「興」觀念強加到楊慎頭上，並以此來指責楊慎，在學理上很難成立。朱庭珍的說法和王世貞極為接近，他同樣相信有一個絕對的「賦」、「比」、「興」標準，可以判斷《詩經》和杜詩中的詩句。所以他才認為楊慎的說法，是在對詩歌中的「比興」體和「賦」體強分高下。可以說，朱庭珍認為楊慎的說法是「一偏之見」，實際上他自己也墮入了「一偏之見」。

然而朱庭珍隨後的言論又是十分有價值的。他認為杜詩無所不包和宋詩主要用賦，都顯示了他對杜詩和宋詩的一種理解。最後他強調的「學者放開眼孔，上下千古，折衷於六義之旨，兼收其長，勿執一格，勿囿一偏，以期造廣大精深之域。」希望能夠成為「通人」，這既是在詩學上提出了一個很高的要求，又使得他的「詩

史」說非常圓融。如他所說，如果在「詩史」說中同樣重視賦、
比、興三種不同的寫作手法，那麼「詩史」說就能夠包容更多的詩
歌，也可以扭轉賦和比興之間針鋒相對的情況。

第三節　小　結

　　上文對清初以後各類「詩史」說的理論意義做了簡單的勾勒。
很顯然，清初以後「詩史」說的發展，雖然受到宋明以來各種「詩
史」說的左右，但也有突破。本文所分析的吳瞻泰的「詩法」說、
王懋竑的「敘事」說等，無疑都發展了前人的「詩史」說。至於晚
清朱庭珍的「比興」言論，更是清人參與前人爭辯的有趣現象。

　　此外，在清初以後，學界逐漸形成綜合「比興」和「詩史」兩
種理論來解釋詩歌的傳統，並落實到批評實踐中。這方面的成績，
可以從清代學人箋釋的唐宋諸名家詩諸如杜詩、李白詩、李商隱
詩、李賀詩、蘇軾詩等大量別集中可以看到。雖然大量的詩歌箋注
本身並沒有引導出「詩史」說的新內涵，但這個箋釋傳統融合了
「比興」和「詩史」，則直接影響到清代中期的陳沆發展出一套以
「比興」來解釋「詩史」的新思路。

　　尤其值得關注的是，清初以後的「詩史」說多涉及詩歌創作方
法、詩歌敘事等內容，實際上又將「詩史」說的重點從以往關注
「詩歌表達什麼樣的內容」轉移到了「詩歌如何表達內容」之上。
這和明代復古詩論中的話題十分接近，但論述無疑更為明白透徹。

第六章　結　論

第一節　「詩史」的主要內涵和理論意義

　　上文陸續討論了「詩史」概念從唐代開始，歷經宋、元、明各代，直到清末的發展和演變。可以看到，「詩史」概念的內涵在歷史上甚為豐富，如果加以簡略概括，大致有以下十三種：

　　1.杜甫流離隴蜀時記載所見所聞的詩歌（《本事詩》）

　　2.杜詩中善陳時事的律詩（《新唐書》）

　　3.追求普遍性的詩學（邵雍）

　　4.忠實記載客觀事物（如酒價、年月日、地理、數位、人物等）

　　5.作為史筆的杜詩（如黃庭堅、南渡後強調《春秋》與《史記》的筆法等）

　　6.知人論世（王楙、魏了翁、文天祥、何夢桂等）

　　7.杜詩敘事（李復、魏泰、王懋竑等）

　　8.杜甫人品誠實（惠洪）

　　9.杜詩重視字句的出處（王得臣、姚寬、史繩祖等）

　　10.杜詩文備眾體（陶宗儀）

　　11.杜甫忠君（陳以莊、鄭奕夫、劉釪等）

12.詩諫（孫慎行）

13.杜詩的寫作方法（吳瞻泰）

這些「詩史」的內涵，多在宋代已經提出，影響僅止於一時、一地甚或一人。綜觀歷代的「詩史」說，其最為核心的內涵可以概括為強調詩歌對現實生活的記錄和描寫。

從孟棨《本事詩》強調杜甫流離隴蜀時記載所見所聞的詩歌開始，「詩史」說就不斷強調詩歌對於外在現實世界的記錄和描寫。宋代的「詩史」說雖然繁雜，但無論是《新唐書》所說杜詩中「善陳時事的律詩」，還是其他的論述強調杜詩的實錄、史筆、知人論世、敘事等，實際上都指向同一個基本的文學理念：即詩歌的內容須對外在現實世界加以記錄。而明代復古詩論中的大量論爭以及清代王夫之、錢謙益、施閏章、陳沆等人的論述，也都是在不違背此一理念下的情況下展開的。可以說，詩歌記載現實生活的「詩史」內涵，到明代以後就基本穩定了下來，成為一種公認的詩歌創作理念。簡言之，強調詩歌記載現實生活的「詩史」說從晚唐以後，逐漸成為中國傳統詩學中一貫要求詩歌描寫現實、反映現實、記載現實的一種具有代表性的理論述求。

之所以如此說，是因為詩歌須描寫現實，既是「詩史」說中的一個基本概念，也是歷來中國詩歌理論中的一個常見論說。方孝岳曾在《中國文學批評》中提到《左傳》賦予許多《詩經》中的詩歌以本事，即表明早期的文學觀念中，詩歌是要以具體的現實生活為依據的。❶到了漢代的〈毛詩序〉，更加明確地說：

---

❶　方孝岳著：《中國文學批評》卷上四〈《左傳》的詩本事〉，頁 17－19。

> 國史明乎得失之跡，傷人倫之廢，哀刑政之苛，吟詠情性，
> 以風其上，達於事變而懷其舊俗者也。……是以一國之事，
> 係一人之本，謂之風；言天下之事，形四方之風，謂之雅。
> 雅者，正也，言王政之所由廢興也。政有小大，故有小雅
> 焉，有大雅焉。❷

更是清晰地表明詩歌要記載「一國之事」和「天下之事」，詩歌和
現實之間由此產生了密切的關聯。至唐代白居易在〈新樂府序〉中
說：

> 其辭質而徑，欲見之者易諭也；其言直而切，欲聞之者深誡
> 也；其事覈而實，使采之者傳信也。❸

「覈」即真實的意思。白居易說詩歌背後的事「覈而實」，即強調
詩歌記錄事件的真實性。在這種觀念下，詩歌就要儘量做到對現實
的忠實模擬。

　　較之漢代〈毛詩序〉、中唐元白新樂府運動等理論，「詩史」
說在對於詩歌如何記載現實生活的問題上，無疑概括得更為簡潔與
凝練。「詩史」說不但繼續強化了詩歌對現實模擬的創作傾向，而
且它的眾多內涵從各個方面、諸多層次給了這種創作傾向予具體而
微的指導、說明。詩歌記載現實的觀念和創作傾向，正是由於「詩

---

❷　〈毛詩序〉，《中國歷代文論選》第一冊，頁 63。
❸　白居易著：〈新樂府序〉，《中國歷代文論選》第二冊，頁 108。

史」說的推波助瀾，從宋代以後，逐漸得以深入人心。

從中國詩歌史的歷程來看，自覺運用詩歌來記載重大歷史事件的行為，無疑始於杜甫。但宇文所安發現，當時除杜甫外，很少有其他詩人也記載安祿山之變，他說：

> 安祿山率領東北軍隊反叛是八世紀中葉的中心事件。盛唐詩人不可能沒看到它的重要性，但八世紀五十年代的重大事件卻很少被寫進詩歌，這一事實主要是關於詩歌本質的普遍觀念在起作用，而不是無動於衷的表示。在岑參看來，中亞的風雪是合適的詩歌題材，而怛羅斯河的戰鬥卻不合適。戰爭只能在送別、個人敍述及遊覽戰場的詩中順便提及。所以只有極少數詩人描寫了安祿山叛亂本身。目前關於安祿山叛亂是唐詩重大題材的說法，幾乎可以完全歸因於杜甫，歸因於他對叛亂中的戰爭及個人經歷的描寫。❹

宇文所安的觀察十分敏銳，他注意到杜甫這一自覺的創作行為，實際上已經與當時流行的對於詩歌本質的理解——宇文所安在此並未對此作出說明——不同。本文需要補充論述的是，杜甫對詩歌本質的理解無疑已經開始轉向詩歌須記載重大歷史事件，這種對詩歌本質的新理解一旦轉化為創作實踐，就使得杜甫在詩國裡不斷地得以開疆拓土。而杜甫這種注重詩歌記載重大歷史事件的創作觀念之所以能在後世形成廣泛的影響並被普通作者接受且運用，乃是自晚唐

---

❹ 宇文所安著、賈晉華譯：《盛唐詩》（北京：三聯書店，2004），頁 224。

孟棨以來諸多「詩史」說推波助瀾的功績。

「詩史」說同時也促使產生了將詩歌創作簡單視為史料記錄的觀點。宋代「詩史」說中就已經強調詩歌忠實記載外在的世界,如記載年月日、尺寸、地理名詞、人名等,並開始用杜詩來證史;這個傾向由明代的楊慎進一步光大,到清初錢謙益、黃宗羲的手裡發展到極至。由此,不僅在理論上詩歌已經成為歷史的史料,而且在創作實踐中很多詩人寫作詩歌的目的就是為了記載歷史。這些現象的產生絕非突兀,均受到「詩史」說中要求詩歌忠實記載外部世界的影響。

第二節 「詩史」說與中國抒情傳統論述的關係

強調詩歌記載外在世界的論說,並不代表「詩史」說發展的唯一方向。歷代的「詩史」說,也一直強調詩歌在記載現實時要重視詩歌的文學性。比如《新唐書》的「詩史」說強調杜甫的律詩,宋代邵雍重視詩歌的本體,其他宋人強調杜甫詩歌的敘事功能或者杜詩的《春秋》筆法,明代詩論家如楊慎、許學夷、王夫之等希望詩歌通過抑揚諷刺、比興、美刺等寫作手法來記載現實,從而可以保持詩歌含蓄蘊藉、微婉甚至情景事合一的美感。

歷代的「詩史」論述尤其重視詩歌中「情」的作用。《本事詩》一書就強調「情」,到了明代這種傾向更為明顯。如楊慎認為詩歌要「道性情」,而非記錄事件。又如王世貞認為,被稱為「詩史」的詩歌在創作上均使用「賦」,他引用李仲蒙的話說:

　　敘物以言情謂之賦，情物盡也。❺

可見，王世貞認為賦是用來言「情」的。許學夷則認為「詩史」要
「述情事為快」，將「情」和「事」並列。王夫之提倡「情景交
融」、「情景事合一」，對「情」尤為重視。可以說，他們「詩
史」說的重點並不在於詩歌是否反映現實，而是在如何反映現實的
基礎上，通過強調比興、美刺等創作手法，保持詩歌抒情的美學特
徵。這部分「詩史」說實際上契合了中國詩歌的抒情傳統。

　　著名學者陳世驤曾從比較文學的角度提出中國文學擁有一個
「抒情傳統」，他認為抒情傳統起於《詩經》，因為《詩經》是一
種唱文：

　　　彌漫著個人弦音，含有人類日常的挂慮和切身的某種哀求，
　　　它和抒情詩的要義各方面都很吻合。❻

陳世驤之後，學術界沿著他開闢的思路繼續加以深入，逐漸認為
「情」的內容不僅僅包括個人的層面，還應該包括社會的層面。如
〈詩大序〉已經開始重視在抒情的前提下，強調個人和社會的關
係：

---

❺　王世貞著：《藝苑卮言》卷一，載《歷代詩話續編》，頁 954。又見見胡寅
　　著：〈與李叔易書〉，載胡寅著：《斐然集》卷十八，《四庫全書》第 1137
　　冊，頁 534 上。

❻　陳世驤著：〈中國的抒情傳統〉，陳世驤著：《陳世驤文存》（瀋陽：遼寧
　　教育出版社，1998），頁 2。

詩者，志之所之也。在心為志，發言為詩。情動于中，而形
於言；言之不足，故嗟歎之；嗟歎之不足，故永歌之；永歌
之不足，不知手之舞之，足之蹈之也。情發於聲，聲成文謂
之音，治世之音安以樂，其政和；亂世之音怨以怒，其政
乖；亡國之音哀以思，其民困。故正得失，動天地，感鬼
神，莫近於詩。先王以是經夫婦，成孝敬，厚人倫，美教
化，移風俗。❼

蔡英俊指出：

〈詩大序〉的作者所重視、強調的「志」，並不是個人的情
志，而是「上以風化下，下以風刺上」這種本於政教的情
志、是人類共同的情志。

又說：

在〈詩大序〉的觀念裏，「志」顯然指的是兩種相互對峙卻
又相輔相成的「志」的內容：一是個人內在的情感、懷抱，
因此，詩創作是在於抒情；一是由個人內在情思的升騰而表
露了「以一國之事、係一人之本」的社會的公眾的志意，因
此，詩創作是具有美刺的社會功能。❽

---

❼　〈毛詩序〉，《中國歷代文論選》第一冊，頁63。
❽　蔡英俊著：〈抒情精神與抒情傳統〉，蔡英俊主編：《中國文化新論》之
　　《抒情的境界》（臺北：聯經出版事業公司，1982），頁89。

最近鄭毓瑜的研究，更為深入地考察了〈詩大序〉一文在漢代這一表現社會群體意志時期建立抒情傳統的重要性。**❾**

　　我們可以進一步說，以《詩經》、《楚辭》為基準的中國詩歌傳統，使得詩人在創作時，往往將個人的情感和家國的記憶交雜在一起。這一點，傳統詩學中自〈詩大序〉開始就給予了充分注意。陳世驤以來逐漸建構起來的中國抒情傳統，經過蔡英俊、鄭毓瑜等人，也一再強化這種認識。可惜到目前為之，他們的抒情傳統建構還基本集中在唐代以前。**❿**而自唐末發展起來的「詩史」說，在保持詩歌抒情本質的前提下，通過美刺、比興等手段，將詩歌中原本屬於作者個人的情感，提升到整個國家、社會的集體情感。不但充分滿足了詩歌記載外部世界的要求，還補充了抒情傳統在唐宋以後建構的不足。

　　抒情傳統雖然使得「詩史」說不斷地反省和增加詩歌抒情的部分，但詩歌反映現實的觀念非常強大，使得「詩史」說也慢慢地開展出一些抒情傳統所無法籠罩的內容：這就是延續白居易為代表的

---

❾　鄭毓瑜著：〈詮釋的界域：──從《詩大序》再探「抒情傳統」的建構〉，《中國文哲研究集刊》第二十三期（臺北：中央研究院中國文哲研究所，2003），頁 1－32。

❿　抒情傳統的重要文獻如陳世驤的〈中國的抒情傳統〉、高友工的〈中國文化史中的抒情傳統〉等文章都沒有涉及這一點，高文見高友工著：《中國美典與文學研究論集》，頁 104－164。高文以律詩和草書來概括唐代的抒情傳統，用繪畫來概括五代、宋的抒情傳統，頁 137－164。林順夫則以詞為宋代抒情傳統的代表，見 Shuen-fu Lin, *The transformation of the Chinese lyrical tradition: Chiang K'uei and Southern Sung tz'u poetry* (Princeton, N.J.: Princeton University Press, 1978).

詩歌忠實記錄外在世界的觀念,這個觀念在宋代「詩史」說中已經
得到討論,到清初發展到極至。詩歌由此成為歷史的史料,而寫作
詩歌就是為了保存歷史。也就是說,到清初的時候,傳統詩學中強
調作品對於外部世界忠實的模擬很有可能突破抒情傳統,形成另外
一套類似於西方詩學中的模仿(Mimesis)理論❶。但與此同時,另
一條發展線索也表明,從宋代蘇轍開始經過明代何良俊直至清代的
王懋竑,均對元白詩歌的敘事有所批評,可以看到詩論家對於詩歌
忠實記載現實有著很多的不滿,其根本原因在於他們認為元白的詩
歌缺失了詩歌本身的美感。這種模仿理論和抒情傳統的衝突,直到
清代才得以解決。清代大量的詩歌箋注者利用以詩證史的方法來閱
讀詩歌,開始重新重視詩歌的文體特徵,強調詩人通過比興、美刺

---

❶ 參 Alex Preminger ed. *The Princeton Handbook of Poetics Terms* (Princeton, N.J.:
Princeton University Press, 1986)之"Mimetic Theory"條,見頁 203－205。有關
這一概念的最重要的專著是 Erich Auerbach, translated by Willard R. Trask,
Mimesis: the representation of reality in Western Literature (Princeton, N.J.:
Princeton University Press, 1953)。該書的中譯本見《摹仿論——西方文學中所
描繪的現實》,吳麟綬等譯,天津:百花文藝出版社,2002。對此概念在藝
術中的功效,有學者曾加以系統檢討,參 Kendall L. Walton, *Mimesis as Make-
Believe: on the foundations of the representational arts* (Cambridge,
Massachusetts.: Harvard University Press, 1990)。關於中國古代文學批評中有沒
有 Mimesis 的觀念,近有學者進行了討論,但未對「詩史」加以關注,見
Ming Dong Gu, *The Continuity of Mimetic Theory in Chinese Literary Thought*, 該
文是 2005 年 6 月 23－26 日在南京大學召開的「中國文學:傳統與現代的對
話」(Chinese Literatue: Dialogue between Tradition and Modernity)國際學術
研討會的會議論文,收入南京大學中國語言文學系、中國文學與比較文學國
際學會:《中國文學:傳統與現代的對話國際學術研討會論文集》(上冊,
會議印本),頁 146-160。

來微婉地傳達對現實重大事件的看法，從而將強調模仿的「詩史」
說重新納入抒情傳統之下。可見，「詩史」說雖然一度強調詩歌忠
實記錄外在世界，但終因與強大的抒情傳統完全背離，因此難以充
分發展出一套模仿理論。

　　儘管如此，經過不斷爭辯，詩歌要在保持詩歌抒情美學特徵的
基礎上記載現實的觀念，逐漸深入人心。這種觀念，因為同時滿足
了抒情傳統與詩歌模仿現實的需要，產生了巨大的影響力。不僅影
響到詩歌的創作，而且還影響到後世閱讀詩歌的習慣，並慢慢與知
人論世、以意逆志等觀念結合起來，形成一套「詩史互證」的學術
研究方法。⓬這種研究方法，經過近代學者陳寅恪的發揮，其影響
一直到現在。⓭

　　總而言之，「詩史」一詞自唐代末年產生之後，逐漸演變成一
個具有豐富理論內涵的文學概念。在不同的時代，「詩史」說擁有

⓬　這一過程，可參看顏崑陽著：《李商隱詩箋釋方法論》第二章第二節第一小
　　節〈「知人論世」與「以意逆志」二種箋釋方法的歷史起點及其歧誤〉及第
　　三章第一節〈「知人論世」與「以意逆志」在箋釋活動中的主體性解悟效
　　用〉，頁 107－119、161－181。

⓭　研究陳寅恪「詩史互證」方法的成果很多，略可參看汪榮祖著：《史家陳寅
　　恪傳》（臺北：聯經出版事業公司，1984）第八章〈為不古不今之學——詩
　　史互證〉，頁 151－162；李玉梅著：《陳寅恪之史學》（香港：三聯書店
　　（香港）有限公司，1997）第三章〈兼攝中西的史法〉第二節〈詩文互
　　證〉，頁 162－222；景蜀慧著：〈「文史互證」方法與魏晉南北朝史研
　　究〉，載胡守為主編：《陳寅恪與二十世紀中國學術》（杭州：浙江人民出
　　版社，2000），頁 167－183；陳建華著：〈從「以詩證史」到「以史證詩」
　　——讀陳寅恪《柳如是別傳》劄記〉，《復旦學報》2005 年第 6 期，頁 74－
　　82。

大量不同的內涵。但經過宋明以來不斷地討論，詩歌要在保持詩歌抒情美學特徵的基礎上記載現實，成為「詩史」說的主要內涵。這種對詩歌的理解代表著傳統詩學中追求表現、記載現實世界的理論傾向，同時也充分滿足了詩學的抒情傳統，遂得到廣泛的認同，不但深刻影響到宋明以後的詩歌創作，而且成為清初以來閱讀、理解詩歌的切入點，甚至成為現代學術研究的一個重要思路。

附錄一

「詩史」概念研究綜述

「詩史」是中國文學批評史上一個非常重要的文學概念。自唐人孟棨在《本事詩》中使用該詞指稱杜詩之後，「詩史」逐漸得到文人的廣泛稱引和闡述，內涵也隨之豐富與複雜起來。

數十年來，學術界對「詩史」概念進行了大量的研究。他們的研究當然涉及到了如何理解不同語境中「詩史」概念的諸多內涵，但同時亦觸及「詩史」概念的文學理論意義或「詩史」概念的歷史演進等等諸多層面的內容。總結他們的思路和研究成果，無疑有助於學術界展開進一步的論述。

一、1934－1949 年

在現代討論中國傳統文學批評的著作中，最早重視「詩史」概念的似乎是方孝岳《中國文學批評》（1934）一書。他在討論王夫之的時候，提到「詩史」：

> （王夫之）又說：「杜甫得詩史之譽，夫詩之不可以史為，若口與目之不相為代也久矣。」這又是罵那班拘泥事實的人了。詩史之說，本不容易解釋。詩和史可以相通，即是因詩而可以知人論世的意思，《毛詩·大序》所發明的，都是這個道理，但我們不可說詩即是史，史即是詩。唐朝當時的人

　　稱杜甫為詩史，原見於孟棨《本事詩》，《本事詩》說「杜
逢祿山之難，流離隴蜀，畢陳於詩，殆無遺事，故當時號為
詩史。」這種話本是當時流俗隨便稱讚的話，不足為典要。
宋朝人多喜歡詩史之說，王世貞《藝苑卮言》裏曾經加以排
斥，說：「杜詩含蓄蘊藉，蓋亦多矣。宋人不能學之，至於
直陳時事，類於訕訐，又撰出詩史二字以誤後人。如詩可兼
史，則《尚書》《春秋》可以並省。」這個話和王船山的抨
擊，也是同樣一針見血的話。錢謙益解杜詩，正是染了詩史
之毒，所以不免累贅。不過杜甫固不能比《三百篇》，但也
似乎不能拿後人的詩史觀念來責備他的本身。❶

雖然方孝岳在這裡誤將楊慎批評「詩史」概念的一段話當成王世貞
所說❷，但並不影響他的立論。他認為「詩史」不是簡單地將詩歌
視為歷史，而是知人論世。方孝岳認可楊慎、王夫之兩人對「詩
史」的批評，反對宋人的「詩史」說。

　　因為方孝岳認為「詩史」即知人論世，所以他認為「詩史」觀
念遠在春秋時代就已經產生。他指出杜甫之所以被稱為「詩史」，
主要是因為：

　　他的詩善陳時事，詩中有史筆，就他的詩，可以觀察當時政

---

❶　方孝岳著：《中國文學批評》（北京：三聯書店，1986）卷下四十〈王船山
　　推求「興觀群怨」的名理〉，頁187－188。

❷　方孝岳所引王世貞文見楊慎《升庵詩話》卷十一，見丁福保輯：《歷代詩話
　　續編》（北京：中華書局，1983），頁868。

治風俗的得失。❸

而：

　　這種看詩的方法，實在是吳季札開其端了。❹

所以他將討論吳季札文學觀念的一節文字冠名為〈吳季札的詩史觀〉。方孝岳的看法，實際上是將歷史上複雜的「詩史」觀念簡化為了知人論世，這是一個十分大膽的判斷。他將這種通過詩歌來知人論世的方式推到吳季札於襄公二十九年在魯國觀周樂的行為，也是值得商榷的。

　　與方著同時問世的郭紹虞《中國文學批評史》（北宋之前 1934 年出版，南宋至清 1947 年出版）、晚於方著問世的羅根澤《中國文學批評史》（至晚唐五代為止，1934－1944）以及朱東潤《中國文學批評史大綱》（1944）等著作都沒有討論「詩史」這個概念。可見，「詩史」一詞在早期治中國文學批評史的學者眼中，還沒有成為如意境、神韻、格調、性靈、肌理等那樣的重要文學概念。「詩史」概念更多地是出現在各種不同的中國文學史著作中，被學者用來分析杜詩。如胡小石在《中國文學史講稿》（1928）中說：

　　杜詩的內容，約可分成兩大類：一種是描寫時事，一種是輸

---

❸　方孝岳著：《中國文學批評》卷上三〈吳季札的詩史觀〉，頁15。
❹　同上。

入議論。……以詩描寫時事，為詩之歷史化；以詩發抒議論，乃詩之散文化。把詩的領土擴大，不愧「詩史」的稱呼。❺

胡小石認為，杜詩描寫時事和發抒議論，均可用「詩史」來稱呼，原因是兩者都將「詩的領土擴大」。換句話說，胡小石認為「詩史」一詞指杜甫在詩歌發展史上的歷史地位，而「描寫時事」僅是其一端而已。又如朱維之在《中國文藝思潮史略》（1949）中說：

他底新樂府詩中很多社會生活悲劇底敘述。如〈新婚別〉、〈垂老別〉……〈潼關吏〉等都是關於社會問題的作品，敘述生動，是研究唐代社會問題的最可靠的資料──所以世稱「詩史」。❻

這幾乎是完全以歷史學的眼光來審視杜詩，所以朱維之認為的「詩史」，應該是杜詩充當史料的一面。

　當時，各類文學史著作都比較頻繁地但又都只是簡單地借用「詩史」一詞，來概括杜詩的特點。對於「詩史」概念的內涵或理論意義等問題，根本無意涉及，更不用說進行深入地探討了。這樣

---

❺　胡小石著：《中國文學史講稿》第十章〈唐代文學〉，收入《胡小石論文集續編》（上海：上海古籍出版社，1991），頁 131。該書原於 1928 年由上海人文出版社出版，

❻　朱維之著：《中國文藝思潮史略》，《民國叢書》第一編第 61 冊，頁 77。該書原於 1949 年由上海開明書店出版。

情況，只要翻閱當時的文學史即可明了。趙宗湘在 1936 年發表的〈杜陵詩史之批判〉一文中，就已經指出當時研究上的諸多不妥❼。趙文分成兩個部分，第一部分〈前代學者對詩史之評議〉主要批評自孟棨到楊慎的 9 家「詩史」說，第二部分〈當代學者對詩史之評議〉則列舉了民國學者如鄭賓于、蘇雪林、胡雲翼、陳冠同、顧實、陳延傑、傅東華、黃節、余俊賢、徐謙、鄭振鐸等 11 人對「詩史」的評論。他在批判時人的學說時，常看到他們自相矛盾的地方，可惜趙文在評述他人見解時較為隨意，並沒有對「詩史」說提出他自己的看法。

二、1962－1965 年

1962 年，恰逢杜甫（712-770）誕生 1250 周年，中國大陸展開一系列紀念活動。「詩史」這一與杜甫密切相關的概念因而獲得學術界的廣泛關注。馮至、周祖譔、禾光、陳友琴、賀昌群等人相繼發表文章，對此一概念進行闡釋。

馮至（1962）在〈「詩史」淺論〉一文中預先設定要解決「詩史」這個概念「應如何理解，它包涵一些什麼內容」等問題，❽經過論證，他認為杜詩：

廣泛而深刻地反映了當時的政治、軍事和社會現實。他的

---

❼ 趙宗湘著：〈杜陵詩史之批判〉，《國專月刊》3 卷 2 號（1936 年 3 月，無錫國學專修學校），頁 39－44。

❽ 馮至著：〈「詩史」淺論〉，刊《杜甫研究論文集》三輯（北京：中華書局，1963），頁 59。

詩，尤其史長篇的古體詩，「多紀當時事」，裡邊卻含有濃
厚的抒情成分，同時他的寫景兼抒情的詩（多半是近體詩）也
經常聯繫時事。這兩大類詩是他的詩集中最主要的部分。在
數量和質量上都佔有很大的比重，也就是這些詩千古傳誦，
感動無數後代的讀者，使杜詩得到「詩史」的稱號，給杜甫
在中國詩歌史上奠定了一個崇高的地位。❾

馮至仍然局限在利用杜詩來理解「詩史」的內涵，比如他希望弄清
楚「詩史」的內涵，但主要從杜詩的內容上來加以判斷，文中僅僅
引用王世貞對楊慎「詩史」說的批評，來論證「詩史」概念的正確
性（姑不論文學批評概念是否存在正確、錯誤之分），對「詩史」概念在理
論上的意義幾乎沒有涉及。周祖譔（1962）在〈從「詩史」說到杜
甫的時代精神〉一文中認為，杜詩基本上可以被視為抒情詩，這些
抒情詩之所以被稱為「詩史」，是因為它最集中地體現了時代精
神，而藝術的時代精神主要從所塑造的藝術形象中體現出來。所
以，要理解杜詩的時代精神，我們非從杜詩所描繪的詩人的自我形
象入手。❿禾光在〈也談「詩史」及杜詩的時代精神──兼與周祖
譔同志商榷〉⓫一文中，對周祖譔的說法表示質疑，他強調，從
「詩史」的角度來全面評價杜詩，應重視杜甫中的敘事詩。他認

---

❾　〈「詩史」淺論〉，《杜甫研究論文集》三輯，頁 67。

❿　周祖譔著：〈從「詩史」說到杜甫的時代精神〉，《熱風》1962 年 5 月，頁
　　55－57。

⓫　禾光著：〈也談「詩史」及杜詩的時代精神──兼與周祖譔同志商榷〉，
　　《廈門大學學報》1963 年第 1 期，頁 86－95，尤其是頁 91。

為,「『詩史』應該是能深刻地反映社會生活真實,激盪著時代激情、充滿著時代生活氣息的詩篇」。⓬賀昌群(1963)作為著名的史學家,在〈詩中之史〉一文中則大力掘發杜詩的歷史價值。⓭他們雖然都涉及討論「詩史」一詞的內涵,但目標依然是要利用「詩史」來解讀杜詩,著重點並不在於如何理解「詩史」概念本身。

無論如何,學界對如何理解杜詩是「詩史」這一問題的大討論,使得「詩史」概念成為當時杜詩研究中的重大問題。作為最具權威的高等學校通行教材,游國恩主編的《中國文學史》(1963)在第四編〈隋唐五代文學〉第五章〈偉大的現實主義詩人杜甫〉的開篇就說:

> 杜甫是我國文學史上偉大的現實主義詩人,他的詩不僅具有豐富的社會內容,鮮明的時代色彩和強烈的政治傾向,而且充溢著熱愛祖國、熱愛人民、不惜自我犧牲的崇高精神。因之自唐以來,他的詩就被公認為「詩史」。⓮

游國恩理解的杜甫「詩史」,包括杜詩具有的社會內容、時代色彩、政治傾向和崇高精神等四個方面的內容。我們可以看到,從胡小石、朱維之一直到游國恩的文學史,他們一方面借助「詩史」一

⓬　同上,頁 86。

⓭　賀昌群著:〈詩中之史〉,刊《文史》第三輯(1963 年);後收入《賀昌群文集》第三卷(北京:商務印書館 2003 年),頁 77-116。

⓮　游國恩主編《中國文學史》(北京:人民文學出版社,1963)第二冊,頁82。

詞來分析杜詩，另一方面亦對「詩史」的內涵作出了簡單的概括。
他們概括的結論雖然不同，但方法卻一致，即直接從杜詩中總結、
提煉「詩史」的內涵。但由於杜詩的內容非常豐富與多樣，加上
「詩史」一詞的內涵歷來不確定，所以導致他們對「詩史」的理解
出現不一致。

　　游國恩《中國文學史》中還牽涉到另外一個重要的現象，即當
時普遍引用現實主義理論來理解「詩史」觀念。現實主義的概念最
初由梁啟超從日文中引入中國，梁啟超在〈論小說與群治之關係〉
中將小說分為「理想派」、「寫實派」 ❶五四以後，現實主義的
文學理論得到很快發展，由此影響到左翼文藝。❶新中國建國後，
現實主義作為一個重要的文藝方向，得到文藝評論家的廣泛使用。
在當時的情況下，將「詩史」用現實主義來理解❶，無疑是縮小了
「詩史」的含義：將杜詩「詩史」局限在寫實，即強調杜詩的反映
時事上。

---

❶　梁啟超著：〈論小說與群治之關係〉，收入郭紹虞主編：《中國歷代文論
　　選》第四冊（上海：上海古籍出版社，1980），頁 207－216，尤其是頁
　　208。

❶　參 Marston Anderson: *The Limits of Realism: Chinese Fiction in The
　　Revolutionary Period* (Berkeley: University of California Press, 1990), Chapter two,
　　"A Literature of Blood and Tears: May Fourth Theories of Literary Realism",
　　pp.27-75.

❶　具體可以參看羊列榮著：《20 世紀中國古代文學研究史·詩歌卷》（上海：
　　東方出版中心，2006）第十章〈杜甫：「詩聖」的現代意義與「詩史」敘
　　角〉第二節〈「詩史」敘角與現代現實主義思潮〉，頁 295－303。羊著對此
　　現象有較多的描述。

　　錢鍾書對「詩史」概念則持不滿的態度，所以在他負責主編唐宋文學部分的《中國文學史》（1962）中，僅僅強調杜詩的現實主義，而沒有利用「詩史」來解釋杜詩。❶他對「詩史」的批評，早在 1948 年的《談藝錄》中就開始了：

> 賦事之詩，與記事之史，每混而難分。……謂史詩兼詩與史，融而未劃可也。謂詩即以史為本質，不可也。脫詩即是史，則本未有詩，質何所本。若詩並非史，則雖合於史，自具本質。無不能有，此即非彼。若人之言，迷惑甚矣。更有進者，史必徵實，詩可鑿空。古代史與詩混，良因先民史識猶淺，不知存疑傳信，顯真別幻。號曰實錄，事多虛構；想當然耳，莫須有也。……以之言「詩史」一門，尚扞格難通，而況於詩之全體大用耶。即云史詩以記載為祈嚮，詞句音節之美不過資其利用。然有目的而選擇工具，始事也；就工具而改換目的，終事也。❶

錢鍾書在這裡試圖區分詩歌和歷史的區別，詩歌更非以歷史為本質。這些想法，他在 1957 年所作的〈宋詩選注序〉中再次加以強調：

---

❶　見中國科學院文學研究所中國文學史編寫組編寫：《中國文學史》（北京：人民文學出版社，1962）唐宋文學部分之第五章，頁 392－410。
❶　錢鍾書著：《談藝錄》（北京：中華書局，1984），頁 38－39。《談藝錄》於 1948 年在上海開明書店初版，1984 年由中華書局出版補訂本。

　　下面選了梅堯臣〈田家語〉和〈汝墳貧女〉，……我們可以
參考許多歷史資料來證明這一類詩歌的真實性，不過那些記
載儘管跟這種詩歌在內容上相符，到底只是文件，不是文
學，只是詩歌的局部說明，不能作為詩歌的唯一衡量。也許
史料裏把一件事情敘述得比較詳細，但是詩歌裏經過一番提
鍊和剪裁，就把它表現得更集中、更具體、更鮮明，產生了
強烈又深永的效果。反過來說，要是詩歌缺乏這種藝術特
性，只是枯燥粗糙的平鋪直敘，那末，雖然它在內容上有史
實的根據，或者竟可以補歷史記錄的缺漏，它也只是押韻的
文件，例如下面王禹偁〈對雪〉的注釋裏所引的李復〈兵
餒行〉。因此，「詩史」的看法是個一偏之見。詩是有血
有肉的活東西，史誠然是它的骨幹，然而假如單憑內容是
否在史書上信而有徵這一點來判斷詩歌的價值，那就彷彿
要從愛克司光透視裏來鑑定圖畫家和雕刻家所選擇的人體
美了。❷⓪

錢鍾書對「詩史」問題一貫持否定的態度，他在文革後問世的《管
錐編》中對「詩史」概念繼續批評，當提到歷代研究李商隱詩歌的
情況，錢鍾書說：

　　蓋「詩史」成見，塞心梗腹，以為詩道之尊，端仗史勢，附

---

❷⓪　錢鍾書著：〈宋詩選注序〉，《宋詩選注》（北京：人民文學出版社，
　　　1993），頁3。

合時局,牽合朝政;一切以齊眾殊,謂唱歎之永言,莫不寓
美刺之微詞。遠犬吠聲,短狐射影,此又學士所樂道優為,
而亦非慎思明辯者所敢附和也。學者如醉人,不東倒則西
歌,或視文章如罪犯直認之招狀,取供定案,或視文章為間
諜密遞之暗號,射覆索隱;一以其為實言其事,乃一己之本
行集經,一以其為曲傳時事,乃一代之皮裏陽秋。㉑

這是錢鍾書對「詩史」問題較為綜合的看法。他的基本看法是極力
反對把詩歌當作歷史來看待的「詩史」說。但是,「詩史」一詞實
際上並非只有這一層內涵,錢鍾書的批評固然有理,但他對「詩
史」在歷代所產生的諸多內涵以及所牽引出來的文學理論意義,均
未給予充分地注意。也許他認為歷代的「詩史」說都是一些「成
見」,所以也就沒有深究的必要。

在六十年代諸多的論文中,也許只有陳友琴比較關心文學批評
史上對「詩史」概念的不同理解。他在〈談楊慎批評杜甫〉
(1962)㉒一文中指出楊慎批評「詩史」概念過份強調了「比興」
的創作手法。但陳友琴的說法實際上完全受到王世貞的籠罩,未必
符合楊慎的原意。他在〈關於王船山的詩論〉(1965)一文中還重

㉑ 錢鍾書著:《管錐編》(北京:中華書局,1979)第四冊,頁 1390。
㉒ 陳友琴著:〈談楊慎批評杜甫〉,刊《杜甫研究論文集》第二輯(北京:中
   華書局,1962),頁 276-278。又刊《楊慎研究資料彙編》(臺北:中央研
   究院中國文哲研究所,1992),頁 832-834。

點談到王夫之的「詩史」說，❷他認為王夫之反對「詩史」是一種偏見。可以想見，在當時的環境中，「詩史」概念幾乎是一種政治上絕對正確的概念，楊慎、王夫之二人因為批評「詩史」理論而遭到陳友琴的批評，恰好是當時潮流的見證。但陳友琴的文章儘管以批評為主，畢竟開始審視「詩史」概念在歷代所受到的挑戰以及理論層面曾經遭遇過的困境。陳友琴的兩篇文章跳出了從杜詩來理解「詩史」的框架，是當時討論「詩史」的眾多文章中少見的從文學批評史的角度來加以思考的文章。

三、1980－2005 年

　　二十世紀八十年代初以來，學術界對「詩史」概念的研究得到進一步的發展。大陸、香港、臺灣、新加坡、日本等地的學者置身於不同的學術空間，應對和承擔不同的學術使命，卻不約而同地共同關注「詩史」這一概念。綜合他們的研究成果，主要集中在以下幾個方面：

　　1.討論「詩史」概念產生的歷史背景。如郝潤華認為「詩史」概念的產生與宋代史學的發展有關（2000）❷；淺見洋二則認為「詩史」說流行的原因是因為宋代詩人年譜和編年詩文集的編撰

---

❷　陳友琴著：〈關於王船山的詩論〉，收入湖南省哲學社會科學學會聯合會、
　　湖北省哲學社會科學學會聯合會合編：《王船山學術討論集》（北京：中華
　　書局，1965）下冊，頁 466－488，涉及「詩史」理論的見頁 480－485。
❷　郝潤華著：〈宋代史學意識與「詩史」觀念的產生〉，《西北師大學報》
　　2000 年 2 期，頁 1－7。

（2002）；㉕黃東陽則從宗經的角度來理解宋人為何推崇「詩史」概念（2003）。㉖以上種種研究，均對深入理解「詩史」說為何在宋代持續繁榮有著很大的幫助。然而，他們關心的多半是「詩史」概念產生的外部環境。作為一個文學概念，「詩史」是如何在文學批評內部蘊育而生的，至今未見提及。尤為重要的是，「詩史」說雖然在宋代繁榮，但畢竟誕生在唐代孟棨的《本事詩》中。以往的學術界太過重視對宋代「詩史」說的研究，而相對忽略了「詩史」一詞首次出現在《本事詩》中的文學批評史上的價值和理論上的意義。這些問題，尚有待繼續深入探討。

　　2.借助「詩史」概念來分析文學作品。上文提及文學史中常用「詩史」來分析杜詩，這種情況在今日之大量杜詩研究著作中，更比比皆是，本文不能一一列舉。值得注意的是學術界開始頻繁使用

㉕　淺見洋二著：〈文學の歷史學──宋代における詩人年譜、編年詩文集、そして『詩史』說について一〉，收入川合康三編：《中國の文學史觀》（東京：創文社，2002 年），頁 61-99。此文中譯本有兩種，見張劍等譯：〈文學的歷史學──宋代詩人年譜、編年詩文集及「詩史」說〉。見陳飛等主編：《新文學》第三輯（鄭州：大象出版社，2005），頁 102-125。另淺見洋二著：〈論「詩史」說──「詩史」說與宋代詩人年譜、編年詩文集編纂之關係〉，收入《唐代文學研究》（桂林：廣西師範大學出版社，2002），頁 773-788；後經修訂，題名為〈文學的歷史學──論宋代的詩人年譜、編年詩文集及「詩史」說〉，收入淺見洋二著、金程宇等譯：《距離與想像──中國詩學的唐宋轉型》（上海：上海古籍出版社，2005），頁 280-334。

㉖　黃東陽著：〈由宗經文論詮解宋人尊杜甫為詩史之內涵〉，《東方人文學志》第 2 卷第 3 期（臺北：2003 年 9 月），頁 93-110。

「詩史」來理解其他詩人的詩歌。另如方勇（2001）㉗、劉華民
（2003）㉘用「詩史」來分析宋亡時的詩歌；高明泉（1994）㉙、黃
麗月（2000）㉚論汪元量詩；方勇論舒岳祥（1998）㉛；劉守安
（1997）㉜、林啟柱（1998）㉝、杜琳（1998）㉞、馬雪芹（1999）㉟、
徐江（2000）㊱、魏中林、賀國強（2003）㊲等人論述吳偉業；梁鑑
江論陳維崧（2001）㊳；劉學照論林則徐（1990）㊴；黃萬機論鄭珍

㉗　方勇著：〈論宋七「詩史」〉，《浙江大學學報》，2001 年 3 期，頁 25－
　　31。

㉘　劉華民著：〈宋季「詩史」現象探討〉，《井岡山師範學院學報》2003 年 4
　　期，頁 11－15。

㉙　高明泉著：〈宋亡之詩史、悠悠之哀情——汪元量詩歌簡論〉，《固原師專
　　學報》1994 年 4 期，頁 29－31、44。

㉚　黃麗月著：《汪元量詩史研究》，臺北：文津出版社，2000 年。

㉛　方勇著：〈「少陵詩史在眼前」——簡論南宋遺民舒岳祥詩歌的特徵〉，
　　《天中學刊》1998 年 3 期，頁 39－43。

㉜　劉守安著：〈一代詩史梅村詩〉，《文學評論》1997 年 2 期，頁 152－159。

㉝　林啟柱著：〈梅村詩史背景初探〉，《渝州大學學報》1998 年 2 期，頁 73－
　　77。

㉞　杜琳著：〈為君別唱興亡曲——明末詩史吳偉業〉，《歷史月刊》（臺灣）
　　1998 年 5 月，頁 100－104。

㉟　馬雪芹著：〈吳梅村詩史料價值初探〉，《徐州師範大學學報》1999 年 1
　　期，頁 47－51。

㊱　徐江著：〈吳梅村「詩史」論略〉，《中國文化研究》2000 年春之卷，頁
　　135－141。

㊲　魏中林、賀國強著：〈詩史思維與梅村體史詩〉，《文學遺產》2003 年 3
　　期，頁 98－108。

㊳　梁鑑江著：〈詩史與詞史：淺談杜詩對陳維崧詞的影響〉，《杜甫研究學
　　刊》2001 年第 1 期，頁 74－77。

（1994）❹；林麗娟論黃遵憲（1998）❹；林翠鳳論陳肇興（2000）
❹；郭前孔論金松岑詩歌（2003）❹。

　　這類文章喜歡借助「詩史」概念來分析作家、作品，但往往忽
視對「詩史」概念的內涵、外延進行嚴格的界定，而且這部分文章
幾乎大多存在一個問題：即傾向於從詩歌中閱讀歷史，甚至將詩歌
等同於史料（如馬雪芹）。這種思路反映出他們將歷史上複雜的「詩
史」概念簡單地理解為詩歌可以忠實地記載歷史，這無疑是眾多
「詩史」內涵中最具影響的一點，但僅僅如此認識，也是遠遠不夠
的。

　　3.討論「詩史」概念對文學研究所產生的影響。最重要的成果
莫過於顏崑陽從清代箋注李商隱詩歌的個案入手，細緻檢討「詩
史」說給詩歌闡釋方法帶來的影響（1991）❹。顏崑陽認為，「詩
史」說使得讀者喜歡從詩歌中閱讀時代，加上以意逆志、知人論世
等觀念的深入人心，逐漸發展出一套箋釋詩歌的方法。這種方法用

---

❸ 劉學照著：〈晚清詩史中的林則徐〉，《中國文化研究所學報》第 22 卷
　（1991 年），頁 63－84。

❹ 黃萬機著：〈論鄭珍詩歌的「詩史」品格〉，《貴州文史叢刊》1994 年 6
　期，頁 78－82。

❹ 林麗娟著：〈筆下滄海正橫流──清末詩史黃遵憲〉，《歷史月刊》（臺
　灣）1998 年 6 月，頁 99－103。

❹ 林翠鳳著：〈陳肇興〈陶村詩稿〉的文學表現與詩史價值〉，《東海大學文
　學院學報》2000 年 7 月，頁 115－136。

❹ 郭前孔著：〈論金松岑詩歌的「詩史」特徵〉，《濟南大學學報》2003 年 4
　期，頁 54－58。

❹ 顏崑陽著：〈李商隱詩箋釋方法論〉，臺北：臺灣學生書局，1991。

歷史來尋找詩歌創作的背景，又用詩歌寫作的背景去印證歷史，陷入一種循環論證的怪圈。所謂的「詩史互證」正是這一套方法的總結。周興陸（1999）討論過「詩史互證」與「詩史」的關係❹；高華平（1992）❻、李洪岩（1996）則討論近代學者陳寅恪文史互證的治學方法❼；羅志田（2000）則站在史家的立場，認為「詩史」在文學研究中比在史學研究中受到更多的推崇，他提醒要注意詩歌創作時的語境，強調須謹慎運用「詩史互證」的方法。❽卞孝萱（2004）對「文史互證」方法做過總結❾。文史互證的學術方法，清初以來操作已久，近代更有陳寅恪等大學者利用此一方法，取得豐碩的成果。但文史互證如何建立在「詩史」說之上？怎樣建立？都值得進一步討論。這方面，顏崑陽在討論清代箋釋李商隱詩方法時，曾討論過。但顏氏的討論並不以「詩史」為中心，所以相關課題，仍可進一步深化。

　　還有一些借助西方文學理論來對「詩史」觀念進行反思，如張

❹　周興陸著：〈「詩史」之譽和「以史證詩」〉，《杜甫研究學刊》1999 年 1
　　期，頁 8－13。
❻　高華平著：〈也談陳寅恪先生「以詩證史、以史說詩」的治學方法——兼與
　　萬繩楠先生商榷〉，《華中師範大學學報》1992 年 6 期，頁 78－83。
❼　李洪岩著：〈關於「詩史互證」——錢鍾書與陳寅恪比較研究之一〉，《貴
　　州大學學報》1996 年 4 期，頁 48－53。
❽　羅志田著：〈「詩史」傾向及怎樣解讀歷史上的詩與詩人〉，《社會科學研
　　究》2000 年第 4 期；又載羅志田著：《二十世紀的中國思想與學術掠影》
　　（廣州：廣東教育出版社，2001），頁 285－297。
❾　卞孝萱著：〈略談文史互證〉，《東南大學學報》2004 年 2 期，頁 92－94。

瑞德（1997）**⑩**、汪正龍（2000）**⑪**。有學者更利用新歷史主義來反
思「詩史」說，如向天淵（1999）**⑫**。其實，歷來的「詩史」說更
多地觸及文學與現實的關係，而非文學與歷史的關係。而西方理論
中論述文學與現實的部分、文學與政治等理論，或者可以比新歷史
主義更加能夠幫助我們加深相關的思考。

　　4.分析「詩史」概念在文學理論上的意義。這是近三十年來
「詩史」研究的最為核心的部分。

　　臺灣最早考慮這個問題似乎是彭毅，早在 1967 年她就撰寫了
〈關於「詩史」〉一文，對「詩史」概念的不同內涵做了解釋。**⑬**
但此文在當時並沒有引起廣泛的注意，對此問題的全面展開，要到
八十年代初的龔鵬程。龔氏於 1983 年開始對「詩史」概念進行全
面的討論，這些論文後來收入他的專著《詩史本色與妙悟》
（1986）**⑭**。他指出「詩史」主要指詩歌在敘事上的成就，然後將
「詩史」與西方文學中的「史詩」做比較，認為史詩是一種文類，

⑩　張瑞德著：〈西比較詩學中的詩與史〉，《暨南學報》1997 年 1 期，頁 90－
　　98。
⑪　汪正龍著：〈西方詩學中的「詩史之辨」及其理論思考——兼談西方詩學從
　　哲性詩學到文本詩學的轉變〉，《江海學刊》2000 年 5 期，頁 183－187。
⑫　向天淵著：〈「文史互通」與「詩史互證」〉，《中國比較文學》1999 年 1
　　期，頁 107－118。
⑬　彭毅著：〈關於「詩史」〉，刊《現代文學》第 33 期（1967），頁 66－
　　69；後收入柯慶明、林明德主編《中國古典文學研究叢刊詩歌之部》（二）
　　（臺北：巨流圖書公司，1979），頁 91－97。
⑭　龔鵬程著：《詩史本色與妙悟》，臺北：臺灣學生書局，1986 年。後於 1993
　　年增訂再版。該書討論了「詩史」、「本色」、「妙悟」三個重要的文學概
　　念。

「詩史」仍然是詩，並非與詩歌不同的文類。「詩史」不是指文類，而是代表一種價值觀念，與詩歌的「形式之長短、結構之疏密、甚至藝術手法所造就的風格（含蓄或直陳等），均無關係。」❺❺ 龔鵬程還對明清兩代的「詩史」說做了仔細剖析，指出明代、清初對「詩史」概念的反省與比興傳統的重新發現有關，常州經學興起之後，《春秋》學又對「詩史」說產生影響。這些研究著眼於挖掘左右「詩史」概念發展的深層次的觀念，如比興、《春秋》義理等，無疑大大加深了大家對「詩史」概念的認識。

　　與龔鵬程同時，楊松年分別討論了宋人稱杜詩為詩史（1983）❺❻ 以及明清人稱杜詩為詩史的情況（1984）❺❼，他的論文詳細排比資料，將宋、明、清各個時代的「詩史」說按主題一一分門別類，並與當時的杜詩學進行比較，遺憾的是並沒有分析各種「詩史」內涵背後的理論意義。簡恩定（1984）在討論王夫之如何評論杜詩時，重點討論了王夫之對待「詩史」的態度。❺❽ 他在隨後展開的清初杜詩學的研究中，還綜合討論了「詩史」說的發展以及以詩證史觀念

❺❺　龔鵬程著：《詩史本色與妙悟》（臺北：臺灣學生書局，1993 年增訂版），頁 25。

❺❻　〈宋人稱杜詩為詩史說析評〉，該文最初作為《新加坡國立大學中文系學術論文》第十一種出版（新加坡，1983 年），後收入楊松年的論文集《中國古典文學批評論集》（香港：三聯書店有限公司，1987），頁 127－162。

❺❼　楊松年著：〈明清詩論者以杜詩為詩史說析評〉，該文最初作為《新加坡國立大學學術論文》第二十三種出版（新加坡，1984），後收入楊氏：《中國古典文學批評論集》，頁 163－184。

❺❽　簡恩定著：〈船山論杜雜議〉，收入中國古典文學研究會主編：《古典文學》第六集（臺北：臺灣學生書局，1984），頁 213－237。

的提出。㊾陳文華（1987）也分析過唐宋人對「詩史」說的理解㉗，他強調「詩史」的諸多內涵以敘事為中心，但最終還是體現了詩教觀念。

　　鄧魁英 1984 年發表〈釋「詩史」〉一文㊶，對「詩史」一詞做了清晰地分析，她指出歷史上的「詩史」有紀時事、自敘傳等多重涵義，從而肯定杜甫的現實主義精神。陳平原（1985）的〈說「詩史」——兼論中國詩歌的敘事功能〉㊷一文，和龔鵬程、陳文華等人不約而同地認為「詩史」說實際上是以強調詩歌的敘事功能為主，陳平原之所以能夠作出如此判斷，相信與他當時正在思考小說敘事模式的問題有關。㊸李賢臣（1989）以〈石壕吏〉一詩為例，指出所謂的杜詩「詩史」，實際上運用了微言大義和褒貶的《春秋》筆法。㊹孫立（1997）將「詩史」概念的內涵一份為二，

㊾　簡恩定著：《清初杜詩學研究》（臺北：文史哲出版社，1986）第二篇〈本論：清初杜詩學的理論探究〉第三章〈杜甫為詩史觀念之演變與發展〉，頁108-122。

㉗　陳文華著：《杜甫傳記唐宋資料考辨》（臺北：文史哲出版社，1987）第四篇〈思想之鑾定〉第一節〈圍繞在儒家詩教觀下的批評內容〉第三部分「詩史」，頁 241—262。

㊶　鄧魁英著：〈釋「詩史」〉，《草堂》1984 年第 1 期，頁 109—112。

㊷　陳平原著：〈說「詩史」——兼論中國詩歌的敘事功能〉，《中國小說敘事模式的轉變》附錄二，收入陳平原著《陳平原小說史論集》（石家莊：河北人民出版社，1997），頁 553—576。

㊸　陳平原著有《中國小說敘事模式的轉變》（上海：上海人民出版社，1988）。該書原是陳氏於 1987 年在北京大學完成的博士論文。

㊹　李賢臣著：〈詩史「春秋筆」——從「如聞泣幽咽」的誤解談起〉，《河南大學學報》1989 年 2 期，頁 47—50。

即「以詩為史」與「以史為詩」，認為這是史學介入詩體的兩種不同方式❻；孫明君（1999）認為所謂的「詩史」，不是將詩歌視為史料，也不能將詩歌和政教聯繫起來。他認為「詩史」是詩人具備時代使命感和責任感後所創造的作品。❻孫明君的論點相當鮮明，可惜他並未交代清楚他的論據與具體的論證過程。韓經太（1999）的文章則對「詩史」說背後所蘊藏的闡釋方法進行了檢討❻，他認為「詩史」說在唐以後的發展牽涉到幾個大的闡釋傳統：即中唐以後的新樂府運動、《詩經》學（如變風變雅）、《春秋》學（如春秋筆法）。韓經太認為討論「詩史」概念，不能只著眼於杜詩，還應該看到《詩經》、《春秋》作為一個大傳統，比杜詩更為深遠地影響著「詩史」說的發展。他緊緊地抓住影響歷代「詩史」說的幾個重大命題，將著眼點放在於認識「詩史」說在思想史上的意義，遺憾的是，韓文對「詩史」說在文學理論上的貢獻並未重點涉及。蔡志超（2005）主要從分析杜詩創作技巧（即「法」）入手，探索「詩史」說的內涵，並討論杜詩「賦」法與史傳「文」法之間的關係，解答杜詩為何被稱為「詩史」，並與《史記》齊名。❻王世海（2005）則系統研究了從唐代到清初的不同「詩史」說，分析了

---

❻　孫立著：〈以詩為史與以史為詩──論史學介入詩體的兩種不同方式〉，《江漢論壇》1997 年 5 期，頁 33－36。

❻　孫明君著：〈解讀「詩史」精神〉，《北京大學學報》1999 年 2 期，頁 93－99。

❻　韓經太著：〈傳統「詩史」說的闡釋意向〉，《中國社會科學》1999 年 3 期，頁 169－183。

❻　蔡志超著：〈再論杜甫詩史說〉，殷善培、周德良主編：《叩問經典》（臺北：臺灣學生書局，2005），頁 431－449。

「詩史」在各個時代的被討論情況。❻❾王世海的論文雖然系統，但分析十分簡單，資料掌握亦有限，並未能抉發各代「詩史」說的理論內涵。

　　上面都是從比較宏觀的層面來分析、理解「詩史」說，更多的研究則比較關注「詩史」概念在不同時代的具體發展和內涵變化。如羅漢松（2005）討論蘇軾的詩史觀❼⓪；陳文新（2000）、王世海（2004）分析明代詩學對「詩史」概念的辯證❼❶；孫之梅（2003）討論明清人如何檢討「詩史」概念❼❷；高小慧（2004）分析楊慎的「詩史」說❼❸；潘承玉（2004）討論清初明遺民詩人的「詩史」意識❼❹；侯小強（2002）、周豔娟（2002）討論王夫之的「詩史」說❼❺；郝潤華（2000）以《錢注杜詩》一書為個案，研究錢謙益「詩

❻❾　王世海著：《杜詩詩史說研究（古代篇）》，南京師範大學文學院 2005 年碩士論文。

❼⓪　羅漢松著：〈蘇軾的杜詩詩史批評〉，《湖南工程學院學報》2005 年第 1 期，頁 31－34。

❼❶　陳文新著：〈明代詩學對「詩史」概念的辯證〉，《社會科學輯刊》2000 年 6 期，頁 137－142；王世海著：〈明代杜詩詩史說分析〉，《樂山師範學院學報》2004 年第 7 期，頁 29－32。

❼❷　孫之梅著：〈明清人對「詩史」觀念的檢討〉，《文藝研究》2003 年 5 期，頁 59－65。

❼❸　高小慧著：〈楊慎的「詩史」論〉，《北京大學學報》2004 年第 1 期，頁 120－128。

❼❹　潘承玉著：〈清初明遺民詩人的詩史意識〉，《古典文學知識》2004 年 2 期，頁 55－60。

❼❺　侯小強著：《王夫之非議「詩史說」原因初探》，首都師範大學中文系 2002 年碩士論文；周豔娟著：〈王夫之論「杜甫詩史說」〉，《輔仁中研所學刊》第 12 期（2002 年 2 月），頁 59－77。

史互證」的「詩史」說❼；程相占（1995）分析吳梅村的詩史思想
❼；都有著各自的貢獻。陳文新、孫之梅、高小慧等人的研究依然
集中在歷代反對「詩史」的學說上，但他們比陳友琴更加重視挖掘
歷史上那些反對「詩史」說的言論背後所蘊涵的理論意義，而不是
簡單地將他們斥為「偏見」。在諸多的具體研究中，最為成功的無
疑是嚴志雄的英文新著 *Qian Qianyi's Theory of Shishi during the
Ming-Qing Transition*（2005）❼，嚴志雄從錢謙益的〈胡致果詩序〉
一文入手，斷定該文的寫作年代，指出錢謙益在寫作上推崇褒貶和
微言大義的《春秋》筆法，然後討論錢謙益「詩史」一詞的內涵，
尤其重要的是，嚴氏認為「詩史」實際上是一個「見證」及「存
在」美學，明末清初的遺民藉之大膽記錄當代的重要歷史、政治事
件及己身之遭際，加上史學傳統的褒貶觀以及詩學傳統的美刺觀，
使得這種書寫活動獲得超越實際政權的強韌力量。嚴氏的分析和論
述大大拓展了目前「詩史」說研究的深度和廣度，通過錢謙益這一
個案的研究，觸及「詩史」說的文化深度（結合了史學上的褒貶和詩學
上的美刺），又指出「詩史」說在明清之際特定的歷史環境下對遺
民所產生的巨大作用。

除了上述這些專題研究之外，文學批評史著作中也開始將歷代

---

❼ 郝潤華著：《錢注杜詩與詩史互證方法》，合肥：黃山書社，2000 年。

❼ 程相占著：〈吳偉業的詩史思想〉，《蘇州大學學報》1995 年 4 期，頁 37-
40。

❼ Lawrence C.H. Yim（嚴志雄）. *Qian Qianyi's Theory of Shishi during the Ming-
Qing Transition*. Taibei: Institute of Chinese Literature and Philosophy, Academic
Sinica, 2005. 中文題曰：錢謙益之「詩史」說與明清易鼎之際的遺民詩學。

的「詩史」說納入研究的範圍。這意味著「詩史」作為一種重要的
文學概念，開始比較正式地進入文學批評史的範疇。

　　成復旺、蔡鍾翔、黃保真的《中國文學理論史》（1991）在討
論楊慎時，將楊慎對「詩史」的理解作為楊慎文學理論的惟一內容
來加以分析，並且對楊慎強調詩和史分開加以肯定。❼❾張少康、劉
三富在《中國文學理論批評發展史》（1995）中指出批評「詩史」
是楊慎詩論中比較重要的思想，並認為楊慎之所以批評「詩史」
說，實際上是針對宋人以文為詩的習慣。❽⓿他們還討論了王夫之的
「詩史」說，認為王夫之的觀點是對楊慎的進一步發揮，並受到明
代中期小說創作理論中有關歷史小說真實性問題爭論的影響。❽①

　　在王運熙、顧易生主編的《中國文學批評通史》中，歷代的
「詩史」說得到了更為系統的整理。王運熙、楊明在合著的《隋唐
五代文學批評史》（1994）中研究孟棨《本事詩》時曾點出「詩
史」出於此。❽②袁震宇、劉明今在《明代文學批評史》（1991）中

---

❼❾　成復旺、蔡鍾翔、黃保真著：《中國文學理論史》（北京：北京出版社，
　　1991）第五編〈明代〉第二章〈明中葉的文學復古思潮〉第一節〈李東陽、
　　李夢陽與弘治、正德年間的文學理論〉，頁82－83。

❽⓿　張少康、劉三富著：《中國文學理論批評發展史》（北京：北京大學出版
　　社，1995）下卷第四編〈明清時期〉第二十章〈明代復古主義文學思潮的產
　　生和發展〉第三節〈復古高潮中的別派支流〉，頁185－186。

❽①　張少康、劉三富著：《中國文學理論批評發展史》下卷第四編〈明清時期〉
　　第二十四章〈王夫之和葉燮的詩歌理論〉第二節〈王夫之的「興觀群怨」論
　　和「情景融和」論〉，頁302－304。

❽②　王運熙、楊明著：《隋唐五代文學批評史》（上海：上海古籍出版社，
　　1994）第三編〈晚唐五代的文學批評〉第三章〈詩句圖、《本事詩》和詩
　　格〉第二節〈孟棨《本事詩》等〉，頁738。

將楊慎的「詩史」說放到楊慎反對宋詩的背景中來加以理解。㊸鄔國平、王鎮遠在《清代文學批評史》（1996）中論及王夫之時，也簡略分析了他對「詩史」的看法。㊹三本文學批評史在各自的論述中均提到「詩史」說，形成首尾呼應的論述框架。

四、總結

綜觀學術界的大量研究，「詩史」概念在各個時代如何得以展開的情況，到目前為止，實際上依然模糊。目前的研究也僅僅關注一些重要的批評家，比如在明代極為重視楊慎，王世貞只是被偶爾提及，但實際上，許學夷、胡應麟、謝榛等人都有關於「詩史」的議論。如何勾勒「詩史」概念在歷代的流變，還需要仔細挖掘和擴大史料的閱讀範圍。

同時，雖然有不少對歷代「詩史」概念和「詩史」說的宏觀解釋，但仍然存在很多問題可以繼續追問，如在歷史上，「詩史」概念到底有那些內涵？它為什麼會有如此大的影響？為什麼有些人要反對「詩史」，有何理由，理由是否成立？「詩史」說有這麼大的影響，是不是已經觸及了中國文學的本質問題？諸如此類的種種問題，都還沒有得到過充分地闡述。這些，都有待於學界的繼續努力。

㊸　袁震宇、劉明今著：《明代文學批評史》（上海：上海古籍出版社，1991）第四章〈明代中期的詩文批評〉第四節〈孫緒、吾謹、楊慎、李開先等〉，頁 197－199。

㊹　鄔國平、王鎮遠著：《清代文學批評史》（上海：上海古籍出版社，1996）第二章〈明清之際思想家的文學批評〉第三節〈王夫之〉，頁 71-72。

附錄二

「詩史」問題研究知見目錄

凡例

一、此知見書目包括自 1928 年至 2006 年為止，有關「詩史」問題
　　的中文論述。

二、本目錄以年份以後為次，先列單行專著及博、碩士論文，次列
　　單篇論文。

三、通行易見的文學史、文學批評史、詩論史有關章節，不列入本
　　文。

1928 年：

1. 傅淡庵著：〈杜詩是唐代的民間史〉，《北京益世報》1928 年 7
　 月 28 日、8 月 4 日。未見。

1936 年：

1. 趙宗湘著：〈杜陵詩史之批判〉，《國專月刊》3 卷 2 號（無錫
　 國學專修學校，1936 年 3 月），頁 39－44。

2. 〈明遺民詩史〉，《北平晨報》1936 年 3 月 7、9、10 日。未
　 見。

1962 年：

1. 鄧魁英著：〈一代史詩——紀念杜甫誕生 1250 周年〉，《師大

教學》1962 年 4 月 17 日。未見。

2.周祖譔著：〈從「詩史」說到杜甫的時代精神〉，《熱風》1962
年 5 月號，頁 55－57；又刊周祖譔著：《百求一是齋叢稿》
（廈門：廈門大學出版社，2005），頁 17－23。

3.馮至著：〈「詩史」淺論〉（後改名為〈論杜詩和它的遭
遇〉），《文學評論》第四期（1962 年 8 月）；收入《馮至全
集》（石家莊：河北教育出版社，1999）第六卷，頁 174－
192。

4.陳友琴著：〈談楊慎批杜甫〉，《文匯報》1962 年 9 月 28 日；
又刊《杜甫研究論文集》第二輯（北京：中華書局，1962），頁
276－278；又刊《楊慎研究資料彙編》（臺北：中央研究院中國
文哲研究所，1992），頁 832－834。

1963 年：

1.禾光著：〈也談「詩史」及杜詩的時代精神——兼與周祖譔同志
商榷〉，《廈門大學學報》1963 年第 1 期，頁 86－95。

2.賀昌群著：〈詩中之史〉，刊《文史》第三輯（1963 年）；收
入《賀昌群文集》第三卷（北京：商務印書館，2003），頁 77
－116。

1967 年：

1.彭毅著：〈關於「詩史」〉，刊《現代文學》第 33 期，頁 66－
69；後收入柯慶明、林明德主編：《中國古典文學研究叢刊詩歌
之部》之二（臺北：巨流圖書公司，1979），頁 91－97。

1969 年：

1.莫可非著：〈詩史的漏洞〉，《新亞生活》11 卷 13 期（1969 年

1 月 10 日），頁 1－3。

1973 年：

1. 李道顯著：《杜甫詩史研究》，臺北：華岡出版社，1973 年。

2. 凝凝著：〈杜甫與史詩〉（上、下），《詩風》19－20 期（1973 年 12 月 1 日、1974 年 1 月 1 日），頁 2－3、頁 3。

1979 年：

1. 錢鍾書著：《管錐編》（北京：中華書局，1979）第四冊論「詩史」部分，頁 1390－1391。

1980 年：

1. 金啟華著：〈杜詩證史〉，《活頁文史叢刊》（淮陰）1980 年第 24 期；又刊金啟華著：《杜甫詩論叢》（上海：上海古籍出版社，1985），頁 245－248。

1983 年：

1. 楊松年著：〈宋人稱杜詩為詩史說析評〉，載《新加坡國立大學中文系學術論文第十一種》，1983 年；後收入楊松年著：《中國古典文學批評論集》（香港：三聯書店有限公司，1987），頁 127-162。

2. 吳鋼著：〈從《兵車行》看詩史說〉，《文史知識》1983 年第 6 期，頁 109－112。

1984 年：

1. 鄧魁英著：〈釋「詩史」〉，《草堂》1984 年第 1 期，頁 6－15。

2. 楊松年著：〈明清詩論者以杜詩為詩史說析評〉，新加坡國立大學中文系學術論文第二十三種，1984 年；後收入楊松年著：

《中國古典文學批評論集》（香港：三聯書店有限公司，
1987），頁163-184。

3.高陽著：〈「詩史」的明暗兩面〉，臺灣《聯合報副刊》1984
年11月11日；後收入高陽著：《高陽說詩》（臺北：聯經出版
事業公司，1985年增訂版），頁279－282。

1985年：

1.陳平原著：〈說「詩史」──兼論中國詩歌的敘事功能〉，《中
國小說敘事模式的轉變》（上海：上海人民出版社，1988）附錄
二，頁300－323；後收入陳平原著《陳平原小說史論集》（石
家莊：河北人民出版社，1997），頁553－576。

1986年：

1.龔鵬程著：《詩史本色與妙悟》，臺北：臺灣學生書局，1986
年4月；1993年2月增訂版。

2.張永芳著：〈「晚清詩史」探源〉，《遼寧教育學院學報》1986
年第1期；後收入張永芳著：《詩界革命與文學轉型》（北京：
中國社會科學出版社，2004），頁235－242。

1989年：

1.李賢臣著：〈詩史「春秋筆」──從「如聞泣幽咽」的誤解談
起〉，《河南大學學報》1989年第2期，頁47－50。

1990年：

1.鄭慶篤著：〈杜詩「詩史」之譽〉，《杜甫研究學刊》1990年
第4期，頁53－55、47。

1991年：

1.劉學照著：〈晚清詩史中的林則徐〉，《中國文化研究所學報》

22 卷（1991 年），頁 63－84。

2. 黃志輝著：〈杜甫被譽為「詩史」的一個典型範例──簡論《八哀詩·張公九齡》的歷史與文學價值〉，《杜甫研究學刊》1991年第 2 期，頁 19－23。

1992 年：

1. 高華平著：〈也談陳寅恪先生「以詩證史，以史說詩」的治學方法──兼與萬繩楠先生商榷〉，《華中師範大學學報》1992 年第 6 期，頁 78－83。

1993 年：

1. 林繼中著：〈詩心驅史筆──杜甫《八哀詩》討論〉，《首都師範大學學報》1993 年第 5 期，頁 30－36、29。

1994 年：

1. 侯迺慧著：〈「詩史」之外──論杜甫草堂詩風的豐富性〉，《國立政治大學學報》68 期（1994 年），頁 67－96。

2. 王友懷著：〈談杜甫「似司馬遷」──兼談史遷良史「識」「德」修養裡的詩家情質〉，《人文雜誌》1994 年第 2 期，頁 120－125。

3. 高明泉著：〈宋亡之詩史、悠悠之哀情──汪元量詩歌簡論〉，《固原師專學報》1994 年第 4 期，頁 29－31、44。

4. 黃萬機著：〈論鄭珍詩歌的「詩史」品格〉，《貴州文史叢刊》1994 年第 6 期，頁 78－82。

1995 年：

1. 黎小瑤著：〈「詩史」小議〉，《湛江師範學院學報》1995 年第 2 期，頁 70－72。

2.劉真倫著：〈「詩史」詮義〉，《大陸雜誌》90 卷 6 期（1995
年 6 月），頁 46－48。

3.程相占著：〈吳偉業的詩史思想〉，《蘇州大學學報》1995 年
第 4 期，頁 37－40。

4.許總著：〈詩史與情聖：杜詩寫實原則與表情方式的雙向同
構〉，《社會科學研究》1995 年第 4 期，頁 122－127。

1996 年：

1.孟修祥著：〈杜甫「詩史」說考辨〉，《殷都學刊》1996 年第 1
期，頁 39－40。

2.李洪岩著：〈關於詩史互證──錢鍾書與陳寅恪比較研究之
一〉，《貴州大學學報》1996 年第 4 期，頁 48－53。

3.祁和暉著：〈詩聖詩史論〉，《杜甫研究學刊》1996 年第 4
期，頁 1－8。

1997 年：

1.張瑞德著：〈中西比較詩學中的詩與史〉，《暨南學報》1997
年第 1 期，頁 90－98。

2.劉守安著：〈一代詩史梅村詩〉，《文學評論》1997 年第 2
期，頁 152－159。

3.馬承五著：〈詩聖、詩史、集大成──杜詩批評學中之譽稱述
評〉，《杜甫研究學刊》1997 年第 3 期，頁 51－58。

4.孫立著：〈以詩為史與以史為詩──論史學介入詩體的兩種不同
方式〉，《江漢論壇》1997 年 5 期，頁 33－36。

5.楊玉成著：〈詩與史：論古詩中的三良主題〉，《中華學苑》第
49 期，頁 97—139。

1998 年：

1. 丹娘著：〈從哀江頭看杜詩的「詩史」〉，《零陵師專學報》1998 年第 1 期，頁 63－84。

2. 田曉春著：〈詩史與心史〉，《徐州師範大學學報》，1998 年第 2 期，頁 97－99。

3. 李一飛著：〈杜詩「詩史」說略評〉，《杜甫研究學刊》1998 年第 2 期，頁 8－11。

4. 林啟柱著：〈梅村詩史背景初探〉，《渝州大學學報》1998 年第 2 期，頁 73－77。

5. 杜琳著：〈為君別唱興亡曲——明末詩史吳偉業〉，《歷史月刊》124 期（1998 年 5 月），頁 100－104。

6. 林麗娟著：〈筆下滄海正橫流——清末詩史黃遵憲〉，《歷史月刊》125 期（1998 年 6 月），頁 99－103。

7. 方勇著：〈「少陵詩史在眼前」——簡論南宋遺民舒岳祥詩歌的特徵〉，《天中學刊》1998 年第 3 期，頁 39－43。

1999 年：

1. 周興陸著：〈「詩史」之譽和「以史證詩」〉，《杜甫研究學刊》1999 年第 1 期，頁 8－13。

2. 向天淵著：〈「文史互通」與「詩史互證」〉，《中國比較文學》，1999 年第 1 期，頁 107－118。

3. 馬雪芹著：〈吳梅村詩史料價值初探〉，《徐州師範大學學報》1999 年第 1 期，頁 47－51。

4. 孫明君著：〈解讀「詩史」精神〉，《北京大學學報》1999 年第 2 期，頁 93－99。

5.韓經太著：〈傳統「詩史」說的闡釋意向〉，《中國社會科學》
　 1999 年第 3 期，頁 169－183。

2000 年：

1.黃麗月著：《汪元量詩史研究》，臺北：文津出版社，2000
　 年。

2.郝潤華著：《錢注杜詩與詩史互證方法》，合肥：黃山書社，
　 2000 年。

3.林繼中著：〈杜詩與宋人詩歌價值觀〉，見林繼中著：《文學史
　 新視野》（北京：北京大學出版社，2000），頁 178－204。

4.楊義著：〈杜甫的「詩史」思維〉（上、下），《杭州師範學院
　 學報》2000 年第 1 期、第 2 期，頁 35－45、35－44。

5.徐江著：〈吳梅村「詩史」論略〉，《中國文化研究》2000 年
　 春之卷，頁 135－141。

6.郝潤華著：〈宋代史學意識與「詩史」觀念的產生〉，《西北師
　 大學報》2000 年第 2 期，頁 1－7。

7.林翠鳳著：〈陳肇與《陶村詩稿》的文學表現與詩史價值〉，
　 《東海大學文學院學報》41 期（2000 年），頁 115－136。

8.胡大浚著：〈杜詩何以稱「詩史」──關於杜甫研究的一樁公
　 案〉，《西北成人教育學報》2000 年第 3 期，頁 18－20。

9.羅志田著：〈「詩史」傾向與怎樣解讀歷史上的詩與詩人〉，
　 《社會科學研究》2000 年第 4 期，頁 113－119；又載羅志田
　 著：《二十世紀的中國思想與學術掠影》（廣州：廣東教育出版
　 社，2001 年），頁 285－297。

10.陳文新著：〈明代詩學對「詩史」概念的辯證〉，《社會科學輯

刊》2000 年第 6 期，頁 137－142。

11.殷滿堂著：〈試論杜詩歷史性敘事的詩學價值〉，《荊州師範學院學報》2000 年第 6 期，頁 25－29。

12.劉學照著：〈清季詩史中的戊戌維新〉，《中國文化研究所學報》新第 9 期（2000 年），頁 295－320。

2001 年：

1.梁鑑江著：〈詩史與詞史──淺談杜詩對陳維崧詞的影響〉，《杜甫研究學刊》2001 年第 1 期，頁 74－77。

2.盧舟著：〈「狂歌」、「詩史」、「詩中六經」──唐宋時期的杜詩研究〉，《咸陽師範專科學校學報》2001 年第 2 期，頁 22－26。

3.方勇著：〈論宋亡「詩史」〉，《浙江大學學報》2001 年第 3 期，頁 25－31。

4.羅時進著：〈杜甫「詩史」說的形成及其價值〉，載羅時進著《唐詩演進論》（南京：江蘇古籍出版社，2001 年）第三章〈詩史嵩華：李白與杜甫〉第二節，頁 54－70。

5.李洲良著：〈詩與史──論錢鍾書在宋詩選注中對詩、史關係的闡釋〉，《學術交流》2001 年第 5 期，頁 114－117。

2002 年：

1.侯小強著：《王夫之非議「詩史說」原因初探》，首都師範大學中文系 2002 年碩士論文。

2.淺見洋二著：〈文學の歷史學──宋代における詩人年譜、編年詩文集、そして『詩史』說について─〉，川合康三編：《中國の文學史觀》（東京：創文社，2002 年），頁 61－99。中譯本

有淺見洋二著：〈論「詩史」說──「詩史」說與宋代詩人年
譜、編年詩文集編纂之關係〉，載《唐代文學研究》（桂林：廣
西師範大學出版社，2002 年），頁 773－788；完整的中譯本見
張劍等譯：〈文學的歷史學──宋代詩人年譜、編年詩文集及
「詩史」說〉，載陳飛等主編：《新文學》第三輯（鄭州：大象
出版社，2005 年），頁 102－125；經修訂後題名〈文學的歷史
學──論宋代的詩人年譜、編年詩文集及「詩史」說〉，收入淺
見洋二著、金程宇等譯：《距離與想像──中國詩學的唐宋轉
型》（上海：上海古籍出版社，2005 年），頁 280－334。

3. 楊勝寬著：〈人品、氣韻、詩史──惠洪論杜及論詩述評〉，
《杜甫研究學刊》2002 年第 1 期，頁 1－9。

4. 吳懷東著：〈在詩人和讀者之間──「詩史」、「詩聖」說源流
考述〉，《漳州師範學院學報》2002 年第 1 期，頁 30－35。

5. 方錫球著：〈「述情切事」與「悉合詩體」──論述許學夷的
「詩史」之辨〉，刊《文學評論叢刊》2002 年第 1 期（南京：
江蘇文藝出版社，2002），頁 214－226。

6. 林佩芬著：〈明末詩史吳梅村〉，《文史知識》2002 年第 6
期，頁 52－58。

7. 周豔娟著：〈王夫之論「杜甫詩史說」〉，《輔仁中研所學刊》
12 期（2002 年 10 月），頁 59－77。

2003 年：

1. 魏中林、賀國強著：〈詩史思維與梅村體史詩〉，《文學遺產》
2003 年 3 期，頁 98－108。

2. 郭前孔著：〈論金松岑詩歌的「詩史」特徵〉，《濟南大學學

報》2003 年第 4 期，頁 54－58。

3.劉華民著：〈宋季「詩史」現象探討〉，《井岡山師範學院學報》2003 年第 4 期，頁 11－15。

4.林啟柱著：〈論吳偉業「詩史」的文化背景〉，《西南民族大學學報》2003 年第 9 期，頁 83－86。

5.黃東陽著：〈從宗經文論詮解宋人尊杜甫為詩史之內涵〉，《東方人文學志》2 卷 3 期（2003 年 9 月），頁 93－110。

6.孫之梅著：〈明清人對「詩史」觀念的檢討〉，《文藝研究》2003 年 5 期，頁 59－65。

2004 年：

1.許德楠著：《論「詩史」的定位及其它》，北京：學苑出版社，2004 年 4 月。

2.高小慧著：〈楊慎的「詩史」論〉，《北京大學學報》2004 年第 1 期，頁 120－128。

3.潘承玉著：〈清初明遺民詩人的詩史意識〉，《古典文學知識》2004 年第 2 期，頁 55－60。

4.卞孝萱著：〈略談詩史互證〉，《東南大學學報》2004 年第 2 期，頁 92－94。

5.王世海著：〈明代杜詩詩史說分析〉，《樂山師範學院學報》2004 年第 7 期，頁 29－32。

6.左漢林著：〈論陳寅恪與錢鍾書的「詩史」之爭〉，《湖北社會科學》2004 年第 10 期，頁 51－52。

7.吳淑玲、韓成武著：〈杜陵「詩史」精神的第三重內涵〉，《南都學壇》2004 年第 6 期，頁 70－74。

2005 年：

1. Lawrence C.H. Yim. *Qian Qianyi's Theory of Shishi during the Ming-Qing Transition*. Taibei: Institute of Chinese Literature and Philosophy, Academia Sinica, 2005.

2. 王世海著：《杜詩詩史說研究（古代篇）》，南京師範大學文學院 2005 年碩士論文。

3. 鄧新躍著：〈楊慎對杜詩「詩史」說的批判及其批評史意義〉，《杜甫研究學刊》2005 年第 1 期，頁 38－44。

4. 張金環：〈明清之際「詩史」觀的新進展──吳偉業知人論世觀內涵新探〉，《山東師範大學學報》2005 年第 1 期，頁 11－15。

5. 羅漢松著：〈蘇軾的杜詩詩史批評〉，《湖南工程學院學報》2005 年第 1 期，頁 31－34。

6. 周嘯天、管遺瑞著：〈詩史新議〉，《杜甫研究學刊》2005 年第 2 期，頁 1－10。

7. 蔡志超著：〈再論杜甫詩史說〉，收入殷善培、周德良主編：《叩問經典》（臺北：臺灣學生書局，2005 年 6 月），頁 431－449。

8. 黃桂鳳著：〈「詩史」精神的確立──杜甫在唐末五代的接受探析〉，《唐都學刊》2005 年第 2 期，頁 1－5；又《玉林師範學院學報》2005 年第 4 期，頁 50－56。

9. 周薇著：〈陳衍「以詩存史」觀念論析〉，《學海》2005 年第 4 期，頁 81－87。

10. 黃桂鳳著：〈「詩史」精神重放光輝──論宋末詩人對杜詩的接

受〉,《孝感學院學報》2005 年第 5 期,頁 35－38。

11.陳建華著:〈從「以詩證史」到「以史證詩」——讀陳寅恪〈柳如是別傳〉劄記〉,《復旦學報》2005 年第 6 期,頁 74－82。

12.淺見洋二著:〈「詩史」說新考——以白居易《和答詩・和陽城驛》為中心〉,收入淺見洋二著、金程宇等譯:《距離與想像——中國詩學的唐宋轉型》(上海:上海古籍出版社,2005),頁 335－354。

2006 年:

1.楊瑞著:〈蔣琦齡詩歌的「詩史」精神〉,《西南交通大學學報》2006 年第 1 期,頁 83－86。

2.王世海著:〈杜詩「詩史」說當時意向探究〉,《中國韻文學刊》2006 年第 2 期,頁 1－4。

3.羅漢松著:〈「詩史」的意義生成及使用考論〉,《中國韻文學刊》2006 年第 2 期,頁 5－10、32。

4.陳建森著:〈杜甫的詩學立場與敘事策略——兼對「詩史」說的回顧與思考〉,《唐代文學研究》第十一輯(桂林:廣西師範大學出版社,2006 年 5 月),頁 377－395。

5.李洲良著:〈論春秋筆法與詩史關係〉,《文學遺產》2006 年第 5 期,頁 18－23。

徵引文獻

凡例

1. 本目錄包括正文及注釋中所參考徵引的書籍和論文。
2. 本目錄分成三部分：
   中日文著作目錄，指用中文撰寫之專籍及西文譯成中文之著作；
   中日文論文目錄，包括中、日文期刊雜誌所刊論文；
   英文專籍。
3. 中文資料排列，按著、編者等姓氏之中文拼音字母為序。
4. 本目錄引用《四部叢刊初編》均為臺灣商務印書館 1965 年影印本；《四庫全書》均為上海古籍出版社 1987 年影印文淵閣本；《續修四庫全書》均為上海古籍出版社 1995 年影印本；《四庫禁毀書叢刊》均為北京出版社 2000 年影印本。
5. 英文資料排列，按著、編者等姓氏字母為序。
6. 凡見於《「詩史」問題研究知見目錄》者，只列出中文著作目錄，單篇論文，則不再一一列出。

一、中日文著作目錄

A

埃里希‧奧爾巴赫著、吳麟綬等譯：《摹仿論——西方文學中所描繪的現

實》，天津：百花文藝出版社，2002 年。

B

白居易原本、孔傳續撰：《白孔六帖》，《四庫全書》第 892 冊。

班固撰：《漢書》，北京：中華書局，1962 年。

C

蔡居厚著：《蔡寬夫詩話》，《宋詩話輯佚》本。

蔡夢弼集錄：《杜工部草堂詩話》，《歷代詩話續編》本。

蔡尚思著：《王船山思想體系》，長沙：湖南人民出版社，1985 年。

蔡絛著：《明鈔本西清詩話》，《稀見本宋人詩話四種》本。

蔡英俊主編：《中國文化新論》之《抒情的境界》，臺北：聯經出版事業公司，1982 年。

蔡英俊著：《比興物色與情景交融》，臺北：大安出版社，1986 年。

蔡鎮楚著：《中國詩話史》，長沙：湖南文藝出版社，1988 年。

蔡正孫撰：《詩林廣記》，北京：中華書局，1982 年。

陳伯海主編：《唐詩學史稿》，石家莊：河北人民出版社，2004 年。

陳飛等主編：《新文學》第三輯，鄭州：大象出版社，2005 年。

陳國慶編：《漢書藝文志注釋彙編》，北京：中華書局，1983 年。

陳國球著：《胡應麟詩論研究》，香港：華風書局，1986 年。

陳國球著：《鏡花水月——文學理論批評論文集》，臺北：東大圖書公司，1987 年。

陳國球著：《唐詩的傳承——明代復古詩論研究》，臺北：臺灣學生書局，1990 年。

陳國球著：《文學史書寫形態與文化政治》，北京：北京大學出版社，2004 年。

陳沆撰：《詩比興箋》，上海：上海古籍出版社，1981 年。

陳平原著：《陳平原小說史論集》，石家莊：河北人民出版社，1997年。

陳平原著：《中國小說敘事模式的轉變》，上海：上海人民出版社，1988年。

陳尚君著：《唐代文學叢考》，北京：中國社會科學出版社，1997年。

陳世驤著：《陳世驤文存》，瀋陽：遼寧教育出版社，1998年。

陳文華著：《杜甫傳記唐宋資料考辨》，臺北：文史哲出版社，1987年。

陳巖肖著：《庚溪詩話》，《歷代詩話續編》本。

陳應鸞校注：《臨漢隱居詩話校注》，成都：巴蜀書社，2001年。

陳造著：《江湖長翁集》卷十，《四庫全書》第1166冊。

陳子龍著、上海文獻叢書編委會編：《陳子龍文集》，上海：華東師範大學出版社，1988年。

成復旺、蔡鍾翔、黃保真著：《中國文學理論史》，北京：北京出版社，1987年。

程傑著：《北宋詩文革新研究》，呼和浩特：內蒙古教育出版社，2000年。

程鉅夫著：《雪樓集》，《四庫全書》第1202冊。

程敏政著：《篁墩文集》，《明詩話全編》第二冊。

川合康三編：《中國の文學史觀》，東京：創文社，2002年。

D

丁福保輯：《歷代詩話續編》，北京：中華書局，1983年。

丁福保輯：《清詩話》，上海：上海古籍出版社，1978年。

杜濬著：《變雅堂文集》，《四庫禁毀書叢刊》集部第72冊。

杜維運著：《清代史學與史家》，臺北：東大圖書有限公司，1984年。

杜預集解：《春秋經傳集解》，上海：上海古籍出版社，1988年。

段成式撰、方南生點校：《酉陽雜俎》，北京：中華書局，1981年。

F

范鎮、宋敏求著：《東齋記事　春明退朝錄》，北京：中華書局，1980 年。

方逢辰著：《蛟峰文集》，《四庫全書》第 1187 冊。

方回著：《桐江續集》，《四庫全書》第 1193 冊。

方孝岳著：《中國文學批評》，北京：三聯書店，1986 年。

馮至著：《馮至全集》，石家莊：河北教育出版社，1999 年。

G

高棅編選：《唐詩品彙》，上海：上海古籍出版社，1988 年。

高陽著：《高陽說詩》（增訂版），臺北：聯經出版事業公司，1985 年。

高友工著：《中國美典與文學研究論集》，臺北：國立臺灣大學出版中心，2004 年。

葛立方著：《韻語陽秋》，《歷代詩話》本。

龔鵬程著：《詩史本色與妙悟》（增訂版），臺北：臺灣學生書局，1993 年。

顧頡剛著：《顧頡剛讀書筆記》，臺北：聯經出版事業公司，1990 年。

顧易生、蔣凡、劉明今著：《宋金元文學批評史》，上海：上海古籍出版社，1996 年。

管世銘著：《讀雪山房唐詩序例》，《清詩話續編》本。

郭紹虞編、富壽蓀校點：《清詩話續編》，上海：上海古籍出版社，1983 年。

郭紹虞輯：《宋詩話輯佚》，北京：中華書局，1980 年。

郭紹虞主編：《中國歷代文論選》，上海：上海古籍出版社，1979－1980 年。

郭紹虞著：《宋詩話考》，北京：中華書局，1979 年。

郭紹虞著：《中國文學批評史》，天津：百花文藝出版社，1999 年。

H

郝敬著：《藝圃傖談》，《明詩話全編》本（據明萬曆崇禎間郝洪範刊本排

印）。

郝潤華著：《錢注杜詩與詩史互證方法》，合肥：黃山書社，2000 年。

何景明撰：《大復集》，《四庫全書》第 1267 冊。

何良俊著：《四友齋叢說》，北京：中華書局，1959 年。

何夢桂著：《潛齋集》，《四庫全書》第 1188 冊。

何文煥輯：《歷代詩話》，北京：中華書局，1981 年。

何晏注、邢昺疏：《論語註疏》，北京：北京大學出版社，1999 年。

賀昌群著：《賀昌群文集》第三卷，北京：商務印書館，2003 年。

胡守為主編：《陳寅恪與二十世紀中國學術》，杭州：浙江人民出版社，
　　2000 年。

胡小石著：《胡小石論文集續編》，上海：上海古籍出版社，1991 年。

胡寅著：《斐然集》，《四庫全書》本。

胡應麟著：《少室山房筆叢》，北京：中華書局，1958 年。

胡應麟撰：《詩藪》，上海：上海古籍出版社，1979 年。

胡幼峰著：《清初虞山派詩論》，臺北：國立編譯館，1994 年。

胡震亨著：《唐音癸籤》，上海：上海古籍出版社，1981 年。

胡仔纂集、廖德明校點、周本淳重訂：《苕溪漁隱叢話前集》，北京：人民
　　文學出版社，1993 年。

湖南省哲學社會科學學會聯合會、湖北省哲學社會科學學會聯合會合編：
　　《王船山學術討論集》，北京：中華書局，1965 年。

黃徹著：《䂬溪詩話》，《歷代詩話續編》本。

黃麗月著：《汪元量詩史研究》，臺北：文津出版社，2000 年。

黃仁生著：《楊維楨與元末明初文學思潮》，上海：東方出版中心，2005
　　年。

黃生著：《杜詩說》，合肥：黃山書社，1994 年。

黃庭堅著：《山谷外集》，《四庫全書》第 1113 冊。

黃永年著：《舊唐書與新唐書》，北京：人民出版社，1985 年。

黃朝英著、吳企明校點：《靖康緗素雜記》，上海：上海古籍出版社，1986 年。

黃宗羲編：《明文海》，北京：中華書局，1987 年。

黃宗羲著：《黃宗羲全集》第十冊，杭州：浙江古籍出版社，1993 年。

惠洪著：《日本五山版冷齋夜話》，《稀見本宋人詩話四種》本。

J

簡恩定著：《清初杜詩學研究》，臺北：文史哲出版社，1986 年。

蔣寅、張伯偉主編：《中國詩學》第八輯，北京：人民文學出版社，2003 年。

蔣寅著：《清詩話考》，北京：中華書局，2005 年。

蔣寅著：《王漁洋與康熙詩壇》，北京：中國社會科學出版社，2001 年。

焦竑編、楊慎撰：《升庵外集》，臺北：臺灣學生書局，1971 年影印。

金啟華著：《杜甫詩論叢》，上海：上海古籍出版社，1985 年。

K

柯慶明、林明德主編：《中國古典文學研究叢刊詩歌之部》之二，臺北：巨流圖書公司，1979 年。

L

郎廷槐問、王士禎等答：《師友詩傳錄》，《清詩話》本。

李東陽著：《懷麓堂集》，《四庫全書》第 1250 冊。

李東陽著：《懷麓堂詩話》，《歷代詩話續編》本。

李昉等編：《太平廣記》，北京：中華書局，1961 年。

李復著：《潏水集》，《四庫全書》第 1121 冊。

李賀著、王琦等評注：《三家評注李長吉歌詩》，北京：中華書局，1959

年。

李濬著：《松窗雜錄》，《四庫全書》第 1035 冊。

李夢陽撰：《空同集》，《四庫全書》第 1262 冊。

李玉梅著：《陳寅恪之史學》，香港：三聯書店（香港）有限公司，1997
　　年。

李裕民著：《四庫提要訂誤》，北京：書目文獻出版社，1990 年。

李肇著：《唐國史補》，載《唐國史補　因話錄》，上海：上海古籍出版
　　社，1979 年。

李重華著：《貞一齋詩說》，《清詩話》本。

廖可斌著：《明代文學復古運動研究》，上海：上海古籍出版社，1994 年。

林繼中著：《文學史新視野》，北京：北京大學出版社，2000 年。

林慶彰、賈順先編：《楊慎研究資料彙編》，臺北：中央研究院中國文哲研
　　究所，1992 年。

劉攽著：《中山詩話》，《歷代詩話》本。

劉瑾著：《詩傳通釋》，《四庫全書》第 76 冊。

劉克莊著：《後村詩話後集》，北京：中華書局，1983 年。

劉若愚著、杜國清譯：《中國文學理論》，臺北：聯經出版事業公司，1981
　　年。

劉勰著、范文瀾注：《文心雕龍注》，北京：人民文學出版社，1958 年。

劉昫等撰：《舊唐書》，北京：中華書局，1975 年。

劉學箕撰：《方是閒居士小稿》，《四庫全書》第 1176 冊。

劉學鍇、余恕誠著：《李商隱詩歌集解》，北京：中華書局，1988 年。

劉毓慶著：《從經學到文學》，北京：商務印書館，2001 年。

劉知幾撰、浦起龍釋：《史通通釋》，上海：上海古籍出版社，1978 年。

陸機撰、張少康集釋：《文賦集釋》，上海：上海古籍出版社，1984 年。

逯欽立輯校：《先秦漢魏晉南北朝詩》，北京：中華書局，1983年。

呂正惠、蔡英俊主編：《中國文學批評》第一集，臺北：臺灣學生書局，1992年。

羅根澤著：《中國文學批評史》，上海：上海書店，2003年。

羅時進著：《唐詩演進論》，南京：江蘇古籍出版社，2001年。

羅志田著：《二十世紀的中國思想與學術掠影》，廣州：廣東教育出版社，2001年。

羅仲鼎校注：《藝苑卮言校注》，濟南：齊魯書社，1992年。

M

馬永易撰：《實賓錄》，《四庫全書》第920冊。

毛亨傳、鄭玄箋、孔穎達疏、龔抗雲等整理、肖永明等審定，《毛詩正義》，北京：北京大學出版社，1999年。

毛晉撰、潘景鄭校訂：《汲古閣書跋》，上海：古典文學出版社，1958年。

毛奇齡著：《論語稽求篇》，《四庫全書》第210冊。

莫礪鋒著：《杜甫評傳》，南京：南京大學出版社，1993年。

N

內山知也著：《隋唐小說研究》，東京：木耳社，昭和52年（1977年）。

O

歐陽修、宋祁撰：《新唐書》，北京：中華書局，1975年。

P

潘承玉著：《清初詩壇：卓爾堪與〈遺民詩〉研究》，北京：中華書局，2004年。

潘德輿著：《養一齋李杜詩話》，《清詩話續編》本。

潘維城著：《論語古注集箋》，臺北：鼎文書局影印《皇清經解續編》本，1973年。

浦起龍著：《讀杜心解》，北京：中華書局，1961年。

Q

錢澄之著、湯華泉校點、馬君驊審訂：《藏山閣集》，合肥：黃山書社，
2004 年。

錢謙益著、錢曾箋注、錢仲聯標校：《牧齋初學集》，上海：上海古籍出版
社，1985 年。

錢謙益著、錢曾箋注、錢仲聯標校：《牧齋有學集》，上海：上海古籍出版
社，1996 年。

錢謙益著、中華書局上海編輯所編輯：《列朝詩集小傳》，北京：中華書
局，1959 年。

錢鍾書著：《管錐編》，北京：中華書局，1979 年。

錢鍾書著：《宋詩選注》，北京：人民文學出版社，1993 年。

錢鍾書著：《談藝錄》，北京：中華書局，1984 年。

錢鍾書著：《寫作人生邊上　人生邊上的邊上　石語》，北京：三聯書店，
2002 年。

淺見洋二著、金程宇、岡田千穗譯：《距離與想像——中國詩學的唐宋轉
型》，上海：上海古籍出版社，2005 年。

秦觀撰、徐培均箋注：《淮海集箋注》，上海：上海古籍出版社，1994 年。

仇兆鰲注：《杜詩詳注》，北京：中華書局，1979 年。

屈大均著：《翁山文鈔》，《四庫禁毀書叢刊》集部第 120 冊。

瞿蛻園著、朱金城校注：《李白集校注》，上海：上海古籍出版社，1980
年。

全祖望撰、朱鑄禹彙校集注：《全祖望集彙校集注》，上海：上海古籍出版
版社，2000 年。

R

阮閱撰：《詩話總龜》，臺北：廣文書局，1973 年。

S

邵雍撰：《伊川擊壤集》，《四部叢刊初編》本。

沈括著：《夢溪筆談》，《四庫全書》第 862 冊。

施閏章著：《施愚章集》，合肥：黃山書社，1992 年。

史繩祖著：《學齋佔畢》，《四庫全書》第 854 冊。

舒岳祥著：《閬風集》，《四庫全書》第 1187 冊。

司空圖著、陳國球導讀：《二十四詩品》，臺北：金楓出版社，1999 年。

司空圖撰：《司空表聖文集》，《四庫全書》第 1083 冊。

司馬光編著、胡三省音注：《資治通鑑》，北京：中華書局，1987 年。

司馬光著：《溫公續詩話》，《歷代詩話》本。

司馬遷撰、裴駰集解、司馬貞索隱、張守節正義：《史記》，北京：中華書局，1982 年。

宋琬著：《宋琬全集》，濟南：齊魯書社，2003 年。

蘇軾著、孔凡禮點校：《蘇軾文集》，北京：中華書局，1986 年。

蘇軾著、王松齡點校：《東坡志林》，北京：中華書局，1981 年。

蘇軾著：《東坡志林》，《四庫全書》第 863 冊。

蘇轍著：《蘇轍集》，北京：中華書局，1990 年。

T

譚承耕著：《船山詩論及創作研究》，長沙：湖南出版社，1992 年。

檀作文著：《朱熹詩經學研究》，北京：學苑出版社，2003 年。

唐庚著：《唐子西文錄》，《歷代詩話》本。

唐汝洵著、王振漢點校：《唐詩解》，保定：河北大學出版社，2001 年。

唐元竑著：《杜詩攟》，《四庫全書》第 1070 冊。

W

汪榮祖著：《史家陳寅恪傳》，臺北：聯經出版事業公司，1984 年。

汪榮祖著：《史傳通說》，臺北：聯經出版事業公司，1988 年。

汪元量著：《湖山類稿》，《四庫全書》第 1188 冊。

王得臣著：《麈史》，《四庫全書》第 862 冊。

王定保著：《唐摭言》，上海：中華書局上海編輯所，1959 年。

王夫之著、《船山全書》編輯委員會編校：《船山全書》，長沙：嶽麓書社，1988－1996 年。

王夫之著、戴鴻森箋注：《薑齋詩話箋注》，北京：人民文學出版社，1981 年。

王靖宇著：《中國早期敘事文研究》，上海：上海古籍出版社，2003 年。

王楙著：《野客叢書》，上海：上海古籍出版社，1991 年。

王懋竑著：《白田雜著》，《四庫全書》第 859 冊。

王夢鷗著：《唐人小說研究三集》，臺北：藝文印書館，1974 年。

王士禎著、張宗楠纂集、戴鴻森校點：《帶經堂詩話》，北京：人民文學出版社，1963 年。

王士禎著：《香祖筆記》，上海：上海古籍出版社，1982 年。

王世懋著：《藝圃擷餘》，《歷代詩話》本。

王世貞著：《弇州四部稿》，《四庫全書》本。

王世貞著：《弇州續稿》，《四庫全書》本。

王叔岷撰：《鍾嶸詩品箋證稿》，臺北：中央研究院中國文哲研究所，1992 年。

王嗣奭著：《杜臆》，《明詩話全編》本（據中華書局 1963 年排印本）。

王嗣奭著：《管天筆記》，《明詩話全編》本（據《四明叢書》本排印）。

王廷相著、王孝魚校點：《王廷相集》，北京：中華書局，1989 年。

王文祿著：《詩的》，《明詩話全編》第九冊。

王文生著：《臨海集》，西安：陝西人民出版社，1983 年。

王運熙、顧易生主編：《中國文學批評史新編》，上海：復旦大學出版社，2001 年。

王運熙、楊明著：《隋唐五代文學批評史》，上海：上海古籍出版社，1994
　　年。

王正德著：《餘師錄》，《四庫全書》第 1480 冊。

王仲鏞箋證：《升庵詩話箋證》，上海：上海古籍出版社，1987 年。

韋家驊著：《楊慎評傳》，南京：南京大學出版社，1998 年。

韋勒克、沃倫著：《文學理論》，北京：三聯書店，1984 年。

魏了翁著：《鶴山集》，《四庫全書》第 1172 冊。

魏慶之編：《詩人玉屑》，上海：上海古籍出版社，1978 年。

魏泰著：《臨漢隱居詩話》，《歷代詩話》本。

魏禧著：《魏叔子文集》，《四庫禁毀書叢刊》集部第 4 冊。

文天祥著：《文信國集杜詩》，《四庫全書》第 1184 冊。

文瑩撰、鄭世剛、楊立揚點校：《湘山野錄　續錄　玉壺清話》，北京：中
　　華書局，1984 年。

鄔國平、王鎮遠著：《清代文學批評史》，上海：上海古籍出版社，1996
　　年。

鄔國平著：《竟陵派與明代文學批評》，上海：上海古籍出版社，2004 年。

吳宏一著：《清代詩學初探》（修訂版），臺北：臺灣學生書局，1986 年。

吳喬著：《答萬季野詩問》，《清詩話》本。

吳喬著：《逃禪詩話》，與《圍爐詩話》、《西崑發微》、《談龍錄》合
　　刊，臺北：廣文書局，1973 年。

吳喬著：《圍爐詩話》，《清詩話續編》本。

吳偉業著：《梅村詩話》，《清詩話》本。

吳文治主編：《明詩話全編》，南京：江蘇古籍出版社，1997 年。

吳瞻泰著：《杜詩提要》，臺北：大通書局，1974 年。

X

項楚主編：《新國學》第四卷，成都：巴蜀書社，2002 年。

蕭馳著：《中國抒情傳統》，臺北：允晨文化實業股份有限公司，1999 年。

蕭蓮父、許蘇民著：《王夫之評傳》，南京：南京大學出版社，2002 年。

謝榛著、李慶立、孫慎之箋注：《詩家直說箋注》，濟南：齊魯書社，1987 年。

謝榛著：《四溟詩話》，《歷代詩話續編》本。

謝榛著、朱其鎧等校點：《謝榛全集》，濟南：齊魯書社，2000 年。

徐釚著、唐圭璋校注：《詞苑叢談》，上海：上海古籍出版社，1981 年。

徐居仁編、黃鶴補注：《集千家注分類杜工部詩》，臺北：大通書局，1974 年。

許德楠著：《論詩史的定位及其它》，北京：學苑出版社，2004 年。

許冠三著：《劉知幾的實錄史學》，香港：中文大學出版社，1983 年。

許學夷著、杜維沫校點：《詩源辯體》，北京：人民文學出版社，1987 年。

許顗著：《彥周詩話》，《歷代詩話》本。

許總著：《杜詩學通論》，桃園：聖環圖書，1997 年。

Y

嚴羽著、郭紹虞校釋：《滄浪詩話校釋》，北京：人民文學出版社，1983 年。

羊列榮著：《20 世紀中國古代文學研究史·詩歌卷》，上海：上海東方出版中心，2006 年。

楊伯峻編著：《春秋左傳注》，北京：中華書局，1995 年。

楊伯峻著：《論語譯注》，北京：中華書局，1980 年。

楊慎編、劉琳、王曉波點校：《全蜀藝文志》，北京：線裝書局，2003 年。

楊慎著、王仲鏞箋證：《升庵詩話箋證》，上海：上海古籍出版社，1987 年。

楊慎著、楊文生校箋：《楊慎詩話校箋》，成都：四川人民出版社，1990

年。

楊慎撰、張士佩編：《升庵集》，《四庫全書》第 1270 冊。

楊松年著：《王夫之詩論研究》，臺北：文史哲出版社，1986 年。

楊松年著：《中國古典文學批評論集》，香港：三聯書店（香港）有限公司，1987 年。

楊萬里著：《誠齋詩話》，《歷代詩話續編》本。

楊維楨著：《東維子集》，《四庫全書》第 1221 冊。

姚寬著：《西溪叢語》，《四庫全書》第 850 冊。

葉燮著、霍松林校注：《原詩》，與《一瓢詩話》、《說詩晬語》合刊，北京：人民文學出版社，1979 年。

殷善培、周德良主編：《叩問經典》，臺北：臺灣學生書局，2005 年。

永瑢等撰：《四庫全書總目》，北京：中華書局，1965 年。

尤侗著：《艮齋雜說續說》，北京：中華書局，1992 年。

游國恩主編：《中國文學史》，北京：人民文學出版社，1963 年。

余嘉錫著：《四庫提要辯證》，北京：中華書局，1980 年。

俞弁著：《山樵暇語》，《明詩話全編》本（據涵芬樓影印華亭朱象玄手抄本排印）。

俞文豹撰：《吹劍錄》，見俞文豹撰、張宗祥校訂：《吹劍錄全編》，上海：古典文學出版社，1958 年。

俞正燮撰、涂小馬等校點：《癸巳類稿》，瀋陽：遼寧教育出版社，2001 年。

俞志慧著：《君子儒與詩教：先秦儒家文學思想考論》，北京：三聯書店，2005 年。

宇文所安著、賈晉華譯：《盛唐詩》，北京：三聯書店，2004 年。

元稹著：《元稹集》，北京：中華書局，1982 年。

袁震宇、劉明今著：《明代文學批評史》，上海：上海古籍出版社，1991

年。

Z

曾秀景著:《論語古注輯考》,臺北,學海出版社,1991 年。

曾慥編:《類說》,北京:文學古籍刊行社,1955 年。

詹鍈主編:《李白全集校注彙釋集評》,天津:百花文藝出版社,1996 年。

張伯偉編校:《稀見本宋人詩話四種》,南京:江蘇古籍出版社,2002 年。

張伯偉著:《中國古代文學批評方法研究》,北京:中華書局,2002 年。

張伯偉著:《中國詩學研究》,瀋陽:遼海出版社,2000 年。

張方著:《文論通說》,北京:學苑出版社,2003 年。

張高評著:《會通化成與宋代詩學》,臺南:國立成功大學出版組,2000
　　年。

張煌言著:《張蒼水集》,上海:上海古籍出版社,1985 年。

張健編著:《元代詩法校考》,北京:北京大學出版社,2001 年。

張健著:《清代詩話研究》,臺北:五南圖書公司,1993 年。

張健著:《清代詩學研究》,北京:北京大學出版社,1999 年。

張戒著:《歲寒堂詩話》,《歷代詩話續編》本。

張三夕著:《批判史學的批判:劉知幾及其史通研究》,臺北:文津出版
　　社,1992 年。

張少康、劉三富著:《中國文學理論批評發展史》,北京:北京大學出版
　　社,1995 年。

張憲著:《玉笥集》,《四庫全書》第 1217 冊。

張永芳著:《詩界革命與文學轉型》,北京:中國社會科學出版社,2004
　　年。

張仲深著:《子淵詩集》,《四庫全書》第 1215 冊。

趙敏俐主編:《中國詩歌研究》第一輯,北京:中華書局,2002 年。

趙與時著：《賓退錄》，《四庫全書》第 853 冊。

鄭慶篤等編著：《杜集書目提要》，濟南：齊魯書社，1986 年。

鄭玄注、賈公彥疏、趙伯雄整理、王文錦審定：《周禮註疏》，北京：北京
　　大學出版社，1999 年。

鄭永曉著：《黃庭堅年譜新編》，北京：社會科學文獻出版社，1997 年。

中國古典文學研究會主編：《古典文學》第六集，臺北：臺灣學生書局，
　　1984 年。

中國科學院文學研究所中國文學史編寫組編寫：《中國文學史》，北京：人
　　民文學出版社，1962 年。

鍾惺著：《古詩歸》，《續修四庫全書》第 1589 冊。

周必大著：《二老堂詩話》，《歷代詩話》本。

周采泉著：《杜集書錄》，上海：上海古籍出版社，1986 年。

周煇著、劉永翔校注：《清波雜誌校注》，北京：中華書局，1994 年。

周濟著：《介存齋論詞雜著》，與《復堂詞話》、《蒿庵詞話》合刊，北
　　京：人民文學出版社，1998 年。

周勛初主編：《唐人軼事彙編》，上海：上海古籍出版社，1995 年。

周勛初著：《唐代筆記小說敘錄》，收入《周勛初文集》第五冊。

周勛初著：《周勛初文集》，南京：江蘇古籍出版社，2000 年。

周祖譔著：《百求一是齋叢稿》，廈門：廈門大學出版社，2005 年。

朱東潤著，《中國文學批評史大綱》，上海：上海古籍出版社，1983 年。

朱任生著：《杜詩句法舉隅》，臺北：臺灣中華書局，1973 年。

朱庭珍著：《筱園詩話》，《清詩話續編》本。

朱維之著：《中國文藝思潮史略》，《民國叢書》第一編第 61 冊。

朱熹著：《詩集傳》，香港：中華書局香港分局，1961 年。

朱熹著：《四書章句集注》，北京：中華書局，1983 年。

朱翌著：《猗覺寮雜記》，《四庫全書》第 850 冊。

朱自清著：《詩言志辨》，北京：古籍出版社，1956 年。

二、中文論文目錄

C

陳國球著：〈鍛煉物情時得意，新詩還有百來篇——邵雍《擊壤集》詩學思想探析〉，刊《嶺南大學中文系系刊》第五期（香港：嶺南大學，1998），頁 33－52。

陳友琴著：〈關於王船山的詩論〉，收入湖南省哲學社會科學學會聯合會、湖北省哲學社會科學學會聯合會合編：《王船山學術討論集》（北京：中華書局，1965）下冊，頁 466－488。

崔積寶著：〈談《史記》論贊中的情感〉，刊《哈爾濱學院學報》23 卷 5 期（2002 年 5 月），頁 85－91。

G

葛曉音著：〈試論春秋後期「《詩》亡」說〉，《中華文史論叢》第 78 輯（上海：上海古籍出版社，2004），頁 1－22。

J

簡恩定著：〈船山論杜雜議〉，收入中國古典文學研究會主編：《古典文學》第六集（臺北：臺灣學生書局，1984），頁 213－237。

蔣寅著：〈《逃禪詩話》與《圍爐詩話》之關係〉，《蘇州大學學報》2000 年第 3 期，頁 39－44。

景蜀慧著：〈「文史互證」方法與魏晉南北朝史研究〉，載胡守為主編：《陳寅恪與二十世紀中國學術》（杭州：浙江人民出版社，2000），頁 167－183。

L

李一飛著：〈《唐國史補》作者李肇行述考略〉，《文獻》1991 年第 2 期，頁 109－113。

廖棟樑著：〈試論孟棨《本事詩》〉，《中外文學》第 23 卷第 4 期（1994 年

9 月），頁 172－184。

廖棟樑著：〈滋味：以味論詩說初探〉，收入呂正惠、蔡英俊主編：《中國
　　文學批評》第一集（臺北：臺灣學生書局，1992），頁 95－125。

魯洪生著：〈《毛傳》標興本義考〉，載趙敏俐主編：《中國詩歌研究》
　　（北京：中華書局，2002）第一輯，頁 71－84。

M

馬銀琴著：〈孟子「《詩》亡然後《春秋》作」重詁〉，刊《上海師範大學
　　學報》2000 年第 3 期，頁 74－79。

Q

淺見洋二著：〈關於詩與「本事」、「本意」以及「詩讖」──論中國古代
　　文學作品接受過程中的本文與語境的關係〉，刊項楚主編：《新國
　　學》（成都：巴蜀書社，2002）第四卷，頁 1－15；又收入淺見洋二
　　著、金程宇等譯：《距離與想像──中國詩學的唐宋轉型》（上海：
　　上海古籍出版社，2005），頁 355－369。

錢鍾書著：〈中國固有的文學批評的一個特點〉，見錢鍾書著：《寫作人生
　　邊上　人生邊上的邊上　石語》（北京：三聯書店，2002），頁 116－
　　134。

R

阮廷瑜著：〈《逃禪詩話》與《圍爐詩話》之異同〉，《國立中央圖書館館
　　刊》新 25 卷第 1 期（1992），頁 135－150。

S

孫永如著：〈《本事詩》考論〉，載陝西師範大學古籍整理研究所編：《古
　　代文獻研究集林》第三集（西安：陝西師範大學出版社，1995），頁
　　132－141。

鄔國平、葉佳聲著：〈王夫之評杜甫論〉，《杜甫研究學刊》2001 年第 1
　　期，頁 55－61。

T

涂波著：〈王夫之杜詩批評衡論〉，載蔣寅、張伯偉主編：《中國詩學》第
　　八輯（北京：人民文學出版社，2003），頁 199－211。

W

汪榮祖著:〈錢牧齋的史筆〉,《中國文哲研究通訊》第 14 卷第 2 期
（2004）,頁 49－61。

汪正龍著:〈西方詩學中的「詩史之辨」及其理論思考——兼談西方詩學從
哲性詩學到文本詩學的轉變〉,《江海學刊》2000 年 5 期,頁 183－
187。

X

謝明陽著:〈許學夷與吳喬的詩學傳承〉,《中國文哲研究通訊》第 13 卷第
3 期（2003）,頁 23－48。

興膳宏著、李寅生譯:〈略論《歲寒堂詩話》對杜甫與白居易詩歌的比較評
論〉,《杜甫研究學刊》2001 年第 1 期,頁 78－86。

Z

張永貴、黎建軍著:〈錢謙益史學思想述評〉,《史學月刊》2000 年第 2
期,頁 19－24。

鄭毓瑜著:〈詮釋的界域:——從《詩大序》再探「抒情傳統」的建構〉,
《中國文哲研究集刊》第 23 期（臺北:中央研究院中國文哲研究所,
2003）,頁 1－32。

三、英文文獻目錄

Alex, Preminger, ed. *The Princeton Handbook of Poetics Terms*. Princeton, N.J.:
Princeton University Press, 1986.

Charles C. Lemert and Garth Gillan. *Michel Foucault: Social Theory and
Transgression*. New York: Columbia University Press, 1982.

Erich, Auerbach, translated by Willard R. Trask. *Mimesis: the representation of
reality in Western Literature*. Princeton, N.J.: Princeton University Press,
1953.

Hayden, White. *Metahistory: the Historical imagination in nineteenth-century
Europe*. Baltimore: Johns Hopkins University Press, 1990.

Kendall L. Walton, *Mimesis as Make-Believe: on the foundations of the representational arts.* Cambridge, Massachusetts.: Harvard University Press, 1990.

Michel, Foucault, translated by A.M. Sheridan Smith. *The archaeology of knowledge; and, The discourse on language.* New York: Pantheon Books, 1972.

Lawrence C.H. Yim（嚴志雄）. *Qian Qianyi's Theory of Shishi during the Ming-Qing Transition.* Taibei: Institute of Chinese Literature and Philosophy, Academia Sinica, 2005.

Marston, Anderson. *The Limits of Realism: Chinese Fiction in The Revolutionary Period.* Berkeley: University of California Press, 1990.

Martinn, Kusch. *Foucault's strata and fields: An Investigation into Archaeological and Genealogical Science Studies.* Dordrecht; Boston; London: Kluwer Academic Publishers, 1991.

Ming Dong Gu, *The Continuity of Mimetic Theory in Chinese Literary Thought,* 該文係 2005 年 6 月 23－26 日在南京大學召開的「中國文學：傳統與現代的對話」（Chinese Literatue: Dialogue between Tradition and Modernity）國際學術研討會的會議論文，收入南京大學中國語言文學系、中國文學與比較文學國際學會：《中國文學：傳統與現代的對話國際學術研討會論文集》（上冊，會議印本），頁 146－160。

Shuen-fu, Lin（林順夫）. *The transformation of the Chinese lyrical tradition: Chiang K'uei and Southern Sung tz'u poetry.* Princeton, N.J.: Princeton University Press, 1978.

Siu-Kit, Wong（黃兆傑）. *Ch'ing and Ching in the Critical Writings of Wang Fu-chih,* in Adele Austin Rickett ed. *Chinese Approaches to Literature from Confucius to Liang Ch'i-chao.* Princeton, N.J.: Princeton University Press, 1978, pp.121-150.

Siu-kit, Wong. *Notes on Poetry from the Ginger Studio.* Hong Kong: The Chinese University Press, 1987.

Wellek, René and Austin Warren. *Theory of Literature.* New York: Harcourt, Brace and Jovanovich, 1966, 3rd ed.

後　記

　　本書原題《中國文學批評史上之「詩史」概念》，是二〇〇五年我在陳國球老師指導下完成的博士論文。今承龔鵬程教授推薦，得以收入學生書局頗具影響的《中國文學批評術語叢刊》，並改題為《詩史》，以示簡潔明晰之意。

　　本書從選題開始直至定稿，都是在陳國球老師的指導下進行的。自從我到香港後，一直得到他的關心與幫助。我不但在課堂上聆聽他的教誨，而且可以隨時隨地攔住他請教古今中外的各種文學問題，無論在研究室、餐廳，還是咖啡館，我們往往一談就是幾個小時，甚至不知東方之既白。在陳老師的悉心指導和嚴格訓練下，我走出了史料與掌故的叢林，進入理論思考的全新天地。他縝密精深的研究風格，給予我巨大的影響，希望我能在未來的研究中，不辜負他的期望，繼續前行。

　　我還要感謝陳建華老師，他不僅給予我新知，還時常帶我領略生活的樂趣，他瀟脫的性格和對理想的執著影響了我對學術與人生的看法。

　　香港浸會大學陳致教授一直關心我的學業，關鍵時候伸出援手，給予我溫暖；香港科技大學高辛勇教授、黃敏浩教授、蘇耀昌教授和北京大學張少康教授，在我平日的學業或最終的論文口試中

給予了諸多幫助和理解；論文撰寫過程中，臺灣中央研究院文哲所嚴志雄先生、臺灣東華大學中文系謝明陽先生曾惠寄大作，方便我參考；香港教育學院馮翠兒老師以及同學朱宇、余國輝、許景昭、葉倬瑋、謝文欣、李思涯、許國慧、范廣欣、任鋒、翁賀凱等人對我照顧頗多；我對他們心存深深的感激。

　　「詩史」本是學界非常關注的問題，本文的研究受惠於大量已經發表的成果，我已盡可能在注釋和參考文獻中表示感謝，在此，我對他們的研究致以敬意。

　　本書的完成與出版，代表我學生時代的結束。求學多年，所得僅此，良可悲嘆。好在學而無涯，希望仍存於未來。

張 暉
2006 年 8 月 24 日於京西寓所

國家圖書館出版品預行編目資料

詩史

張暉著. – 初版. – 臺北市：臺灣學生，
2007[民 96]
面；公分
參考書目：面

ISBN 978-957-15-1338-6(精裝)
ISBN 978-957-15-1339-3(平裝)

1. 中國詩 – 歷史
2. 中國詩 – 評論

820.91　　　　　　　　　　　　　96000950

詩　　　　史 (全一冊)

著　作　者：張　　　　　　　　　　暉
出　版　者：臺 灣 學 生 書 局 有 限 公 司
發　行　人：盧　　　　　保　　　　宏
發　行　所：臺 灣 學 生 書 局 有 限 公 司
　　　　　　臺 北 市 和 平 東 路 一 段 一 九 八 號
　　　　　　郵 政 劃 撥 帳 號 ： 0 0 0 2 4 6 6 8
　　　　　　電　話　：（0 2）2 3 6 3 4 1 5 6
　　　　　　傳　真　：（0 2）2 3 6 3 6 3 3 4
　　　　　　E-mail：student.book@msa.hinet.net
　　　　　　http：//www.studentbooks.com.tw
本書局登
記證字號　：行政院新聞局局版北市業字第玖捌壹號
印　刷　所：長 欣 印 刷 企 業 社
　　　　　　中 和 市 永 和 路 三 六 三 巷 四 二 號
　　　　　　電　話　：（0 2）2 2 2 6 8 8 5 3

定價：精裝新臺幣四六〇元
　　　平裝新臺幣三八〇元

西 元 二 〇 〇 七 年 三 月 初 版

臺灣 **學生書局** 出版

中國文學批評術語叢刊